Estupidamente apaixonados

O Arqueiro

GERALDO JORDÃO PEREIRA (1938-2008) começou sua carreira aos 17 anos, quando foi trabalhar com seu pai, o célebre editor José Olympio, publicando obras marcantes como O menino do dedo verde, de Maurice Druon, e Minha vida, de Charles Chaplin.

Em 1976, fundou a Editora Salamandra com o propósito de formar uma nova geração de leitores e acabou criando um dos catálogos infantis mais premiados do Brasil. Em 1992, fugindo de sua linha editorial, lançou Muitas vidas, muitos mestres, de Brian Weiss, livro que deu origem à Editora Sextante.

Fã de histórias de suspense, Geraldo descobriu O Código Da Vinci antes mesmo de ele ser lançado nos Estados Unidos. A aposta em ficção, que não era o foco da Sextante, foi certeira: o título se transformou em um dos maiores fenômenos editoriais de todos os tempos.

Mas não foi só aos livros que se dedicou. Com seu desejo de ajudar o próximo, Geraldo desenvolveu diversos projetos sociais que se tornaram sua grande paixão.

Com a missão de publicar histórias empolgantes, tornar os livros cada vez mais acessíveis e despertar o amor pela leitura, a Editora Arqueiro é uma homenagem a esta figura extraordinária, capaz de enxergar mais além, mirar nas coisas verdadeiramente importantes e não perder o idealismo e a esperança diante dos desafios e contratempos da vida.

LYSSA
KAY
ADAMS

CLUBE DO LIVRO DOS HOMENS
*Estupidamente
apaixonados*

ARQUEIRO

Título original: *Crazy Stupid Bromance*

Copyright © 2020 por Lyssa Kay Adams
Copyright da tradução © 2022 por Editora Arqueiro Ltda.

Publicado em acordo com Berkeley, selo do Penguin Publishing Group, uma divisão da Penguin Random House LLC.

Todos os direitos reservados. Nenhuma parte deste livro pode ser utilizada ou reproduzida sob quaisquer meios existentes sem autorização por escrito dos editores.

tradução: Marcela Rossine
preparo de originais: Beatriz D'Oliveira
revisão: Pedro Staite e Priscila Cerqueira
projeto gráfico e diagramação: Valéria Teixeira
capa: Jess Cruickshank
adaptação de capa: Gustavo Cardozo
impressão e acabamento: Cromosete Gráfica e Editora Ltda.

CIP-BRASIL. CATALOGAÇÃO NA PUBLICAÇÃO
SINDICATO NACIONAL DOS EDITORES DE LIVROS, RJ

A176e

    Adams, Lyssa Kay
        Estupidamente apaixonados / Lyssa Kay Adams ; tradução Marcela Rossine. - 1. ed. - São Paulo : Arqueiro, 2022.
        320 p. ; 23 cm   (Clube do livro dos homens ; 3)

        Tradução de: Crazy stupid bromance
        ISBN 978-65-5565-379-3

        1. Romance americano. I. Rossine, Marcela.
    II. Título. III. Série.

22-79341   CDD: 813
                          CDU: 82-31(73)

Gabriela Faray Ferreira Lopes - Bibliotecária - CRB-7/6643

Todos os direitos reservados, no Brasil, por
Editora Arqueiro Ltda.
Rua Funchal, 538 – conjuntos 52 e 54 – Vila Olímpia
04551-060 – São Paulo – SP
Tel.: (11) 3868-4492 – Fax: (11) 3862-5818
E-mail: atendimento@editoraarqueiro.com.br
www.editoraarqueiro.com.br

Para Gerry,
meu marido, melhor amigo e criador
de piadas obscenas.

UM

Noah Logan sempre soube que chegaria o dia em que se transformaria oficialmente em alguém irreconhecível, e pelo visto seu 31º aniversário seria a ocasião.

Mas só se não lutasse.

E ele ia lutar, ah, se ia.

Cruzou os braços, adotou uma postura de *lá vem você com esse papo de novo* que aprendera com o pai militar e cerrou a mandíbula sob a barba desgrenhada.

– Não. Nem pensar. Mas de jeito nenhum.

Seu amigo Braden Mack fez cara feia.

– Ah, qual é, cara? Vai ser o melhor presente de aniversário de todos os tempos.

– É o *meu* aniversário, seu idiota – resmungou Noah.

Ele abriu os braços em um gesto amplo, indicando o grande círculo de homens e uma mulher reunidos em torno de uma mesa próxima à pista de dança vazia da boate de Mack, a Temple Club.

– Pode guardar esse beicinho aí pra eles. Isso não funciona comigo, não.

Que mentira. Porque tinha sido justamente o beicinho de Mack que levara Noah até ali. De início, ele ficou honrado e emocionado quando

Mack pediu que ele fosse seu padrinho de casamento junto de outros amigos íntimos. Mas depois veio o tal beicinho, e, quando deu por si, Noah estava assumindo todas as tarefas que achava que cabiam às noivas. Pelo visto, a futura esposa de Mack, Liv, tinha confiado todos os preparativos ao noivo, que, por sua vez, considerou justo que os amigos sentissem o gostinho do que a sociedade exigia das mulheres.

E, veja bem, Noah era totalmente a favor disso. Mas, pelo amor de Deus, nos últimos oito meses ele tinha ajudado Mack a escolher arranjos de flores e a pensar no esquema de iluminação, debatido sobre determinado versículo da Bíblia e discutido um tanto acaloradamente com outro padrinho sobre a possibilidade de Mack abandonar a antiquada tradição de jogar a liga da noiva para dar sorte ao solteiro que a pegasse. O casamento seria no mês seguinte e Mack tinha oficialmente atingido níveis épicos de noivo estressadinho.

E hoje? Ah, hoje eles estavam fazendo *artesanato*. Mack queria colocar na entrada do salão de festas uma grande moldura em arco feita à mão.

Por isso estavam todos reunidos na boate dele às três da tarde de uma quinta-feira de outubro, para fazer cerca de quinhentas flores de papel. Mas estava na cara que tudo não passava de uma armação para jogar a última bomba no colo deles.

Mack queria que eles apresentassem um número de dança na festa. Um número de *dança*.

– Vou falar de um jeito que você entenda – disse Noah. – Eu. Não. Vou. Dançar. Merda. Nenhuma.

Mack transmitiu no olhar toda a frustração de uma criança a quem foi negado um segundo copo de achocolatado na hora do lanche. Mas o som de sapatos se arrastando no chão de madeira desgastado indicava que Mack estava prestes a receber reforços. Segundos depois, uma mão calejada deu um tapa no ombro de Noah, que cambaleou para a frente enquanto seus óculos de armação preta e grossa escorregavam pelo nariz.

– A gente vai dançar pelo Mack – disse Vlad Konnikov, jogador de hóquei que todos chamavam de Russo porque ele era, de fato, russo.

Seu sotaque pesado deu à frase um tom de *senão você vai ver*. Isso fez Noah falar mais alto e em tom de *ah, merda* ao tentar outra tática:

– E o Liam? O seu irmão mora na Califórnia, Mack. Como é que ele vai aprender a coreografia se nem está aqui?

– Vou mandar um vídeo para ele ensaiar sozinho.

Noah ajeitou os óculos e, ao olhar para trás, deparou-se com uma mesa inteira de olhares fixos nele, só esperando sua inevitável derrota.

– Todos vocês concordaram com isso?

– Amigo que é amigo não deixa o outro passar vergonha sozinho – respondeu Del Hicks, jogador de beisebol do Nashville Legends.

Seus dedos grossos demonstravam uma agilidade impressionante ao dobrar um pedaço de papel de seda e transformá-lo em algo bastante parecido com um cravo.

– Minha esposa ameaçou me bater se eu não concordasse – acrescentou Gavin Scott, outro jogador de beisebol, cuja esposa, Thea, era irmã da noiva de Mack.

Del deu um tabefe na cabeça de Gavin, que se corrigiu rapidamente:

– Quer dizer, vou fazer com o maior prazer.

A única mulher do grupo bufou e jogou uma flor de papel de seda rosa na caixa ao lado. Sonia era a gerente da boate de Mack e a pessoa mais rabugenta que Noah já tinha conhecido.

– Desiste, Noah. Se o Mack conseguiu me convencer a fazer *flor de papel*, você consegue deixar seu ego de lado por uma mísera dança.

Não era ego. Era autopreservação. Sim, ele ainda usava cabelo bem comprido e roupas bem casuais, mas, mesmo com o coque e as camisetas geek de quadrinhos, seus antigos amigos hacktivistas jamais o reconheceriam naquele momento. O homem que já fora preso pelo FBI por tentar hackear um centro de pesquisa universitário estava prestes a se tornar um dançarino de smoking em um casamento de um milhão de dólares digno do Pinterest, ao lado de ricos e famosos.

Era bem verdade que Mack e os outros caras não tinham nada a ver com a corja de belicistas que ele costumava tentar derrubar com suas habilidades em informática. Na verdade, aqueles homens eram as pessoas mais decentes que já conhecera. Mas, mesmo assim, tinha batalhado muito para chegar até ali. Atualmente ele era um empresário bem-sucedido, dono de uma firma de segurança eletrônica em ascensão que atendia celebridades e outros clientes de renome. Sem dúvida era respeitável. Milionário antes mesmo dos 30. Estava, enfim, realizando o último desejo do pai. *Faça alguma coisa com esse seu cérebro de gênio.*

Uma dança brega com os padrinhos definitivamente não era o que seu pai tinha pensado. Ele se agarrou a sua última e melhor desculpa:

– Cara, o que você acha que a Liv vai achar disso? Ela odeia essas coisas românticas.

Mack deu de ombros.

– Mas ela adora dar risada.

– Então a ideia é que a gente sirva de chacota?

– Não. A ideia é se permitir ser vulnerável na frente das mulheres que a gente ama.

Mack pronunciou a última parte com uma ênfase que deixou Noah incomodado. Foi golpe baixo, e Mack sabia. Mas ele nunca perdia uma oportunidade de incentivar Noah a tomar uma atitude sobre seu relacionamento com a melhor amiga, Alexis Carlisle. Mack e os outros caras não entendiam por que Noah não saía do nível platônico com Alexis, e ele já estava cansado de tentar explicar.

Noah puxou o elástico de cabelo e rapidamente refez o coque, que havia se soltado.

– A Alexis vai adorar – disse Mack, as sobrancelhas erguidas. – Você sabe que vai.

E assim Noah jogou a toalha. Suas palavras seguintes saíram em um suspiro derrotado:

– O que eu tenho que fazer?

– Só aparecer no sábado para começar a aprender os passos. Contratei um coreógrafo e tudo.

– Ah, uau.

Mack deu um tapinha nas costas dele.

– Obrigado de verdade, cara. E vai ser divertido, você vai ver.

Estava mais para tortura. Noah voltou à mesa, se arrastando atrás de Mack, e se deixou cair em uma cadeira. Sonia deslizou para ele um maço de papel de seda rosa. Ele balbuciou um obrigado e voltou a olhar feio para Mack.

– Mas eu juro por Deus que se tiver que dançar twerk eu tô fora.

– Cara, ninguém quer ver o Russo dançar twerk – disse Colton Wheeler, rindo.

Colton era um astro da música country que começara em uma das quatro casas de show de Mack em Nashville e agora era amigo de todos eles. Também era o mais novo cliente de Noah. E estava certo a respeito de Russo: o cara era grande, peludo e tinha a tendência de peidar em público.

– O que é twerk? – perguntou Russo.

Colton pegou o celular e logo achou um vídeo. Russo ficou vermelho que nem um camarão e voltou a se concentrar nas flores de papel.

– Sem twerk.

– Falando no seu aniversário… – disse Mack, curvando-se para pegar alguma coisa no chão.

Ele passou uma sacola de plástico para Colton, que a entregou a Noah. Noah espiou dentro da sacola e resmungou. Um livro de bolso intitulado *De volta para casa* o encarava. A imagem da capa trazia um homem e uma mulher se abraçando, o homem com uma bola de futebol americano na mão.

Noah tentou devolver a sacola a Colton.

– Não. Já basta vocês me fazerem dançar.

Colton empurrou o livro de volta.

– Confia na gente. Você precisa disso.

Noah largou o livro na mesa.

– Não preciso, não.

– Mas você vai gostar – disse Mack. – É sobre um jogador de futebol profissional que volta para a cidade onde passou a adolescência e descobre que a ex-namorada ainda mora lá, e aí…

– Não quero saber. Quantas vezes vou ter que dizer que *nunca* vou entrar pra esse clube do livro?

Noah era o único ali que não fazia parte do Clube do Livro dos Homens, o clube de livros de romance de Mack, exclusivo para homens. Eles acreditavam que os romances tinham todas as respostas para os relacionamentos. E, embora não tivesse como contestar os resultados – Mack estava noivo e muito feliz, e quase todos os outros integrantes salvaram seus casamentos usando as lições dos livros –, Noah rejeitava todas as investidas literárias de Mack para atraí-lo para o clube.

Mack apoiou os cotovelos na mesa.

– Você só precisa ler e nos ouvir, e podemos resolver esse probleminha para você.

Noah cerrou os dentes.

– Meu relacionamento com a Alexis não é um problema que precise ser resolvido. Nós somos *amigos*.

– Claro. – Colton riu. – Apenas amigos. Você só passa cada minuto do dia com ela, sai correndo sempre que ela liga, joga umas palavras cruzadas idiotas com ela pelo celular...

– O jogo se chama Word Nerd.

– ... deu a ela um apelido que ninguém mais usa e passa um tempão na casa dela, mesmo sendo alérgico ao gato dela. Esqueci alguma coisa?

– Também sou alérgico ao Mack e mesmo assim ando bastante com ele.

Mack levou a mão ao peito.

– Isso magoou. De verdade.

Colton ergueu as mãos em rendição.

– Só estou dizendo que não entendo por que você insiste em se manter nessa *friendzone*.

– Deixa o cara em paz – disse alguém com uma voz calma, mas firme, do outro lado da mesa. Era Malcolm James, jogador da NFL, o mais feminista do grupo e mestre zen. – Homens e mulheres podem ser amigos sem precisar virar uma coisa sexual.

– Só que nesse caso ele quer transar com a Alexis – comentou Colton.

Noah cerrou o punho.

– Olha lá como você fala...

– É, cara – disse Mack, balançando a cabeça. – Isso foi desnecessário. Não falamos das mulheres desse jeito.

Colton deu de ombros, encabulado, e murmurou um pedido de desculpas.

Malcolm voltou a falar:

– Isso de *friendzone* não passa de uma construção social criada para dar ao homem uma desculpa que justifique o fato de uma mulher não querer transar com ele. É uma palhaçada e todos nós sabemos disso. Então parem de encher o cara com essa ladainha sobre o relacionamento dele com a Alexis. Deveríamos elogiar o Noah por provar que homens e mulheres podem ser amigos de verdade.

Como uma turma que tinha acabado de ser repreendida pelo professor favorito, fez-se silêncio à mesa, exceto pelo amassar de papéis.

Não durou muito. Mack ergueu os olhos e suspirou.

– Só estou querendo dizer que talvez ela esteja pronta, Noah.

Noah se sentiu prestes a explodir. Mack continuou:

– Já faz dezoito meses que…

– Para – cortou Noah.

Como se ele precisasse que Mack servisse de calendário. Sabia exatamente quanto tempo se passara desde que conhecera Alexis. Não era o tempo que importava. Eram as circunstâncias.

E eles não tinham razão. Nem antes, nem agora.

Talvez nunca. O que era um pensamento tão deprimente quanto a ideia de dançar.

Noah mirou a sacola de plástico na mesa. Não queria o presente nem a ajuda deles. Ele era um desastre romântico ambulante e com toda a certeza não precisava de livros melosos para lembrá-lo disso. Amores não correspondidos acabando em patéticos "felizes para sempre".

Mas uma hora depois, quando terminaram ali e foram para casa, Noah acabou levando o livro. Porque, se era necessário fingir ler um maldito romance para que Mack largasse do seu pé, que assim fosse.

DOIS

Chegara o momento. Alexis Carlisle pressentia. Aquele era o dia em que a tímida jovem ia finalmente falar com ela.

Durante uma semana inteira, a mulher de cabelo castanho comprido e uma coleção de moletons tinha ido ao ToeBeans Cat Café – a cafeteria de Alexis – e ficado sentada quieta em um canto com um livro, ora afagando um dos felinos residentes da loja, ora lançando olhares nervosos a Alexis.

Mas naquele dia ela não levara nenhum livro. Estava simplesmente olhando ao redor, seu olhar se demorando em Alexis sempre que achava que ela não estava prestando atenção.

Nos dezoito meses desde que Alexis se apresentara como uma das mais de dez vítimas de assédio sexual por parte do famoso chef Royce Preston, seu café tinha se tornado um ponto de encontro para outras sobreviventes de assédio e violência. Quase toda semana aparecia alguma mulher em busca de um ouvido solidário, de um abraço compreensivo ou de orientação sobre como sair de uma situação trágica. Não foi intencional, mas Alexis acabara assumindo a responsabilidade. Ao longo do tempo, aprendera a identificar os sinais de uma mulher pronta para falar.

Ela se virou para a atendente, sua amiga Jessica Summers, também vítima de Royce.

– Pode ficar no balcão um pouco? Vou tentar fazer uma coisa.

Jessica assentiu e Alexis correu para os fundos, atravessando a cozinha e indo até o armário onde guardava a caixa com as ferramentas de jardinagem que usava para cuidar dos canteiros na entrada do café. Precisava capinar e podar o jardim com urgência, e assim talvez pudesse matar dois coelhos com uma cajadada só. Ela cruzou o café com a caixa, fingindo ter mais dificuldade que o normal com o peso. Ao se aproximar da porta, escorou a caixa na janela e fingiu estar com dificuldade para alcançar a maçaneta.

A atuação funcionou. A jovem se aproximou com um sorriso hesitante.

– V-você precisa de ajuda?

Alexis tentou fazer uma expressão que transmitisse simpatia e escondesse que suas entranhas estavam pulando e cantando feito uma criança empolgada.

– Sim, obrigada – respondeu ela, içando a caixa até a altura do peito. – Preciso de uma mãozinha.

A mulher contornou Alexis para abrir a porta, depois recuou um passo, abrindo caminho.

– Está frio hoje, né? – comentou Alexis, abaixando-se para pôr a caixa na calçada.

A moça fechou a porta e puxou as mangas do moletom, cobrindo as mãos.

– Está. Eu… eu não esperava que estivesse tão frio aqui.

– Você não é de Nashville?

Alexis se agachou para fingir que procurava alguma coisa na caixa. Queria manter a conversa, mas sem ser muito incisiva. A última coisa que as mulheres que iam parar no seu café precisavam era de alguém tentando fazê-las falar antes que estivessem prontas.

– Huntsville – respondeu a moça. – Lá ainda está bem menos frio do que aqui.

Alexis achou as luvas de jardinagem e se levantou, como se fosse aquilo que estivesse procurando o tempo todo.

– Nunca fui ao Alabama. Quanto tempo de viagem?

– Só algumas horas. Por isso pensei que talvez o clima daqui estivesse igual.

Alexis enfiou as luvas no bolso.

– É só uma frente fria que chegou mais cedo – declarou ela, o mais leve e casual possível.

– Pode ser.

A jovem mordeu o lábio. Alexis estendeu a mão.

– Alexis. Te vi aqui algumas vezes, mas ainda não nos conhecemos formalmente.

A moça engoliu em seco.

– Candi – disse ela, apertando a mão de Alexis. – Quer dizer, Candace, mas todo mundo me chama de Candi.

– Muito prazer, Candi. Posso preparar alguma bebida pra você? – ofereceu Alexis, apontando com a cabeça para a porta.

– Ah, não. – A garota balançou a cabeça quase freneticamente.

A decepção silenciou a criança interior empolgada. Mas então Candi engoliu em seco outra vez e disse:

– Quer dizer, sim. Vim para tomar alguma coisa, mas você está ocupada, então posso pedir direto no balcão.

– Deixa que eu preparo. – Alexis sorriu. – E aí depois quem sabe você não me faz companhia enquanto tento não matar essas plantas?

Alexis prendeu a respiração até que Candi deu aquele sorriso hesitante de novo.

– Ok. Claro. Seria… seria ótimo.

– Um *chai latte* com canela?

O sorriso cresceu.

– Já decorou o meu pedido?

– Fica à vontade para pegar uma mesa – disse Alexis, indicando uma das mesas externas. – Já volto.

Alexis andou da forma mais natural possível enquanto voltava para dentro. Seu olhar encontrou o de Jessica ao balcão.

– Preciso de um *chai latte* com canela – disse ela, com um olhar furtivo para trás.

– Ela finalmente falou com você? – perguntou Jessica, os olhos brilhando enquanto ela começava a preparar a bebida.

Alexis pegou um muffin e um pãozinho na vitrine. Comida costuma quebrar o gelo e dar às pessoas algo em que se concentrar quando o contato visual se torna doloroso demais. Muitos segredos tinham sido sussurrados a Alexis diante de um prato de bolinhos esmigalhados por dedos apreensivos.

Ela voltou até Candi e colocou o prato e o chá na frente da moça, que tirou a carteira do bolso.

– Quanto…

– É por conta da casa – interrompeu Alexis, voltando para a caixa de ferramentas de jardinagem.

– Ah, não posso aceitar – logo disse Candi.

– Considere um presente de boas-vindas a Nashville. – Ela inclinou a cabeça. – Já nos encontramos antes?

Candi arregalou os olhos por uma fração de segundo antes de balançar a cabeça outra vez.

– Não.

– Você me parece tão familiar…

– Familiar como?

– Não sei. Alguma coisa no seu olhar, eu acho.

Candi ficou imóvel. Parecia um coelho atordoado, apanhado em flagrante na horta.

Alexis pegou a tesoura de poda e foi atrás do vaso de crisântemo em pior estado. A planta começara a definhar por falta de cuidado e pelo ar cada vez mais frio.

Cortou uma flor murcha. Esperou. Cortou outra. O leve tinido da caneca batendo na mesa era o único som além do estalido da tesoura.

Quando o silêncio se arrastou, Alexis por fim disse:

– Quero que saiba que nunca deve se sentir pressionada a falar. Se você só quiser alguém para se sentar ao seu lado, estou aqui sempre que precisar.

– T-tá bom.

Mais uma flor murcha caiu no chão.

– Muitas, muitas mulheres como você vêm aqui só para ter companhia.

Deu para ouvir Candi engolindo em seco. Alexis pôs a tesoura na caixa e se levantou. Candi a seguiu com um olhar nervoso quando ela se sentou à mesa bem à sua frente. Do bolso do avental, Alexis tirou um cartão de visita, reservado apenas para mulheres como Candi.

– Meu número pessoal. Pode me ligar a qualquer hora.

Candi observou o cartão como se Alexis tivesse acabado de lhe entregar uma nota de cem dólares.

– Sei como é difícil – disse Alexis. – É um segredo sufocante.

– Eu… eu preciso mesmo falar com você.

– Quando estiver pronta.

Mas então uma voz estridente as interrompeu:

– Com licença, mas temos um assunto a resolver.

Candi arregalou os olhos ao se virar e ver a nêmesis de Alexis esbravejando do outro lado da rua e então marchando até a mesa.

Alexis tentou manter a voz calma:

– Desculpa, Karen, estou ocupada. Pode esperar?

– De jeito nenhum.

E bastou isso para Candi empalidecer, levantar-se de um pulo e recuar, hesitante.

– Eu… eu volto depois.

– Candi, espere.

Alexis tentou alcançar o braço da garota para impedi-la de ir embora, mas Candi escapou do seu alcance e se foi, sumindo de vista.

Alexis recolheu o prato sujo e a caneca. Ignorando Karen, virou-se para a porta, entrou e foi até o balcão. Pôs a louça suja em um cesto plástico e limpou as mãos no guardanapo preso no avental antes de se virar para Karen outra vez.

– Posso ajudá-la em alguma coisa hoje?

– Você nunca me ajudou muito antes, então duvido que possa – respondeu Karen.

Alexis forçou os músculos do rosto a esboçar um sorriso.

– Lamento saber que nossos outros encontros não foram satisfatórios para você. Gostaria de se sentar e conversar? Posso oferecer uma xícara de chá, por conta da casa.

– Não consumiria nada daqui nem de graça.

– Então como posso ajudá-la?

Sua tentativa de manter a calma não era por Karen. Era por si mesma. Se tinha aprendido alguma coisa nos últimos dezoito meses, era que as pessoas acreditavam no que queriam, e poucas valiam o esforço emocional necessário para tentar fazê-las mudar de ideia. Além disso, Alexis estava acostumada a lidar com Karen Murray. A dona da loja de antiguidades do outro lado da rua tinha sido uma pedra no seu sapato desde o dia em que ela apresentara sua acusação contra Royce. Karen nunca tinha falado com Alexis antes disso, mas desde então suas reclamações se tornaram um aborrecimento semanal.

Karen pegou da bolsa uma sacolinha bem cheia.

– Você pode me ajudar com isso aqui.

Ela largou a sacolinha em cima do balcão e Jessica pulou para trás com um grito quando viu o que havia dentro. Dois minúsculos olhos do que um dia fora um rato vivo a encaravam através do plástico em um apelo silencioso.

Alexis chegou mais perto e levantou a sacolinha pela ponta.

– Agradeço o presente, Karen, mas sou vegetariana.

– Tudo é piada pra você, né? – Karen ajeitou a alça da bolsa no ombro. – Deixaram isso aí na porta da minha loja hoje cedo.

Alexis jogou a sacolinha na lixeira embaixo do balcão. Assim que Karen saísse, teria que tirar o lixo e lavar o balcão com água sanitária.

– Não estou entendendo. O que eu tenho a ver com esse rato?

– Foi o seu gato que deixou lá! – disse a mulher, apontando com desprezo e lançando um olhar furioso para Roliço, o felino que Alexis resgatara no Maine e que dormia profundamente no nicho para gatos junto à janela.

Alexis forçou um sorriso.

– Karen, é impossível que o Roliço tenha feito isso. Ele vai para casa comigo todas as noites e está aqui dentro desde que chegamos hoje.

Jessica começou a borrifar um produto de limpeza industrial no balcão de vidro. Karen deu um grande passo para trás, a bolsa colada com firmeza contra o peito.

– Olha, já era bem ruim quando só tínhamos que aturar suas feiras de adoção de gatos toda semana, mas agora temos que aguentar isso também?

Karen gesticulou em direção à área das mesas, apontando para as muitas mulheres ali entretidas em suas conversas, algumas sorrindo, outras chorando.

– Desculpa, mas não estou entendendo – declarou Alexis. – Está brava porque tenho muitos clientes?

– Essas mulheres não são apenas clientes.

– Todas consomem aqui. Me parecem clientes.

– Você entendeu muito bem o que eu quis dizer. Essas mulheres lotam o estacionamento e nunca vão a nenhuma outra loja em volta. Não é justo que você ocupe todas as melhores vagas de estacionamento para a sua pequena campanha.

Alexis cruzou os braços.

– Imagino que você esteja se referindo à minha tentativa de oferecer um ambiente de apoio e liberdade para mulheres sobreviventes de agressão e assédio sexual.

Karen revirou os olhos, o que disse mais do que qualquer palavra.

– O fato de alguém dizer que foi vítima não significa que foi mesmo. Até onde sabemos, essas mulheres só querem atenção.

– É, porque nada atrai mais atenção positiva para uma mulher do que denunciar um empregador por assédio sexual.

O rosto de Karen ganhou um tom de vermelho perturbador.

– Vou resolver isso com as autoridades, se for preciso.

A antiga Alexis talvez tivesse ficado intimidada com a ameaça, mas aquela versão tinha desaparecido quando finalmente fora a público denunciar o que o ex-chefe tinha feito com ela e com uma dúzia de outras funcionárias. Agora, era preciso muito mais do que uma Karen para assustá-la.

– Mande lembranças à presidente da câmara municipal. Diga a ela que os bolinhos de abóbora com especiarias em breve voltarão ao cardápio.

Karen girou nos saltos altos e foi batendo pé até a porta. Bem na hora, alguém a abriu por fora, e Alexis riu sem disfarçar ao ver quem estava do outro lado. Sua melhor amiga, Liv Papandreas, recuou para deixar Karen passar, mas depois fez um gesto obsceno pelas costas da mulher.

Alexis lançou um olhar de repreensão para ela, mas no fundo adorou. Não teria sobrevivido ao último ano e meio sem o apoio dos amigos.

– Vou ter que partir pra briga? – perguntou Liv, indo até o balcão. Ela carregava algumas roupas em capas protetoras.

– *Eu* é que vou partir pra briga daqui a pouco – disse Alexis, puxando a lata de lixo atrás do balcão.

– *Essa* eu quero ver. Já está na hora de você confrontar essa mulher.

– Acho que meu terapeuta não ia considerar isso um mecanismo de enfrentamento saudável. Além do mais, não ia adiantar. – Ela olhou por cima do ombro e acenou com a cabeça em direção aos fundos para que Liv a seguisse. – O que é que você tem aí?

Liv quase deu um pulinho de animação.

– Tenho um presente para vocês – disse cantarolando, e parou atrás do balcão para cumprimentar Jessica com um soquinho.

As três tinham formado um laço de amizade eterno depois de se unirem para expor Royce.

– Vestidos de madrinha de casamento? – perguntou Jessica, abrindo um sorriso enorme.

– Sim. Finalmente chegaram.

Liv foi atrás de Alexis pela porta vaivém que separava a área aberta ao público da área em que ficava a cozinha e o pequeno escritório. Enquanto Alexis despejava o conteúdo nojento da lata de lixo na caçamba lá fora, perto da porta dos fundos, Liv pendurou as roupas na porta do escritório. Assim que Alexis voltou, Liv abriu o zíper da capa, revelando dois longos vestidos sem alça, ambos de seda vermelha.

– Uau! – exclamou Alexis. – São ainda mais bonitos do que eu me lembrava. Mack acertou em cheio.

O fato de Liv ter confiado todos os preparativos do casamento a Mack já dizia tudo que alguém precisava saber sobre o relacionamento dos dois. Ele era o romântico. Liv era do tipo *vamos fugir pra Vegas*. E Alexis adorava os dois.

Liv se afastou com um sorriso atrevido.

– Mal posso esperar para ver a reação do Noah quando te vir nesse vestido.

As bochechas de Alexis esquentaram. Sua amizade com Noah Logan era uma fonte constante de especulação e provocação entre seu grupo de amigos.

– Olha a sua cara! – Liv riu. – E ainda quer que eu acredite que vocês são só amigos.

Mas era verdade. Eles tinham se conhecido na época da louca repercussão do episódio com Royce e se deram bem. Noah e Liv eram seus amigos mais próximos. Ele era engraçado, inteligente, gentil e, acima de tudo, confiável. Com Noah, ela se sentia mais do que a caricatura superficial de uma mulher humilhada, que fora criada pela mídia. Talvez houvesse tido uma época em que ela ansiara por algo mais, porém Noah nunca deixara transparecer que sentia o mesmo. E Alexis ainda era muito ressabiada com os homens para insistir e arriscar destruir o relacionamento mais saudável que já tivera com um.

A porta da cozinha se abriu de repente. Liv riu outra vez.

– Falando no diabo…

TRÊS

Não é preciso ser um gênio para saber quando alguém está falando de você. E, embora de acordo com os padrões de QI Noah fosse de fato um gênio, ele podia afirmar com convicção apenas pelo rubor nas bochechas de Alexis e o sorriso escancarado de Liv que chegara bem na hora em que estavam falando dele.

Atravessou a porta da cozinha mostrando um saquinho de papel branco, o motivo pelo qual estava passando no café.

– Esse tal diabo sou eu? – perguntou Noah.

Alexis arregalou os olhos.

– Não se nesse saquinho aí tiver o que estou pensando.

– Tem, sim – disse ele, aproximando-se.

Alexis emitiu um som de volúpia e atacou o saquinho. Noah riu enquanto ela o rasgava e desembrulhava o papel-alumínio do taco vegetariano que ele comprara no food truck mexicano perto do seu escritório.

Ela devorou metade do taco e então o pôs no balcão ao lado de Liv.

– Não toque nisso – alertou Alexis.

– Aonde você vai? – perguntou Noah enquanto ela desaparecia no minúsculo escritório.

Alexis voltou trazendo um embrulho para ele.

– Feliz aniversário.

Noah pegou o presente com um meio sorriso.

– Achei que fôssemos comemorar só amanhã à noite.

– Eu sei, mas estava louca para te dar isso. Chegou hoje cedo.

Alexis bateu palminhas enquanto ele rasgava o papel.

– Puta merda. É sério mesmo? – disse Noah, os olhos esbugalhados.

Alexis soltou um gritinho agudo.

– Pois é! Dá pra acreditar que achei um desses?

Nas mãos dele havia uma caixa de Lego, edição limitada, raríssima, de *Doctor Who*.

– Onde foi que você conseguiu isso?

– Passei uma semana disputando com um cara no eBay.

Noah girou a caixa.

– Ainda está na caixa original?

– Aham!

– Nem quero saber quanto custou – disse ele, erguendo os olhos.

– Isso é o de menos. – Alexis fez um aceno de indiferença. – A única questão é: vamos deixar na caixa ou montar?

– Montar – respondeu ele, assentindo com reverência. – E podemos assistir àquele documentário sobre como descobriram o pigmento roxo.

Liv bufou e escorregou da banqueta em que estava sentada.

– Ok, isso foi a coisa mais nerd que eu já ouvi.

– Pff! Nem chega perto das dez coisas mais nerds que a gente faz – retrucou Noah.

Alexis concordou com a cabeça enquanto dava outra mordida enorme no taco. Depois de mastigar rápido, disse:

– No fim de semana passado, fomos ver a palestra de um tal de professor Vanderbilt sobre a história das guerreiras vikings.

Liv fez um *uau* com a boca e depois se inclinou para dar um abraço rápido em Alexis.

– Tenho que ir. Mais vestidos pra entregar. – Ao passar por Noah, ela sorriu. – Conseguiu sobreviver hoje?

Noah resmungou e colocou a caixa de Lego no balcão.

– Seu noivo está fora de controle.

– Pega leve com ele – disse Liv. – Mack está planejando o casamento dos sonhos dele.

Liv ficou na ponta dos pés para dar um beijo na bochecha dele antes de zarpar da cozinha. Noah a observou ir embora, depois se virou para Alexis, que retribuiu seu olhar com um sorriso malicioso.

– Qual é a nova ideia maluca do Mack?

– Temos que ensaiar uma coreografia.

Ela inclinou a cabeça para trás e soltou uma risada que fez tudo valer a pena. Noah aturaria qualquer humilhação imaginável para fazê-la rir, pois se lembrava muitíssimo bem da época em que tirar um sorriso dela era uma vitória suada. Alexis estava literalmente chorando quando ele a conheceu. Foi apenas algumas horas depois de terem desmascarado Royce Preston como o predador que era. Estavam todos na casa de Mack, comemorando, quando ela de repente saiu pela porta dos fundos.

– *Alexis.*

Ao som de sua voz, ela deu um pulo e se virou, secando apressadamente os olhos.

Noah ergueu as mãos em um pedido de desculpas.

– *Não queria te assustar. Vi você correr aqui para fora e quis conferir se estava bem.*

Alexis enxugou as bochechas e deu de ombros.

– *Estou bem, sim. Eu... eu só... – Ela abanou a mão em frente aos olhos inchados. – Liberando a tensão.*

– *Liberando a adrenalina.*

– *É isso que acontece quando seu corpo diz "ai, meu Deus, que merda você fez"?*

Ele riu baixinho.

– *Acho que é exatamente isso.*

Ela inspirou fundo para se acalmar e estendeu a mão.

– *Você é o Noah, né?*

Ele encurtou a distância que os separava e aceitou o aperto de mão. Os dedos dela eram pequenos e quentes.

– *Noah Logan.*

Alexis recolheu a mão.

– Obrigada. Quer dizer, por ter nos ajudado.

– Eu que deveria te agradecer.

Alexis envolveu o próprio corpo em um abraço.

– Eu já devia ter feito isso há muito tempo.

– A verdade não tem data de validade.

– E a humilhação?

Noah sentiu a primeira vibração de algo que não reconheceu. Parte respeito, parte desejo.

– Espero que esteja falando daquele homem. Porque você não tem motivo nenhum para se sentir humilhada.

Ela desviou o olhar como se não acreditasse nele.

– Então, e agora? – perguntou Noah.

– Não faço ideia. Estava mantendo esse segredo há muito tempo. Nem sei mais como é viver ou qual é o sentido da vida sem ele. Acho que estou pronta para um pouco de paz. – Ela piscou e o observou. – Não faço ideia de por que estou despejando tudo isso em você.

– Porque eu estou aqui?

Alexis bufou.

– Sortudo.

Na época, Noah mal sabia o quanto realmente era sortudo. Sob um milhão de aspectos, Alexis foi a melhor coisa que já lhe acontecera. E ele não fazia ideia de como dizer isso a ela sem pôr tudo a perder.

O som de papel sendo amassado o trouxe de volta ao presente. Alexis se recostou no balcão ao lado dele e desembrulhou o segundo taco.

– Obrigada. Você nem imagina o quanto eu estava precisando disso.

– Algo me disse que você tinha se esquecido de comer de novo.

– Isso aqui está uma loucura hoje.

– A moça voltou?

– Voltou. – Ela soltou um grunhido irritado.

– E esse som aí quer dizer o quê?

Alexis engoliu em seco.

– Quer dizer que parecia que ela finalmente ia se abrir comigo, mas daí a Karen chegou.

Noah estendeu a mão e tirou um pedaço perdido de coentro do canto da boca dela.

– O que a irritou dessa vez?

Alexis começou a contar uma história envolvendo vagas de estacionamento e um rato morto.

– É impossível ter sido ele – alegou Alexis a respeito do seu bichinho que era meio gato, meio demônio e 100% aterrorizante. – Roliço ficou o dia todo aqui dentro.

Ela apontou para o nicho perto da janela da frente. O bichano flexionou as patas e a vida de Noah passou diante de seus olhos. Ele nunca estivera no topo da curtíssima lista de pessoas que o gato tolerava, mas as coisas pioraram de um mês para cá. O veterinário o colocara de dieta, e agora Roliço olhava para ele como se ele fosse um prato de churrasquinho de frango. O gato tinha uma aparência desgrenhada e homicida, como se tivesse acabado de ser batido em uma máquina de lavar e gostado. O pelo despontava em ângulos aleatórios, com tufos arrepiados em cima de cada orelha. Sobre os olhos havia uma monocelha de pelo cinza-escuro e rebelde que lhe dava o aspecto de um oficial de cavalaria eternamente raivoso em algum velho retrato da Guerra Civil.

– Enfim. – Alexis suspirou ao se alongar. – Ela disse que ia levar o caso às autoridades e depois saiu furiosa.

– O que ela acha que as autoridades vão fazer? Mudar as regras de estacionamento? Você não está infringindo nenhuma lei.

– Eu sou uma vagabunda, lembra? Essa é a única lei com a qual ela se importa.

Noah se enrijeceu.

– Ela disse isso?

Alexis afastou um cacho do rosto.

– Não com essas palavras. Mas a intenção foi clara. Não passamos de um bando de putas mentirosas.

Noah franziu o cenho.

– Odeio quando você diz essas merdas.

– Estou só repetindo o que todo mundo pensa.

– Ninguém decente pensa uma coisa dessas.

– Acho que você superestima a natureza humana.

Noah bufou.

– Ninguém nunca me acusou disso antes.

Cinco anos na comunidade hacktivista o deixaram com poucas esperanças na humanidade. Mas Alexis também estava certa. Os meses seguintes ao episódio com Royce lhe revelaram uma dimensão da depravação humana que ele nem sabia que existia. Seu sangue fervia só de lembrar algumas das mensagens de voz e e-mails que Alexis recebera dos fãs de Royce. Mesmo com uma dúzia de acusações irrefutáveis contra ele, seus fãs mais fervorosos ainda se recusavam a acreditar que aquele venerado herói faria algo errado. As mulheres deviam estar mentindo. Não passavam de ex-funcionárias descontentes ou amantes rejeitadas.

Noah ajudara Alexis a instalar um novo sistema de filtragem de e--mails que bloqueava as piores mensagens, mas sabia que algumas ainda passavam. Ela aprendera a simplesmente deletá-las, mas às vezes ainda compartilhava as mais ofensivas com ele. Alexis dava de ombros e dizia que estava acostumada, mas Noah conseguia ler sua linguagem corporal como se fosse seu livro favorito. Ela contraía os lábios e tinha que engolir em seco antes de falar. Ficava incomodada. Bastante. Mas, sempre que ele sugeria uma retaliação, Alexis respondia que não valia a pena despender tempo ou esforço. Sua vida agora se resumia a encontrar paz.

Noah sentiu o olhar dela fixo nele e a olhou de relance.

– O que foi?

– Hein?

– Você está olhando para mim. Tem alguma coisa no meu rosto?

– Sim, isso – disse ela, esticando a mão para coçar sua barba. – Como será sua cara debaixo de toda essa barba desgrenhada?

Ele moveu as sobrancelhas.

– É melhor não saber.

– Eita. É tão ruim assim?

– Não. É bom demais. Tenho que andar desgrenhado porque o nível de beleza masculina por baixo é mais do que os meros mortais podem suportar.

– Então é um serviço público.

– Exatamente.

Alexis deu outra mordida.

– Zoe vai lá amanhã?

Eles iam jantar na casa da mãe de Noah para comemorar seu aniversário. Sua irmã tinha ficado de ir, mas… Ele deu de ombros.

– Quem sabe? É a Zoe, né? Ela faz o que quer.

– E o Marsh? – perguntou ela casualmente.

– Ele vai, sim.

Alexis abriu um sorriso solidário, pois sabia que não havia mais nada a ser dito. O relacionamento dele com Pete Marshall – ou Marsh, como todos o chamavam –, um velho amigo de seu pai dos tempos do Exército, era complicado. Noah não estaria onde estava agora sem a ajuda e a orientação de Marsh, mas o apoio tinha seu preço. Um lembrete constante de que Noah nunca seria o homem que seu pai tinha sido.

Noah se levantou e alongou os braços, bocejando alto.

– Precisa de ajuda na limpeza depois da ioga hoje?

Uma das muitas coisas que Alexis fazia pelas mulheres que iam a seu café em busca de apoio era uma prática de ioga mensal destinada apenas às sobreviventes de violência sexual. A aula seria naquela noite.

– Acho que Jessica e eu damos conta, mas obrigada.

– Droga. Eu queria ter uma desculpa pra não ir à casa do Colton.

– Por quê?

– Ele abriu outro e-mail com vírus e ferrou todo o sistema.

Alexis deu uma risada solidária.

– Quer começar a montar o Lego amanhã à noite, depois de voltarmos da sua mãe?

– Com certeza. – Ele estendeu o mindinho para cumprimentá-la. Era um gesto exclusivo e secreto dos dois. – Até amanhã – disse Noah, virando-se para sair.

– Ei – chamou Alexis, atrás dele.

Noah se virou.

– Pergunte à sua mãe o que devo levar para o jantar amanhã.

Ele deu uns passos para trás e respondeu:

– Você já sabe o que ela vai dizer.

– "Só a sua presença."

Ele sorriu.

– Nos vemos amanhã – disse Alexis.

E o relógio mental de Noah imediatamente começou a contar os minutos.

QUATRO

– Em breve vamos ficar sem espaço – disse Jessica, várias horas mais tarde, enquanto prendia os cabelos em um rabo de cavalo.

As duas estavam junto ao balcão, observando o interior da loja. Mesas e cadeiras tinham sido empilhadas e alocadas em um canto para dar espaço aos tapetes de ioga e às quase vinte mulheres (se todas que confirmaram presença aparecessem) tentando recuperar a vida através do poder do movimento consciente.

– Talvez seja melhor começarmos a procurar outro lugar para a aula – sugeriu Jessica.

Alexis assentiu, distraída, porque não queria se comprometer com a ideia, só para não dar a Karen o gostinho de pensar que conseguira acabar com as aulas e enxotar as sobreviventes dali.

– Vamos dar um jeito – disse Alexis por fim.

Ela atravessou o salão para pendurar na entrada uma placa que dizia FECHADO PARA EVENTO PRIVADO. No entanto, enfiou um calço sob a porta aberta, para que as mulheres ainda pudessem entrar. Tinha levado Roliço para casa mais cedo, porque duas das alunas assíduas eram alérgicas a gato.

A instrutora, Mariana Mendoza, foi a primeira a chegar. Cumprimentou Alexis e Jessica com beijinhos seguidos de batidinhas de punho. A aula na verdade fora ideia de Mariana. Vários meses atrás, ela tinha aparecido no café com essa proposta, e Alexis topou imediatamente. Mariana era terapeuta licenciada e instrutora de ioga certificada. O conceito que ela propôs não era novo; havia muito tempo que sobreviventes recorriam à ioga para recuperar sua vida e seu corpo. Mas ainda não existia nenhum programa do tipo em Nashville, e Alexis sabia que tinha que ser ela a sediar o primeiro.

A aula inaugural, quatro meses antes, teve apenas três participantes, incluindo Alexis e Jessica. Mas assim que a notícia se espalhou, a cada semana mais e mais mulheres apareceram, até preencher todo centímetro de espaço disponível. Jessica tinha razão. Precisariam arranjar outro local em breve se quisessem admitir o maior número possível de alunas. Mais uma coisa a ser acrescentada à lista de tarefas.

Enquanto Alexis e Jessica trocavam de roupa, várias mulheres chegaram e se acomodaram em seus tapetes.

Mariana se aproximou de Alexis, que agora estava perto da entrada.

– E como estamos? – Ela sempre usava a primeira pessoa do plural, o que dizia muito sobre a sua modéstia.

– Bem – respondeu Alexis, dando de ombros. – Na correria, mas bem.

– Você parece cansada. Estamos dormindo bem?

– Sim – respondeu Alexis, mas deve ter falado com intensidade demais, pois Mariana estreitou os olhos.

– Alguma coisa sobre a qual a gente precise conversar?

– Nada que uma boa sessão de ioga não possa resolver – respondeu Alexis, cautelosamente evitando a pergunta. – Vou cumprimentar umas pessoas.

Ela foi receber algumas das participantes assíduas, apresentou-se às novatas e depois ocupou seu lugar em um tapete na primeira fila. Sempre reservava a última fileira àquelas que ainda não estavam prontas para serem abertamente observadas. Às vezes era preciso muita confiança só para aparecer, e, embora a aula fosse destinada a iniciantes de todos os níveis de condicionamento físico e estrutura corporal, ainda podia ser embaraçoso para as mulheres que estavam lá pela primeira vez ficar na postura do cachorro olhando para baixo em uma sala cheia de pessoas estranhas.

Às vezes, ainda era difícil para Alexis. Sentia-se exposta todo santo dia de sua vida. Não tanto como na época em que revelou a verdade sobre Royce, mas a ansiedade ainda existia. Quando ia ao mercado. Quando conhecia pessoas novas. Quando estranhos olhavam para ela na rua. Ao pegar alguém a observando como se tentasse se lembrar de onde a conhecia, seu primeiro instinto era se virar e se esconder do olhar inquisidor. Era mais fácil falar em manter a cabeça erguida do que mantê-la de fato, quando seu rosto estampara a primeira página dos jornais de todo o país.

– Muito bem, amigas, estamos prontas para recuperar nosso poder?

A turma respondeu um *sim* tímido, então Mariana repetiu a pergunta. Da segunda vez, as mulheres foram mais efusivas.

– Temos umas carinhas novas aqui esta noite. Nós as acolhemos na paz e na cura.

Um murmúrio de saudações sussurradas surgiu em resposta.

– Vamos começar hoje com a postura que chamamos de Sukhasana, enquanto entoamos nossas mensagens positivas.

As mulheres a acompanharam, sentando-se com as pernas cruzadas e as mãos relaxadas sobre os joelhos.

– Eu sou forte – disse Mariana.

Todas repetiram.

– Hoje eu recupero meu poder… meu corpo… minha força…

Alexis fechou os olhos e repetiu as palavras, e havia muito tempo que não precisava tanto delas. Embora estivesse acostumada com as queixas mesquinhas de Karen, a visita daquele dia fora especialmente irritante, porque ela havia espantado Candi. Mas Alexis logo se entregou à energia corporal, à conexão entre a mente e o espírito. Ao poder curativo de alongar e movimentar o corpo.

Mariana as guiou em cada postura, com instruções calmas e incentivo, parando vez e outra para ajudar as recém-chegadas no alinhamento corporal, só encostando nelas depois de pedir permissão. Aquele era um dos aspectos mais importantes da aula – reivindicar a posse do próprio corpo. Reconquistar o que lhes fora roubado.

Não havia competição de traumas entre as mulheres naquele salão. O sofrimento de nenhuma delas era comparado ao da outra pelo tamanho da desgraça. Todas ali foram violadas e silenciadas, e todas tomaram a decisão de reencontrar a própria voz.

Cerca de dez minutos antes do fim da aula, o leve raspar da porta no chão fez Alexis olhar por cima do ombro e perder o equilíbrio na postura da árvore. Candi, na entrada, ficou de olhos arregalados e bochechas vermelhas quando vinte rostos se viraram para encará-la.

– D-desculpa… – gaguejou ela, abraçando uma grande bolsa preta pendurada em seu ombro. – Eu não sabia que era… Desculpa.

– Não tem nada do que se desculpar, querida – declarou Mariana. – Por favor, junte-se a nós. Todas são bem-vindas.

– Eu volto depois – disse Candi, cambaleando para trás.

Alexis saiu de sua fileira na ponta dos pés.

– Por favor, fica – pediu baixinho. – Podemos conversar no meu escritório, se quiser.

– Desculpa interromper – sussurrou Candi. – Eu não sabia que tinha aula hoje.

– Tudo bem. Já está quase acabando. – Alexis lançou um olhar para a turma, que claramente havia perdido a concentração coletiva. – Vamos para o meu escritório.

Candi mordeu o lábio inferior, mas por fim concordou. Seguiu Alexis de cabeça baixa, como uma criança sendo escoltada até a diretoria, passando pelo café, pelo balcão e pela cozinha. No salão silencioso, o rangido da porta vaivém soou tão alto quanto fogos de artifício.

Alexis a levou até o escritório, que tinha o tamanho de uma despensa, e lhe indicou a cadeira encostada na parede.

– É pequeno, eu sei, mas não quer se sentar?

Candi ficou indecisa, parada no minúsculo espaço entre a mesa e a porta. Enfim, sentou-se, mas permaneceu empoleirada na ponta da cadeira, um joelho balançando enquanto mordia o lábio inferior.

– Parece muito legal. A aula de ioga.

Alexis assentiu, sentando-se em sua cadeira.

– Tem feito muito sucesso.

– Então, todas aquelas mulheres foram, quero dizer, são…

– Sobreviventes de violência ou assédio sexual? Sim.

– Nossa. Que horrível.

Alexis ouvia muito isso e sempre dava a mesma resposta.

– O que fizeram com elas é horrível mesmo, mas o que elas estão fazendo hoje é uma forma maravilhosa de se empoderar outra vez.

Candi engoliu em seco.

– Você não está sozinha, Candi.

– Eu… não. – Candi balançou a cabeça. Abriu e fechou a boca duas vezes antes de finalmente soltar um suspiro frustrado. – Não vim aqui por isso. Quer dizer, eu não sou uma… uma…

– Uma sobrevivente?

– Isso. Não vim aqui para falar disso.

Alexis inclinou a cabeça, tendo de novo aquela leve sensação de familiaridade.

– Tem certeza de que já não nos conhecemos?

– Você disse que são meus olhos – disse Candi. – Que meus olhos parecem familiares.

Alexis olhou mais de perto. Candi tinha razão. As duas compartilhavam a mesma íris dourada, salpicada de verde e contornada por um castanho mais escuro. A ligeira sensação de familiaridade dentro dela deu lugar a uma onda mais intensa de espanto. Sempre lhe disseram que a cor de seus olhos era única, mas aquilo era como olhar de repente em um espelho. Como não tinha percebido antes?

– Está vendo, né? – perguntou Candi, sem fôlego agora. – Nossa semelhança. Notei na primeira vez que vi você atrás do balcão. Foi assim que eu soube que era verdade.

O espanto se tornou quase um pânico.

– Não estou entendendo. Do que você está falando…?

– Nós somos irmãs.

Alexis ouviu as palavras, mas o significado era tão ridículo que seu cérebro as bloqueou. Ela deixou escapar uma risadinha de desespero.

– Desculpa, o quê?

O semblante de Candi ganhou aquele ar de empatia que Alexis costumava transmitir às outras mulheres, e, quando ela falou, sua voz tinha adquirido o mesmo tom casual que Alexis acabara de usar com ela.

– Você nunca conheceu seu pai, não é?

Alexis se levantou tão bruscamente que acabou balançando a escrivaninha e mandando o porta-lápis direto para o chão.

– Desculpa. V-você está enganada. Não tenho irmãos.

– Não que você conheça.

– Isso é um absurdo.

Só que não era. Não totalmente. Candi tinha razão: Alexis jamais conhecera o pai. Portanto, as chances de o homem misterioso ter gerado outros filhos depois de abandonar sua mãe eram grandes. Ao longo dos anos, de vez em quando ela se perguntara a respeito disso – a respeito *dele* –, mas nunca correra atrás de mais informações, porque de que adiantaria? Que bem poderia fazer? Ele jamais fizera parte de sua vida e nunca faria. Sua mãe fora o suficiente.

– O nome do meu pai é Elliott Vanderpool – disse Candi.

Alexis recuou até sua cadeira colidir com a parede.

– Já ouviu esse nome, né? – continuou Candi.

– Não – mentiu Alexis, pisando numa ripa da cadeira. Seu cadarço ficou preso, ela cambaleou e agarrou a beirada da escrivaninha para se equilibrar.

– Ele também é seu pai – disse Candi.

– Não, eu… eu acho que isso não é possível – retrucou Alexis com uma voz que ela mesma mal reconhecia. – Lamento que tenha vindo de tão longe para nada. Isso é um engano.

– Sei que é um choque.

Um choque? Alexis teria rido do eufemismo do século se fosse capaz processar qualquer outra emoção além do entorpecimento. Queria sair correndo. Não apenas de Candi, mas do pânico que crescia no fundo de sua mente como um alerta de fuga. Mas seus pés não se moviam. Estavam enraizados tão firmemente quanto a trepadeira em frente ao café. Pelo menos a trepadeira tinha algo a que se agarrar.

– Tenho um teste de DNA que comprova – disse Candi.

Alexis a fitou nos olhos.

– Como você conseguiu meu DNA?

– Você fez um daqueles testes genealógicos, uns anos atrás.

Ah, meu Deus. Alexis tapou a boca com a mão e se virou. Foi um ato impulsivo. Um momento de fraqueza, quando sua mãe estava doente. Um desejo passageiro de se conectar com suas raízes antes que a única âncora que tinha na Terra partisse. Mas quando recebeu o resultado, não descobriu nada que já não soubesse: sua ascendência era 100% da Europa Ocidental e 0% de qualquer pessoa historicamente significativa. Ela havia guardado o resultado em uma gaveta e nunca mais olhou para ele.

– Também fiz o teste – dizia Candi, de algum lugar distante. – E você surgiu como minha possível irmã.

Alexis vasculhou o cérebro em busca de palavras.

– Esses testes podem errar.

– Alexis, nossos olhos são iguais. – Candi se levantou e seus passos soaram mais próximos. – Você tem um irmão também. Ele se chama Cayden. E duas sobrinhas, Grace e Hannah. Uma cunhada chamada Jenny. Uma tia e um tio…

– Para. – Alexis engasgou. O ar se tornou veneno em seus pulmões. Tentou exalar, mas não conseguiu.

– Tem outra coisa – continuou, seu tom passando de ligeiramente reconfortante a arrependido por antecipação.

Alexis se forçou a encarar Candi, cujas feições voltaram a expressar a tímida hesitação.

– Nosso pai está doente.

Alexis mal teve tempo de reagir à expressão *nosso pai* antes de registrar as duas palavras que a seguiram.

– Como… Que tipo de doença?

– Falência renal.

Pela segunda vez, Alexis cambaleou para trás como se Candi tivesse lhe dado uma bofetada. Suas panturrilhas bateram contra a cadeira, e ela caiu sentada.

– Há alguns anos, ele sofreu um grave acidente de carro que destruiu seus rins – disse Candi, a voz trêmula. – Ele está fazendo diálise, mas não consegue recuperar a função renal. Precisa de um transplante.

– Então você me procurou porque… – Alexis não conseguiu sequer terminar a frase. Uma risada irônica completou seu pensamento.

– Você pode ser compatível – sussurrou Candi.

Alexis fechou os olhos com força. Aquilo não podia estar acontecendo.

– Você pode salvar a vida dele, se for compatível. Ele está na lista de espera por um doador há dois anos.

Alexis só queria tapar os ouvidos e gritar lá-lá-lá-lá. Não queria se importar. Nem com ele nem com Candi.

– Sei que é um choque…

Alexis abriu os olhos.

– Há quanto tempo você sabe sobre mim?

A hesitação de Candi foi uma resposta por si só.

O tom de Alexis endureceu.

– Quanto tempo?

– Faz três anos que descobri.

Três anos. Alexis expirou o peso de uma vida inteira de perguntas sem resposta, só para em seguida inspirar o peso de outra vida de novas incertezas. Aquilo significava que *ele* também sabia dela havia três anos? Ou será que sempre soube? De um jeito ou de outro, era óbvio que não se importara o bastante para procurá-la pessoalmente.

– Ele não me deixou entrar em contato com você antes – explicou Candi, como se lesse seus pensamentos.

Então ele *sabia* sobre ela, pelo menos durante aquele tempo. Alexis levantou-se devagar.

– Talvez você devesse ter respeitado o desejo dele.

– Não posso. Nosso tempo está acabando. Ele está no topo da lista, mas já é a terceira vez, e sempre dá algo errado com o doador. Se não conseguir um rim logo…

– Em quanto tempo? – Alexis se ouviu perguntando.

– Alguns meses. Não sabemos ao certo.

A empatia guerreava com a autopreservação. Parecia que na sua vida era sempre assim.

– Sei que estou pedindo uma coisa bem grande – disse Candi. – Doar um rim para um completo estranho.

Alexis deixou escapar uma risada seca e balançou a cabeça. Doar um rim para um completo estranho seria mais fácil.

Candi se aproximou.

– Você quer que eu implore? Eu imploro.

Não, ela não queria que Candi implorasse. Ninguém deveria ter que barganhar pela vida de um ente querido. Alexis conhecia aquela desesperança aterradora, que a deixara de joelhos, prometendo a médicos, a pesquisadores e a Deus que faria qualquer coisa, diria qualquer coisa, daria qualquer coisa, se eles conseguissem salvar sua mãe. Nada disso fora suficiente.

Às vezes, a esperança era a barganha dos tolos.

Não desejava aquilo para ninguém.

– Por favor, Alexis – disse Candi, recorrendo finalmente à súplica.

Alexis pressionou os dedos nas linhas que se formavam em sua testa.

– Tenho que pensar.

– Mas…

– Já faz três anos que você sabe de mim, Candi. Eu mereço alguns dias para me acostumar com a ideia.

Mais uma vez, Candi cobriu as mãos com as mangas do moletom e envolveu o próprio corpo em um abraço. Teria parecido uma postura defensiva em qualquer outra pessoa, mas Candi estava apenas conformada. Ela engoliu em seco, tensa, depois assentiu.

– Está bem.

– Como posso entrar em contato?

Sem uma palavra, Candi pegou a bolsa que estava no chão, ao lado da cadeira. Tirou um caderninho e uma caneta e rabiscou seu número em um pedaço de papel.

Alexis o dobrou.

– Estou hospedada em um hotel – disse Candi. – Preciso voltar em breve para Huntsville.

– Entendo – disse Alexis com dificuldade.

Candi puxou a manga do moletom mais uma vez.

– Então você me liga ou…

– Preciso de um tempo.

Candi abriu a boca como se fosse falar algo mais, provavelmente para lembrar Alexis que tempo era uma coisa que ela não tinha. Alexis seria uma hipócrita se não compreendesse. Nada ecoava tão alto quanto o persistente tique-taque do cruel relógio do tempo, quando cada segundo nos aproximava mais do último.

Candi acenou com a cabeça de um jeito rígido antes de se virar. Alexis a observou pendurar a bolsa no ombro tenso e depois, olhando uma última vez para trás, ela foi embora. Seus passos eram firmes, porém desanimados.

Um momento se passou, em seguida veio o *nhec nhec* da porta da cozinha.

Depois de um bom tempo, Jessica apareceu.

– Tudo bem aí?

Alexis procurou se recompor.

– Você e Mariana podem cuidar da limpeza hoje? Preciso fazer uma coisa.

Jessica hesitou.

– Eu... sim. Tem certeza de que está bem?

– Não faço ideia.

– Alexis...

Alexis se desviou dela e, desnorteada, atravessou a cozinha até a porta dos fundos. Pegou a bolsa e o casaco no caminho. Foram atitudes robóticas, tão rotineiras e involuntárias quanto as batidas do seu coração e a contração dos seus pulmões a cada respiração. Lá fora, na ruazinha onde estacionava o carro, um grupo de moças vestidas de cowgirl passou, escorando-se umas nas outras e rindo, bêbadas. Uma parte alheia da mente de Alexis começou a se perguntar se elas sabiam como eram sortudas de estarem tão despreocupadas, de terem simplesmente escapado da corda bamba à beira do abismo que ligava o antes e o depois de uma completa mudança na vida de Alexis. Outra vez. Porque, não importa o que acontecesse, não importa o que decidisse, sua vida nunca mais seria a mesma.

Ela mal se lembrava de ter dirigido para casa, mas de repente estava na garagem, com o carro parado e um silêncio assustador. Quando foi que desligou o rádio? Sempre dirigia com ele ligado; preferia a conversa casual dos DJs e dos noticiários ao caos interminável dos próprios pensamentos.

Alexis desligou o carro e tirou a chave da ignição. Suas mãos caíram no colo. Sabia o que precisava fazer, mas não conseguia pôr seus músculos para trabalhar. Olhou para a casa, o interior escuro, exceto por uma única luz na janela. Sua mãe se fora havia mais de três anos, mas aquela ainda parecia ser a casa dela.

Nas primeiras semanas após a morte da mãe, ela prometera vender a casa e se mudar. Talvez para um loft moderno no centro da cidade, onde pudesse se distrair com o barulho e as luzes de uma balada country. Mas logo a ideia começou a parecer uma traição. A mãe havia trabalhado em dois empregos para comprar a casa. Seu sacrifício merecia mais.

Então Alexis ficou. Por fim, fez da casa seu lar. Os sofás esfiapados deram lugar a móveis novos. As paredes foram pintadas e os armários, substituídos.

Levou anos para deixar de sentir a dor da perda toda vez que entrava na garagem. Mas em algum momento do ano anterior a dor se tornara mais amena, dando lugar à brandura conhecida como nostalgia.

Alexis se arrastou para fora do carro e até a entrada. Roliço a cumprimentou com um miado do topo da escada enquanto ela subia os degraus. Seu quarto era o último à direita de um longo corredor. Dentro do closet, ela ficou na ponta dos pés para alcançar uma caixa de sapatos abarrotada.

Abrir mão das coisas da mãe fora a parte mais difícil de sua morte. O caráter definitivo da ação. Uma vida inteira, de repente relegada a alguns itens: uma colcha de crochê que a mãe fizera, algumas roupas das quais Alexis não tinha coragem de se desfazer, uma pilha de pratos sortidos, uma coleção de lembrancinhas.

E ainda havia aquela caixa de documentos, fotos e cartões que ela achava que um dia teria tempo e paz de espírito para organizar. Alexis não lembrava bem onde guardara o cartão específico que estava procurando.

Não parecera importante o bastante para que o guardasse em algum lugar especial; apenas um simples cartão que acompanhara umas flores do enterro.

Tudo o que Alexis se lembrava era do nome assinado.

CINCO

– Ei, você já viu a esposa do Russo?

– Quê? – Noah ergueu o olhar do desastre que era o notebook de Colton.

Já estava havia duas horas na propriedade palaciana do amigo, trabalhando amargurado. Não apenas pela completa incapacidade de Colt de parar de destruir a própria segurança, mas pela sensação incômoda de que ele, Noah, havia se tornado oficialmente uma fraude.

Estava ali, sentado em uma mansão que devia custar mais do que a maioria dos estadunidenses levava uma década para ganhar, uma casa grande o bastante para vinte pessoas viverem como majestades. E enquanto o velho Noah estaria se rebelando contra um sistema econômico que permitia que uma riqueza daquelas se acumulasse no topo da pirâmide, o Noah atual estava ganhando dinheiro com ela.

Então, sim, ele estava amargurado.

– A esposa do Russo – repetiu Colton. – Você já viu?

Noah deu uma olhada de soslaio para ele.

– Não. Por quê?

– Acho que ela não existe.

Noah bufou e levou a cerveja à boca.

– Ridículo. É óbvio que ela existe.

– Ninguém nunca a viu. Acho que ela é fruto da imaginação dele.

Noah revirou os olhos.

– Ele é um atleta profissional. Seria impossível fingir ter uma esposa. É só pesquisar no Google.

– Já pesquisei. Tem zero foto dela. Sério, nenhuminha. Você não acha estranho?

Noah resmungou de novo.

– Você não tem amigos? Estou trabalhando.

– Isso magoou, cara. Pensei que *nós* fôssemos amigos.

A culpa forçou Noah a pedir desculpas.

– Tá certo. Mas você não tem nenhum compromisso? Pensei que celebridades tinham que aparecer e fazer essas coisas de gente famosa.

– Tenho não.

Colt apoiou um violão no colo e dedilhou alguns acordes. Noah ergueu os olhos.

– Essa é nova?

Colt deu de ombros.

– Estou trabalhando nela para o próximo álbum. – Sua voz ganhara uma tensão quase imperceptível.

O amigo de Noah – sim, eles *eram* amigos, por mais estranho que parecesse – dependia do próximo álbum. Os dois primeiros discos venderam mais de um milhão de cópias, mas o último não teve um único sucesso entre as dez mais.

– Sabe, você podia investigar.

Noah espiou por cima dos óculos.

– Investigar o quê?

– A esposa do Russo.

– Por que eu?

– Porque você trabalha pra CIA, né?

– Trabalho – respondeu Noah, irônico. Os caras estavam convencidos de que sua empresa era apenas uma fachada para algo muito mais emocionante.

Colton parou de tocar.

– Caramba. É sério?

Noah continuou digitando.

– Não.

– Mas você tem um furgão de vigilância, cara.

– Toda firma de segurança eletrônica tem.

– Mentira.

Noah suspirou e se recostou na cadeira, afastando-se da mesa de jantar na qual estava trabalhando.

– Os clientes me contratam para testar a segurança dos seus sistemas. Às vezes, isso requer meios de comunicação e vigilância.

– Acho que você está mentindo. Acho que trabalha para o FBI ou coisa assim.

Bem, essa parte era quase verdade. Ou já tinha sido. Virar consultor do FBI foi a única coisa que o manteve fora da prisão.

Mas já eram águas passadas. Atualmente, ele recebia milhões de dólares para ajudar imbecis como Colton Wheeler a se protegerem ao clicar em links pornográficos.

O celular de Noah vibrou no bolso. Ao pegá-lo, viu o rosto de Alexis na tela. Seu humor melhorou no mesmo instante.

– Oi – disse ao atender.

– Noah... – A voz de Alexis soou quase inaudível.

Ele ficou com o corpo todo rígido.

– O que aconteceu?

– Você pode... – Ela parecia estar sufocada.

Noah se levantou, quase derrubando a cadeira.

– Posso o quê? O que foi?

– Aconteceu uma coisa. Você pode vir aqui em casa?

– Já estou indo – respondeu ele, e enfiou o celular em um bolso enquanto arrancava as chaves do outro.

Colton o observava, a preocupação alterando sua voz e seu olhar.

– Está tudo bem?

– Tenho que ir.

Noah cruzou a cidade como se estivesse em um jogo de *Mario Kart*. Subiu com tudo na calçada da garagem, desligou o motor e pulou do carro. A porta da frente estava destrancada, então ele entrou e gritou o nome dela.

– Aqui em cima! – respondeu Alexis do segundo andar, sua voz soando grave.

Ele subiu as escadas de dois em dois degraus e percorreu o curto corredor até o quarto. Alexis estava sentada no banco junto à janela, que tinha vista para o quintal. Ao ouvi-lo chegando, ela se virou. Seus olhos estavam vermelhos e inchados. O cabelo estava preso no topo da cabeça em um coque desleixado, e ela vestia um blusão e calças largas de moletom. Sua aparência estava, em uma palavra, horrorosa. Noah teria rido, se seu coração não tivesse sido despedaçado de repente.

Ele absorveu o resto do cenário. Uma caixa de papéis e fotos estava virada no chão, e havia outros itens espalhados pela cama. Atravessou o cômodo a passos largos e se ajoelhou ao lado do banco.

– O que foi? O que aconteceu?

Alexis lhe entregou um cartão amassado e amarelado, do tipo que acompanha buquês de flores.

Um nome tinha sido escrito às pressas em um garrancho.

Elliott V.

Confuso, Noah franziu a testa e olhou para ela.

– O que é isso? Quem é Elliott V.?

– Pelo visto, esse *aí* é o meu pai.

Dez minutos angustiantes se passaram até que Noah conseguisse arrancar dela a história toda. A moça, aquela que Alexis passara a semana esperando que a procurasse para conversar, não era uma sobrevivente, mas sua irmã!

Noah tentou manter uma expressão relaxada e neutra enquanto Alexis preenchia as lacunas. Por dentro, no entanto, o rancor lutava contra a fúria. Uma fúria pura e incandescente. O homem ignorou a filha a vida inteira e agora queria um rim dela?

Ele se sentou de cócoras.

– Como sabe que a Candi está dizendo a verdade?

Alexis passou a mão no nariz.

– Por que ela mentiria?

– As pessoas mentem por tudo quanto é motivo.

– Nós temos olhos exatamente iguais, Noah. E, seja como for, ela disse que tem um exame de DNA que comprova.

– Você viu? O resultado do teste?

– Não, mas ainda tem isso aqui – respondeu ela, mostrando o cartão. – Quais as chances de outra pessoa chamada *Elliott V.* ter enviado flores para o funeral da minha mãe?

Noah passou a mão no cabelo.

– O que você vai fazer?

– Não sei.

– A Candi falou como entrar em contato com ela?

Alexis enfiou a mão no bolso do moletom e tirou um pedaço de papel com um número rabiscado. Noah o pôs de lado e depois descansou as mãos sobre as pernas dela.

– Você está bem? – perguntou ele, da maneira mais delicada possível.

Ela desviou o olhar. Engoliu em seco outra vez.

– Olha pra mim.

Alexis obedeceu, mas no mesmo instante endireitou as costas e mascarou a expressão com um ar de tranquilidade.

– Não faça isso – disse Noah, apertando suas pernas.

Ela limpou a garganta, em um esforço nítido.

– Não fazer o quê?

– Se fechar. Fingir que não está chateada.

– Estou bem – disse Alexis, balançando a cabeça em um gesto nervoso.

– Você não está bem. Está em choque porque sua vida virou de cabeça pra baixo de novo.

Ela cruzou os braços em uma atitude defensiva, de autoproteção.

– Estou bem. Eu só… eu só preciso de um minuto.

Alexis fez uma pausa e engoliu em seco. Noah a vira fazer a mesma coisa muitas vezes, e agora reconhecia bem o significado daquele gesto. Uma tentativa de evitar demonstrações ostensivas de emoção. A mãe dele fazia a mesma coisa na época em que a morte de seu pai ainda era recente e dolorosa. Noah temia que, quando Alexis finalmente explodisse, a situação ficasse mais complicada, assim como aconteceu com sua mãe. E havia jurado que estaria presente para ajudá-la a recolher cada pedacinho, o que não pudera fazer pela própria mãe.

Noah se levantou e fez uma careta ao sentir a rigidez dos joelhos depois de ficar tanto tempo agachado.

– Vou fazer um chá pra você.

– Não precisa – disse ela.

– Eu sei, mas vou fazer mesmo assim. – Ele ajeitou um cacho atrás da orelha dela. – Talvez eu bote um golinho de uísque no chá também.

O sorriso dela foi tão triste quanto forçado.

– Você é um sonho, sabia?

– Sabia. – Ele sorriu e piscou e ficou aliviado quando os lábios dela relaxaram um pouco, abrindo um sorriso de verdade. – Volto em um minuto.

Ele desceu correndo as escadas, saltando o último degrau bem a tempo de evitar uma tentativa de assassinato de Roliço. O maldito gato o odiava. Gostava de dar as caras das maneiras mais inescrupulosas possíveis, normalmente se atirando sob seus pés no momento exato para fazê-lo tropeçar ou se escondendo debaixo de uma cadeira para declarar guerra aos seus cadarços. Roliço chiou e subiu as escadas com muito mais agilidade do que Noah esperaria de um animal cuja barriga se arrastava no chão.

Noah encheu com água fresca a chaleira que estava no fogão e vasculhou o armário atrás do chá de camomila.

Assim que a chaleira começou a assobiar, ele desligou o fogo e despejou a água na caneca. Depois cumpriu sua promessa e adicionou um golinho de uísque. Para si, foi uísque puro com uns cubos de gelo.

Ao voltar para o quarto, encontrou Alexis sentada na cama com as pernas cruzadas e Roliço no colo.

– Ele tentou me matar de novo – contou Noah, esperando arrancar outro sorriso dela.

Alexis colocou o gato ao lado e pegou o chá.

– Obrigada.

– Quer que eu acenda o fogo? – perguntou ele, apontando para a lareira.

– Uhum.

Noah deixou o uísque na mesinha de cabeceira antes de se agachar em frente à lareira. Um minuto depois, o fogo começou a crepitar. Ao se virar, Alexis tinha deslizado pela cama e se encostado na cabeceira.

Ele tirou os sapatos e se sentou no colchão. Seu peso fez o colchão afundar e a cama ranger, e o som causou um impacto constrangedor nos seus sentidos. Em todo o tempo que se conheciam, em todo o tempo que já tinham passado juntos, nunca estivera numa cama com ela. Já estivera em seu quarto várias vezes. Caramba, foi ele quem carregou a lenha lá para cima. Mas sentar na cama? Jamais.

Alexis tomou um gole do chá e respirou fundo.

– Muito quente? – perguntou ele.

– Muito uísque.

Noah deu uma risadinha.

– Vai aliviar a tensão.

– E me fazer virar homem?

– Nossa, espero que não.

Alexis riu. Finalmente. Graças a Deus. Ela tomou outro gole, e dessa vez deve ter descido mais suave, porque ela acabou descansando a cabeça na cabeceira. Depois de mais dois goles, ela olhou para ele.

– Obrigada por ter vindo.

Noah se recostou e ficou na mesma posição que Alexis, de modo que seu rosto ficou a centímetros de distância do dela.

– Para que servem os amigos?

– Espero não ter interrompido nada.

– Só o Colton inventando teorias da conspiração.

Alexis riu de novo e, antes que Noah percebesse o que estava acontecendo, ela se aproximou e descansou a cabeça em seu ombro. O coque bagunçado fez cócegas em seu queixo. O cabelo dela cheirava a ervas, como o óleo essencial que ela usava no pescoço para prevenir enxaquecas.

– O aniversário da minha mãe é na semana que vem – disse ela de repente.

– É mesmo?

Ela desencostou a bochecha do ombro de Noah e virou o rosto na direção dele.

– Acho o aniversário dela mais difícil do que o aniversário de morte. Isso é estranho?

Noah se forçou a sustentar o olhar dela. Eles raramente falavam sobre seus pais, e os dois tinham perdido um dos pais quando ainda muito novos. A mãe dela morrera de câncer havia três anos, e o pai dele morrera no Iraque, quando Noah tinha quinze. Era algo que tinham em comum, um clube do qual jamais quiseram participar, mas que os definia de uma maneira que ninguém de fora podia entender. Havia certa solidão em perder um dos pais tão jovem. Um sentimento de injustiça que os separava dos outros.

Mas provavelmente era por isso que *não* tocavam no assunto. Eles se compreendiam sem ter que expressar a dor que sentiam.

Noah engoliu em seco antes de responder.

– Não acho estranho, não.

– E pra você? Qual é o mais difícil?

– O aniversário de morte é mais difícil pra mim – respondeu ele. Mas logo balançou a cabeça e baixou os olhos. – Na verdade, é mentira. A noite anterior ao aniversário de morte é mais difícil pra mim.

– Por quê?

– Porque começo a contar as horas e os minutos até o momento em que recebemos a notícia. Não consigo me distrair. Não consigo dormir. Pela manhã, fico... – Sua voz sumiu enquanto procurava as palavras certas.

Alexis não o incentivou a continuar. Apenas ouviu e esperou. Uma qualidade que Noah duvidava que ela tivesse aprendido trabalhando com as sobreviventes; achava que fosse simplesmente parte de sua personalidade. Uma boa ouvinte. Uma boa amiga. Uma boa pessoa.

– Impotente – respondeu ele, por fim. – O sentimento é esse. Não posso fazer nada. Não posso voltar atrás e mudar as coisas.

Alexis assentiu, deu um leve sorriso e então voltou a apoiar a cabeça no ombro dele.

O fogo crepitava. Ela suspirou. Na outra ponta da cama, Roliço se lambia. E em algum lugar bem lá no fundo Noah sentiu uma brasa se acender.

Não que fosse a primeira vez que Alexis se aconchegava nele. Atualmente, a posição rotineira dos dois assistindo a um filme era ela com os pés em seu colo. E apenas algumas semanas atrás, Alexis tinha adormecido encostada nele.

Aquilo ali era diferente.

Talvez fosse por causa do que os caras tinham dito. Talvez tivessem plantado na cabeça de Noah umas sementinhas que agora começavam a germinar. Ou talvez, *o mais provável*, fosse porque os caras estavam certos. Seus sentimentos por ela eram reais, e vê-la vulnerável assim o impedia de negar. Porém, a única coisa que Noah sabia a respeito de jardinagem era que havia uma pequena janela de tempo em que as raízes podiam pegar. Ele perdera essa oportunidade com Alexis. Arriscar a amizade agora seria loucura. Estupidez.

Principalmente agora.

Ele não estava na *friendzone*. Estava sendo um amigo de verdade.

– Sua mãe nunca falou do seu pai?

– Nem uma vez. Pelo menos, nunca mencionou o nome dele. – Alexis lambeu os lábios e continuou: – Quando fiz dezoito anos, ela se ofereceu para me contar quem ele era, mas não me pareceu valer a pena. Era óbvio que ele não ligava pra mim, então por que eu ia ligar pra ele?

Pelo que Noah estava vendo, esse sentimento ainda valia. Aquele traste estava usando uma filha para fazer a outra – aquela que ele havia negligenciado a vida inteira – se sentir culpada o bastante para arriscar a própria vida para salvar a dele.

– O que você pretende fazer? – perguntou ele, depois de um momento.

– Não faço ideia.

– Você não precisa fazer nada. Sabe disso, né? Não tem obrigação de fazer o que a Candi está pedindo.

Alexis reprimiu um bocejo.

– Você está bem?

– Não consigo ficar de olhos abertos.

– Então dorme. Seu corpo está avisando que precisa de tempo pra se recuperar do choque.

Ela bocejou de novo. Noah tirou a caneca de chá de suas mãos.

– Deita. Dorme um pouco.

– Você vai embora? – perguntou ela, levantando a cabeça de seu ombro.

Noah inclinou o pescoço e beijou o topo da cabeça dela.

– Não vou a lugar nenhum.

Alexis escorregou na cama e rolou para o outro lado. Dez minutos depois, sua respiração diminuiu para um ritmo constante.

Levaria horas até que a respiração de Noah também ficasse estável.

Noah não conseguia respirar.

Uma pressão quente e pesada em seu peito estava esmagando seus pulmões aos poucos. Acordou com uma tosse sufocante e viu de cara os olhos amarelos e brilhantes do próprio demônio.

Roliço.

Era o fim. Era aquele o momento da sua morte. Roliço o vira dormindo ao lado de Alexis e finalmente teria sua revanche. O gato estava no peito dele, suas garras cravando a pele através da camiseta. O ódio irradiava daqueles olhos.

– Calminha – sussurrou Noah, olhando de soslaio para onde Alexis dormia um sono profundo. – Só fica calminho aí.

Roliço abriu a boca e deixou cair os restos de um rato morto em seu peito.

– Meu Deus do céu!

Noah pulou da cama. O gato rosnou e cravou as garras em seu peito antes de voar como uma gárgula alada. O rato morto caiu no chão com um baque abafado.

Alexis se mexeu, mas não acordou. O rato morto o encarava com um olhar vago e fúnebre. Noah tinha que se livrar daquilo antes que Alexis visse. Saiu do quarto na ponta dos pés e foi até o banheiro. Debaixo da pia, encontrou um rolo de papel e um estoque de saquinhos plásticos. Roliço rosnava do topo da escada, e Noah lutou contra a vontade de lhe mostrar o dedo do meio antes de voltar para o quarto.

Prendendo a respiração, Noah pegou o roedor com um chumaço de papel e o jogou no saquinho. Alexis se mexeu de novo, e ele congelou. O peito dela subia e descia regularmente a cada respiração, e seu rosto adormecido estava relaxado como ele jamais tinha visto. Queria voltar de mansinho para a cama e envolvê-la pela cintura.

E foi por isso que forçou seus pés a se moverem. Levou o saquinho com o rato morto para baixo. A lixeira estava no quintal, logo à porta, e, depois de descartar o rato, pegou as chaves do carro no bolso. Seria impossível voltar a dormir de verdade, então pensou em aproveitar o tempo.

Noah pegou sua mochila, voltou para dentro e se jogou no sofá. Fez uma pesquisa rápida sobre os riscos de doar um rim. O primeiro resultado foi uma lista de perguntas frequentes da Mayo Clinic, uma organização sem fins lucrativos da área da saúde, então ele clicou no link e se recostou nas almofadas para estudar os pontos-chave. *Milhares de transplantes de rim são realizados todos os anos nos Estados Unidos... maior probabilidade de sucesso nos casos de doadores vivos... riscos mínimos de complicações de saúde a longo prazo para os doadores... recuperação de seis semanas.*

Ele consultou vários outros resultados da pesquisa, mas todos forneceram as mesmas informações básicas. A doação de rim era segura, oferecia pouquíssimos riscos aos doadores, e as doações de familiares que compartilhavam um vínculo genético podiam reduzir as chances de rejeição do novo órgão pelo corpo do receptor.

Noah fechou o notebook e esfregou as mãos no rosto. Era tudo muito clínico. Olhou para o teto e imaginou Alexis no andar de cima. Na cama. Outro gemido fez com que ele se empertigasse e abrisse o notebook de novo. Digitou o nome Elliott Vanderpool. Levou menos de cinco minutos de pesquisa para entender que o pai de Alexis tinha muito mais pecados do que o abandono da filha.

O salafrário era o chefe de engenharia da divisão aeroespacial de um dos maiores fornecedores do Departamento de Defesa do país, a BTech – uma empresa que estava sob investigação federal havia cinco anos por não relatar corretamente os defeitos nos sistemas de navegação de seus drones, o que resultou na morte de centenas de civis iraquianos.

Aquilo significava que ele estava mergulhado em sangue até o pescoço.

Um homem como aquele não merecia sequer sussurrar o nome de Alexis, muito menos pedir a droga de um rim dela.

SEIS

Na manhã seguinte, Alexis acordou se sentindo uma abóbora oca. Mas não uma daquelas risonhas e esculpidas para o Halloween. Estava mais para uma velha abóbora sinistra, vazia e molenga, sujeita a se espatifar em pedacinhos esponjosos se fosse chutada.

Havia adormecido em cima do edredom, mas em algum momento Noah devia tê-la coberto antes de ir embora. Ela não acreditava que tinha dormido a noite toda. Deve ter sido o uísque.

Um miado ao lado da cama interrompeu seus pensamentos. Alexis rolou de lado e viu Roliço. Deu um tapinha no colchão para que ele subisse. Foram necessárias várias tentativas antes de o bichano finalmente arrastar seu corpinho parrudo para a cama. Ele roçou a cara na dela, depois se aquietou com um ronronar alto. Alexis era a única pessoa em quem ele confiava o suficiente para baixar a guarda assim. A única pessoa em quem ele confiava, ponto final. Pobre gato incompreendido.

Ela o adotara apenas seis semanas depois que a mãe morreu. Não estava procurando um novo gato. Mal conseguia se manter ativa, e a última coisa de que precisava era a responsabilidade de ter um novo animal de estimação. Mas o abrigo ligara dizendo que ele estava lá havia mais de três meses e perguntara se ela não poderia pelo menos abrigá-lo por um tempo.

Alexis deu uma olhada na cara zangada do bichano e soube que ele seria seu para sempre. Nunca fora capaz de virar as costas para uma criatura solitária.

Criaturas solitárias quase sempre travavam uma batalha da qual ninguém sabia.

O despertador do celular tocou na mesinha de cabeceira. Hora de levantar. Não podia se dar ao luxo de ficar de preguiça na cama, não importava o que tinha acontecido no dia anterior. A cafeteria não estava nem aí se uma bola de demolição tinha atingido sua vida em cheio.

Depois de pedir desculpas a Roliço, ela se sentou e afastou as cobertas.

E foi aí que sentiu o cheiro.

Café.

Só podia ser sua imaginação. Porém, quando saiu da cama, o cheiro a alcançou de novo. Mais forte agora. Como um presente dos céus. Será que Noah tinha programado a cafeteira antes de ir embora, na noite anterior? Era exatamente o tipo de coisa que ele faria. Uma sensação quente e doce se espalhou em seu peito enquanto atravessava o quarto, mas ela parou quando ouviu um barulho no andar de baixo.

Um tilintar, como um bule de café contra uma caneca.

A sensação quente e doce evaporou quando seu coração deu um pulo. Noah ainda estava ali. Alexis se virou e olhou para a cama enquanto todo o ar escapava de seus pulmões.

Foi de fininho até o banheiro para conferir sua cara de sono. Olhos inchados de dormir. Bochechas ressecadas de chorar. Cabelo igual ao de um personagem de desenho animado. Então, nossa, estava superatraente. Ela rapidamente amansou o cabelo com um coque alto e jogou um pouco de água no rosto.

Com os pés descalços e pisando leve sobre o carpete, Alexis desceu as escadas e atravessou o corredor em direção à cozinha. Parou de repente com a visão que a saudava. Noah estava no balcão, de costas para ela. Usava as mesmas roupas da noite anterior, só que estavam mais amarrotadas. O cabelo solto em volta dos ombros – volumoso e ondulado, o tipo de cabelo que supermodelos pagavam milhões para conquistar e manter. Ele segurava uma caneca em uma das mãos e o celular na outra, o polegar rolando o feed do Twitter.

Alexis entrou na cozinha e tentou manter a voz normal.

– Oi.

Noah se virou e esboçou um sorriso cansado para ela.

– Oi – respondeu ele, a voz ainda rouca de sono. – Dormiu bem?

Alexis assentiu, envolvendo o próprio corpo em um abraço.

– Achei que você tinha ido embora.

Noah se distanciou do balcão, as sobrancelhas arqueadas atrás dos óculos.

– Até parece que eu ia te deixar sozinha. – Ele acenou com a cabeça em direção à mesa. – Senta. Vou fazer o café da manhã pra você.

– Obrigada, mas acho que só quero um cafezinho mesmo. Não sei se aguento comer agora.

Alexis se sentou e encolheu as pernas, apoiando o pé na beirada da cadeira. Seu olhar acompanhava os movimentos dele: pegando uma caneca no armário, servindo o café e adicionando a quantidade certa de creme e açúcar para torná-lo palatável. Em seguida, Noah se sentou com ela à mesa, tomando a cadeira ao seu lado.

– Tem certeza de que está tudo bem? – perguntou ele, entregando-lhe a caneca.

– Estou só meio dormente. A noite de ontem nem parece real. – Alexis envolveu a caneca quente com os dedos e deixou o calor penetrar sua pele. – Obrigada por ter ficado.

Noah encostou de leve sua caneca na dela.

– Para que servem os amigos?

Os dois tomaram o café em silêncio. Alexis abafou um bocejo com a mão.

– Talvez você devesse tirar o dia de folga hoje – disse Noah.

– Não posso. Preciso ir.

– Você tem o direito de ficar doente de vez em quando, Lexa.

– Como está o seu dia hoje?

Noah voltou a erguer a sobrancelha com a óbvia mudança de assunto.

– Muitas mensagens de voz que não quero ouvir, uma reunião de acompanhamento com um novo cliente em potencial, e qualquer incêndio que apareça para eu apagar.

– Parece empolgante.

– Não é. Prefiro ficar aqui com você.

Alexis voltou a sentir aquele calor no peito, seguido imediatamente pela incerteza. O que aquilo significava?

– A que horas precisamos estar na casa da sua mãe?

Noah se recostou na cadeira.

– Talvez fosse melhor cancelar o jantar de hoje.

– Não.

– Não tem por que ir lá. A gente pode ficar de boa, montar o Lego.

– Eu quero ir, Noah. Preciso disso. – Ela abriu um meio sorriso. – Além do mais, quero fazer aqueles cogumelos recheados que sua irmã adora, caso ela apareça.

– Deus me livre desapontarmos a Zoe.

Alexis cutucou o pé dele com o seu.

– Você também tem medo dela.

– Essa é uma grande verdade.

A conversa deu lugar a uma troca de sorrisos. Alexis abriu a boca para lhe agradecer outra vez por ter ficado, mas ele a interrompeu.

– Fiz umas pesquisas ontem à noite, depois que você dormiu.

Alexis prendeu a respiração.

– Pesquisa?

– Sobre ele.

O café azedou em seu estômago.

– O que você descobriu?

Noah coçou a barba.

– Grande parte do que a Candi te contou parece ser verdade. Ele mora em Huntsville. Tem dois filhos adultos, Candace e Cayden. Trabalha em uma empresa de engenharia aeroespacial. Achei o link de um boletim informativo da empresa com o perfil dele, publicado uns meses atrás. Eu imprimi, caso você queira ler.

Ele tocou um maço de papel com a impressão virada para baixo, ao lado do seu notebook. Alexis observou por um momento antes de assentir. Noah deslizou os papéis em sua direção, mas ela não os pegou. Ia ler mais tarde.

– Descobriu mais alguma coisa?

Noah hesitou.

– Você não disse que sua mãe é do Tennessee?

– Sim, por quê?

– Elliott é da Califórnia, e parece que ele só se mudou de lá depois de 1999.

– Minha mãe morou na Califórnia por dois anos, antes de eu nascer.

Noah assentiu, distraído. Seus olhos pareciam distantes.

– Acho que faz sentido, então.

Alexis franziu o cenho.

– O que você sabe que eu não sei?

– Desenterrei o anúncio de casamento dele no arquivo de um jornal on-line.

Sem olhá-la nos olhos, Noah ligou o computador, digitou alguma coisa e depois o virou para Alexis. Na tela havia uma foto em preto e branco de um casal de noivos sorridentes, com as bochechas coladas e as mãos unidas em frente ao peito.

Alexis sentiu tudo girar enquanto seus olhos se concentravam naquele homem. Era ele? Aquele era o seu pai? O homem de quem sua mãe nunca falava, o homem que jamais teve interesse em conhecer a própria filha, que abandonara sua mãe, deixando-a sozinha para criar Alexis? A imagem estava desfocada demais para que pudesse estudar bem os olhos dele e ver se realmente eram iguais aos dela, então Alexis tratou de focar sua atenção no texto abaixo da foto.

SAMMONS-VANDERPOOL

Andrew e Ellen Sammons, de Redlands, têm o orgulho de anunciar o casamento de sua filha, Lauren, com Elliott James Vanderpool, de Santa Barbara. A cerimônia foi realizada em 23 de março, na Catedral de St. Francis, em Redlands, seguida por uma recepção no histórico hotel Mission Inn, em Riverside. O casal se conheceu na Universidade da Califórnia em Santa Barbara, onde o noivo recebeu seu título de doutor em engenharia aeronáutica e a noiva recebeu seu diploma de bacharel em educação. O noivo trabalha como engenheiro no Laboratório de Propulsão a Jato, e a noiva é professora de jardim de infância. O casal passou a lua de mel na Toscana, Itália, e vai residir em Pasadena.

Alexis correu os olhos pelo texto duas vezes, e depois o leu uma terceira vez, parando em palavras-chave e frases que criaram uma imagem em sua mente. Uma imagem de prosperidade e privilégio. De segurança e estabilidade. De saúde e conforto.

Um ressentimento revirou seu estômago. Na infância, Alexis nunca, nem uma vez, desejou mais do que tinha. E, até mesmo quando começou a perceber que vivia de forma diferente das outras pessoas, sua mãe lhe bastara.

Mas e se sua mãe não tivesse precisado trabalhar tanto? E se não tivesse tido que se endividar para que Alexis pudesse ir à faculdade e ter uma vida melhor? E se elas tivessem tido um plano de saúde decente e a mãe não houvesse sido obrigada a passar seus últimos meses preocupada por deixar Alexis cheia de contas a pagar?

Um gosto azedo fez sua língua arder e Alexis afastou o computador.

– Eu sabia que ele era casado. Não entendo o que isso…

– Veja a data, Lexa.

Seus olhos focaram a data no topo da página. *3 de abril, 1989.*

A princípio, não significou nada.

Até que passou a significar tudo.

Aquilo não podia estar certo. Alexis nascera em abril de 1989.

Seu olhar se voltou subitamente para Noah enquanto uma emoção inexplicável lhe causava um nó na garganta.

– Ele não é meu pai.

– Não significa necessariamente isso.

– Claro que significa. Como ele poderia ser meu pai? Minha mãe precisaria ter engravidado enquanto ele estava noivo.

Noah lhe lançou um olhar que a fez se sentir ingênua e estúpida. Alexis balançou a cabeça.

– Não. Minha mãe não teria um caso com um homem noivo de outra. A menos que…

– A menos que o quê?

– Talvez ela não soubesse que ele estava noivo. Pode ser que... talvez ele estivesse traindo a noiva e minha mãe não soubesse e, quando minha mãe lhe contou que estava grávida, ele terminou com ela. – Suas palavras saíram como um jorro desesperado de justificativas. Qualquer coisa que desse sentido a tudo aquilo. Qualquer coisa que respondesse à pergunta que gritava alto no fundo de sua mente: *por quê?*

Noah fechou o notebook e se inclinou para a frente.

– Estamos nos precipitando. – Sua voz era calma, reconfortante. – A maneira mais fácil de descobrir se ele é mesmo seu pai é fazendo um teste de DNA.

Ele tinha razão. Alexis assentiu e baixou os olhos para suas mãos entrelaçadas.

– Ou... – disse Noah.

– Ou o quê?

– Ou você não faz nada e manda todos eles te deixarem em paz.

Alexis ergueu a cabeça de repente.

– Não posso não fazer nada!

– Você não tem obrigação de se envolver.

– Ele está morrendo, Noah.

– O que você só ficou sabendo ontem. Nem sabia *quem* ele era.

– Mas agora eu sei.

Noah se empertigou e passou a mão por uma mecha de cabelo ondulado para tirá-lo do rosto. Uma veia pulsava em sua têmpora, como se as palavras não ditas estivessem literalmente lutando para escapar.

– O que foi? – perguntou ela.

Noah balançou a cabeça e se levantou com a caneca na mão.

– Nada.

– Pode parar. Essa coisa de *nada* não rola entre a gente. Me diz o que está pensando.

Noah andou até a ilha da cozinha e se virou. Abriu a boca e a fechou. Então, suspirando pesadamente, disse:

– Não é seu dever salvar o mundo, Lexa.

– Não estou tentando salvar o mundo.

– O que está tentando fazer, então? – Noah apoiou a caneca e voltou para a mesa. Sentou-se e chegou para a frente até que seus joelhos encostassem nos dela. – Você sabe como admiro o que está fazendo no café. E não só pelas sobreviventes... mas até pelos gatos para os quais você encontra famílias, caramba.

– Mas...?

– Você já está sobrecarregada. E agora ainda quer se meter nessa merda? Quando vai parar e respirar um pouco?

Alexis se levantou depressa para disfarçar o nó que se formou no fundo de sua garganta.

– Preciso me arrumar para o trabalho.

– Ei.

Noah a pegou pela mão, e sentir o calor dos dedos dele fez o coração ferido de Alexis bater com uma dorzinha incômoda.

– Só se lembre de que você também é importante, Alexis – disse ele, acariciando os dedos dela com o polegar.

A dorzinha se tornou uma pontada forte. E não apenas por causa do que Noah falou, mas por causa de *como* falou. Ou talvez fosse só impressão. Talvez só estivesse vendo o que queria ver.

Alexis limpou a garganta e puxou a mão.

– Obrigada por ter ficado aqui ontem à noite. E por tudo isso – respondeu ela, apontando para o computador.

Noah se recostou na cadeira.

– Pode contar comigo. Sabe disso, né?

O aceno de Alexis mais pareceu um tremor.

– Vou deixar as coisas que imprimi aqui – disse Noah, se levantando. Ele manteve distância, recuando para evitar roçar o braço no dela. – Tem certeza de que está bem?

Não. Não estou bem. Estou me recuperando dos mil socos que levei no estômago.

– Sim, estou bem.

Ele ergueu uma sobrancelha.

– Quer dizer, talvez não bem, mas... – Alexis respirou fundo e soltou o ar, encolhendo os ombros. – Não sei como estou.

Dando um passo à frente, Noah a envolveu em seus braços e a confortou.

Alexis sentiu o coração dele batendo sob seu rosto. Forte. Sólido. Reconfortante. Noah deixou que recuperasse o fôlego em seu abraço, pressionando os lábios no topo de sua cabeça, assim como fez quando ela descansara em seu ombro na noite anterior. Ele acariciou suas costas com movimentos circulares e suaves.

– Vamos resolver isso juntos – sussurrou ele, com os lábios em seu cabelo. – Você não precisa tomar nenhuma decisão agora.

– Mas tenho que decidir logo. A Candi disse que o tempo dele está acabando.

Noah a abraçou por mais um momento e depois se afastou.

– Me chama se precisar de mim.

Ela cruzou os braços.

– Tá bom.

– É sério.

– Eu sei.

Noah a estudou em silêncio por um instante, sondando seu rosto.

– Venho te pegar às seis.

Ficaram em silêncio enquanto Noah juntava suas coisas. Alexis observou, paralisada, enquanto ele guardava o notebook na mochila. Enquanto pegava as chaves do carro em cima do balcão.

Noah estava chegando à porta quando ela finalmente recobrou a voz e o chamou. Ele se virou.

– Obrigada. De coração.

O sorriso de Noah foi tão reconfortante quanto suas palavras.

– Para que servem os amigos?

Alexis esperou até ouvir o carro se afastando da entrada da garagem, depois subiu as escadas para tomar banho e se arrumar para o trabalho. Meia hora depois, atraiu Roliço para a caixa de transporte. Passava um pouco das sete quando virou na ruazinha atrás do ToeBeans. Para seus parâmetros, era tarde, mesmo para um dia em que não era ela quem abria a loja. Mas Jessica e Beth tinham tudo sob controle quando Alexis entrou. Uma fila se estendia do balcão até a porta. Ela rapidamente vestiu um avental e se juntou a Jessica no balcão enquanto Beth preparava o *latte* para um cliente.

Jessica a olhou do caixa e, surpresa, olhou de novo com mais atenção.

– Nossa. Você está bem?

– Estou – mentiu Alexis, e se virou para a mulher que acabara de chegar à frente da fila. – Bom dia, Sra. Bashar. Como está a pequena Max?

Max era uma gatinha malhada que a Sra. Bashar adotara havia apenas algumas semanas durante uma das feiras de adoção do ToeBeans. A mulher sorriu e pegou o celular.

– Ah, ela é a coisinha mais fofa do mundo.

Ela virou o celular para mostrar uma foto da gatinha dormindo no peito de seu marido. Alexis riu.

– E pensar que o marido da senhora não queria outro gato.

– Os caras durões são os que têm coração mais mole – respondeu a Sra. Bashar, guardando o celular na bolsa.

Alexis atendeu rápido ao pedido habitual da mulher, prometeu passar em breve no seu armarinho no fim da rua e então caiu na maravilhosa rotina da hora do rush matinal. Duraria até pelo menos as oito horas, quando o movimento enfim daria uma acalmada por tempo o bastante para reabastecer a vitrine da confeitaria antes que a próxima onda chegasse.

Precisamente às 8h15, Alexis serviu o último cliente da fila e foi para a cozinha buscar mais muffins, pãezinhos e folhados de maçã.

A porta vaivém balançou atrás dela e, antes que tivesse tempo de se virar, a voz de Jessica ecoou contra o inox dos eletrodomésticos.

– O que está acontecendo?

Alexis puxou uma bandeja de muffins do carrinho de serviço encostado na parede.

– Nada. Por quê?

– Primeiro porque você saiu correndo daqui ontem à noite como se tivesse visto um fantasma. Agora, você volta com essa cara, bem... essa cara de velório.

Alexis pôs a bandeja no balcão.

– Nossa, valeu.

– O que está acontecendo? E nem pense em fingir que não tem nada errado. Eu te conheço muito bem.

Alexis fez uma pausa, as mãos pairando acima dos muffins. Jessica a conhecia. Elas sobreviveram ao inferno juntas.

– Não sei nem por onde começar.

– Que tal pelo começo?

Alexis plantou as mãos na beirada do balcão e soltou um longo suspiro. As palavras saíram de maneira atropelada.

– Noah passou a noite lá em casa ontem, e acho que encontrei meu pai.

Alexis talvez tivesse rido da expressão boquiaberta de Jessica, se toda a situação não estivesse fazendo seu coração palpitar. Jessica fechou a boca, engoliu em seco e piscou várias vezes.

– Tá, tudo bem – disse ela. – Vamos voltar à questão do Noah depois, mas primeiro o mais importante. Como assim você encontrou seu pai?

Alexis voltou à tarefa de transferir os muffins da bandeja para uma travessa da vitrine.

– Aquela garota de ontem à noite. Ela disse que é minha irmã e que meu pai, pelo visto, está morrendo e precisa de um transplante de rim.

– E você acredita nela, nessa garota?

– No momento, não tenho motivos para não acreditar. Temos os mesmos olhos e alguém chamado Elliott enviou flores para o funeral da minha mãe. Tudo se encaixa até agora.

Os olhos semicerrados de Jessica denunciavam uma tempestade se aproximando.

– Onde esse maldito esteve durante toda a sua vida?

– Não sei. – Alexis sentiu o sabor amargo da traição no fundo da garganta. – Não sei se ele sabia da minha existência.

As palavras doeram. Seria possível que sua mãe nem tivesse contado a Elliott que estava grávida, naquela época? Será que sua mãe teria sido capaz de algo assim? Será que teria privado Alexis propositalmente de conhecer seu pai?

Alexis balançou a cabeça para afastar o pensamento. Não. Sua mãe nunca teria feito isso. A única coisa que fazia sentido era Elliott simplesmente ter dito a ela que não queria participar da vida de Alexis porque estava prestes a se casar com outra.

Jessica se aproximou e suavizou a voz.

– Mas isso tudo não parece coincidência demais? Essa garota encontrar você por acaso através de algum teste genealógico justo quando ele precisa de um rim?

O estômago de Alexis queimou em sinal de alerta.

– O que você está insinuando?

– Seu rosto saiu em todos os noticiários no ano passado. Pode ser que… – Jessica deu de ombros. – Não sei. Pode ser que seja apenas uma brincadeira de mau gosto ou coisa do tipo.

– Ninguém é tão cruel assim, Jessica.

– Não é possível que logo você ainda acredite nisso.

Alexis deu de ombros.

– Tento não pensar mal de ninguém até que me deem um motivo.

– É por isso que nunca vou ser uma pessoa tão boa quanto você.

Alexis balançou a cabeça e empurrou a travessa para o lado, abrindo espaço para outra.

– De qualquer forma, a Candi disse que fez o teste de DNA há três anos.

Pequenos relâmpagos brilharam nos olhos de Jessica.

– Você está de brincadeira comigo? Ela só veio te procurar agora que ele precisa de um rim? Você não é um açougue, não!

Alexis estremeceu e desviou o olhar. Jessica suavizou o tom da voz.

– Me desculpa. Isso foi… Eu não devia ter falado assim.

– Mas é verdade, né?

Jessica mordeu o canto do lábio, um sinal claro de que queria fazer uma pergunta impertinente, mas não sabia se deveria. Um instante depois, ela soltou um suspiro e resolveu falar.

– E se você não for compatível?

– Não sei.

– O que o Noah acha?

As bochechas de Alexis arderam. Jessica inclinou a cabeça.

– Acho que agora a gente devia falar do lance do Noah ter passado a noite na sua casa.

Alexis voltou ao carrinho de serviço e pegou outra bandeja de muffins.

– Eu estava nervosa e ele disse que não queria me deixar sozinha. Na verdade, não foi grande coisa.

– Por que você está vermelha, então?

– Não estou.

– Quer dizer que ele passou a noite lá, foi embora de manhã e nada aconteceu?

Você também é importante, Alexis. O som da voz de Noah voltou a seus pensamentos, e com isso um formigamento nos dedos que ele havia acariciado.

– Não sei – respondeu ela baixinho. – Acho que… ele olhou pra mim e eu… – Alexis suspirou e cobriu o rosto com as mãos.

– E você o quê? – encorajou Jéssica.

– Acho que talvez ele estivesse me *olhando*. Tipo, *olhando* com outros olhos. Mas e se entendi errado?

Jessica riu.

– Garanto que não entendeu errado. Ele está *olhando* para você já faz muito tempo. E você é a única que parece não perceber.

Alexis abaixou as mãos e se concentrou nos muffins.

– Não importa. Não tem como dar certo.

– Por que não?

– Poderia estragar nossa amizade para sempre.

– É impossível.

– Noah é uma das melhores coisas que tenho na vida. Não posso perdê-lo.

– Os melhores casos de amor começam como amizades.

– Mas essa amizade é importante demais para arriscar.

Jessica pousou a mão no braço de Alexis.

– Talvez ele também queira arriscar. – Diante do silêncio, Jessica reforçou: – Você merece ser feliz, sabe?

– Eu sou feliz.

Jessica inclinou a cabeça como se não acreditasse.

– Posso te perguntar outra coisa?

Alexis assentiu, tensa.

– E se vocês *forem* compatíveis?

Alexis não respondeu e provavelmente nem precisava.

Não havia sentido em tentar fingir que já não tinha decidido.

SETE

A casa de Lexa era a manifestação física *dela*. O revestimento amarelo--vivo e as venezianas brancas faziam Noah se lembrar das casinhas de veraneio em Cape Cod. Ela decorara a varanda que contornava toda a casa com cadeiras de vime e almofadas alegres e, em um canto, pôs um balanço que ele ajudara a pendurar no início do verão. Depois disso, os dois tinham se sentado lado a lado e compartilhado uma cerveja com limão até que os vaga-lumes começassem a iluminar o salgueiro que pendia lânguido no jardim da frente.

Há pouco tempo, ela havia trocado as almofadas estampadas por outras com as cores profundas do outono e mantas felpudas. Abóboras, cabaças e vasos de crisântemo adornavam os degraus da varanda de uma maneira ao mesmo tempo casual e artística que provavelmente não fora planejada. Essa era a magia de Alexis. Sem sequer tentar, tudo o que tocava ficava bonito.

Exceto pelo demônio olhando pela janela abaixo de uma placa que dizia CUIDADO COM O GATO.

Da janela, Roliço acompanhou com o olhar enquanto Noah subia os degraus da varanda e batia na porta um pouco antes das seis. Bem devagar, o gato levantou uma perna e começou a lamber suas bolas inexistentes. Noah nunca tinha sido tão sumariamente ignorado e ao mesmo tempo ameaçado em toda a sua vida.

– Está aberta! – O grito de Alexis veio de longe.

Noah entrou devagar, com todo o cuidado, os olhos correndo de um lado para outro, atento a uma emboscada.

– Estou na cozinha – disse ela.

Ao passar pela sala de estar à esquerda, Noah olhou de relance para o sofá. Roliço estava fora de vista. Ele engoliu em seco e fez uma varredura rápida com os olhos pela sala e o corredor.

A cozinha era tão alegre quanto o exterior da casa. Ela recentemente havia repintado os armários de um turquesa brilhante e trocado os velhos eletrodomésticos de aço inoxidável de sua mãe por outros em vermelho-vivo de uma marca retrô. No centro havia uma mesa de café estilo anos 1950, rodeada por cadeiras de vinil vermelho.

– Oi – disse Lexa, casual, olhando por cima do ombro. Casual demais.

– Oi. Tem alguma coisa…

A voz e a mente de Noah deixaram de funcionar no momento em que ela se virou. Seu cabelo caía em uma longa trança sobre um ombro, e ela amarrara um lenço largo e florido como uma faixa ao redor da cabeça. Vários cachos tinham se soltado e contornavam o seu rosto. Brincos compridos pendiam das orelhas e, enquanto Alexis caminhava na direção dele, a manga do longo vestido azul escorregou, deixando à mostra a pele sedosa de seu ombro. Distraída, ela ajeitou a manga, pelo visto sem se dar conta de que um mero vislumbre de sua pele acabara de abalar Noah profundamente.

Alexis sorriu, mas parecia um tanto vulnerável.

– Tem alguma coisa o quê?

– Hein? – Ele hesitou. – Ah. Desculpa. Tem alguma coisa cheirando bem.

Ela deu de ombros.

– Fiz muito mais comida do que precisava.

– Como sempre.

Alexis vivia com medo de que as pessoas morressem de fome. Noah nunca saíra da casa dela sem comida suficiente para pelo menos três refeições. Mas sentia que a superabundância de hoje tinha mais a ver com a necessidade de uma distração do que com qualquer outra coisa. Ele sabia como era.

O timer do fogão fez Noah ter uma parada cardíaca.

– São os cogumelos que sua irmã adora – explicou ela.

Alexis tirou do forno uma travessa coberta com papel-alumínio e a pôs no balcão. Depois, pegou outra travessa da gaveta de aquecimento.

– Também fiz uma bela fornada de batatas com queijo para sua mãe. E para você… – disse ela com um ar dramático enquanto removia a tampa opaca de um prato de bolo. – Fiz bolo de cenoura com cobertura de cream cheese.

Alexis fizera o bolo favorito dele para seu aniversário. O aperto no peito de Noah se tornou um nó na garganta.

– Feliz aniversário! – O sorriso dela saiu quase tímido.

– Está… com uma cara ótima – disse ele, a voz rouca.

Alexis manteve o olhar no dele por um momento antes de dar de ombros outra vez.

– Para que servem os amigos, né?

– Lexa…

Ela pôs a tampa de volta no bolo.

– Preciso pegar minha bolsa lá em cima e pôr comida para o Roliço. Você se incomoda de levar os pratos para o carro?

– Tranquilo.

Ele precisou de duas viagens para levar tudo, depois esperou na porta enquanto Lexa colocava Roliço no encosto do sofá, seu cantinho do descontentamento. Noah segurou o casaco para ela, uma peça vintage, longa e vermelha, que Alexis achara em um brechó. Com um agradecimento silencioso, ela esperou que ele saísse primeiro antes de fechar e trancar a porta.

– Trouxe umas músicas novas pra gente ver se gosta – disse ela ao entrarem no carro.

Noah verificou os retrovisores e colocou o cinto de segurança.

– Põe pra tocar.

Enquanto ele dava ré para sair da garagem, Alexis conectou o celular ao bluetooth do carro e deu play. Um som agudo de uma canção folk tomou conta do espaço – uma harmonia de banjos, violinos e violões. Depois de um momento, Noah começou a tamborilar no volante com os polegares, seguindo o ritmo do banjo.

– Gostei.

Alexis sorriu para ele.

– Que bom. Porque eles estão começando a turnê e vêm para Nashville daqui a uns meses, e eu comprei ingressos para nós.

Noah riu.

– E se eu tivesse odiado?

– Você seria educado demais para me dizer e ainda aguentaria um show horrível por minha causa.

– Correto.

Ela aumentou o volume.

– Essa aqui é a minha favorita.

Com o canto do olho, Noah a viu apoiar a cabeça no encosto e fechar os olhos. Alexis não se limitava a ouvir música. Ela existia, vivia na música, deixava a melodia correr em suas veias e se fundir a suas células. No primeiro show a que foram juntos, ele passou mais tempo a vendo dançar do que assistindo à apresentação em si. Quadris balançando, braços no ar e olhos fechados como se estivesse sozinha no mundo, dançando sem uma alma por perto. Era por isso que Alexis tinha razão; mesmo se odiasse a nova banda, ele iria com ela ao show. Mas não teria que suportar nada. Só de vê-la aproveitando já valeria a pena.

A porta da frente se abriu quase no mesmo instante em que Noah parou na calçada em frente à casa da mãe. Um borrão de cabelo vermelho-vivo voou pelos degraus da varanda.

– A Zoe pintou o cabelo de novo? – perguntou Alexis, com carinho na voz.

– A essa altura, já nem sei mais qual é a cor natural do cabelo dela – respondeu Noah.

Zoe passou pelo lado dele do carro e, em vez de parar, foi direto para a porta do passageiro.

Alexis abriu a porta, mas, antes que pudesse sair, Zoe se abaixou com uma expressão desesperada.

– Por favor, me diga que trouxe comida.

Zoe também era vegetariana.

– Que tal cogumelos recheados? – perguntou Alexis.

– Meu Deus, como eu te amo.

Noah bufou e mandou a irmã ajudá-los a levar a comida para dentro. A mãe dele os recebeu no hall de entrada, equilibrando uma grande bandeja de bifes crus.

– Que bom que chegaram! – disse ela com um sorriso caloroso.

Noah se inclinou para beijar sua testa.

– Oi, mãe.

Ela lhe entregou a bandeja.

– Bem a tempo, aniversariante. Leve isso para o Marsh, por favor. Ele está lá nos fundos brigando com a churrasqueira.

Noah trocou o bolo pelos bifes, e então sua mãe estendeu o braço livre para cumprimentar Alexis.

– É tão bom te ver! – disse ela, puxando Alexis para um abraço apertado. – Estou tão nervosa… Fiz aquela receita de espaguete de abóbora que você me mandou, mas aposto que nem de longe ficou tão bom quanto você faria.

– Com certeza está delicioso – disse Alexis.

– Ela fez cogumelos recheados – contou Zoe, a voz tão empolgada quanto ficava a de Mack ao falar de enfeites de mesa.

A mãe olhou para ele por cima do ombro.

– Anda – disse ela, enxotando-o com um gesto. – Vai pôr esses bifes na grelha. Nós garotas temos que conversar um pouco.

Alexis cruzou o olhar com o dele e tentou, sem sucesso, esconder um sorriso. Noah tinha acabado de ser expulso da própria festa de aniversário.

Ele virou à esquerda, passou pela sala de jantar e atravessou a cozinha. Sua mãe morava lá havia mais de dez anos, mas a casa ainda parecia estranha às vezes. Provavelmente porque ele nunca havia morado lá.

Não, não era isso. Era que seu pai nunca havia morado lá. Ele estava presente ali em fotos, mas não era a mesma coisa. Talvez tivesse sido por isso que sua mãe quisera se mudar. As lembranças eram mais difíceis para ela do que para ele. Naquela casa, pelo menos, a mãe não tinha que relembrar um carro militar parado ali em frente. Não tinha que se lembrar de olhar pela janela e ver um fuzileiro uniformizado e um capelão na calçada. Não tinha que recordar a sensação de suas pernas se recusando a se mover quando a campainha tocou.

– *Não atende – sussurrou ela, as costas pressionadas contra a parede, os braços cruzados.*

Noah congelou ao ver o olhar dela.

– *Quem é?*

– *Ninguém. Não é ninguém – respondeu a mãe baixinho, em pânico, como se estivesse fazendo uma prece, levando a mão à boca em seguida.*

No sofá, Zoe agarrou uma almofada e encolheu as pernas como se estivesse prestes a entrar em ação, escalar as paredes, voar direto pela janela, qualquer coisa para escapar do destino que já estava na varanda.

Noah se arrastou até a porta com pernas que pareciam dormentes e a abriu.

Mesmo naquela época, Noah sabia que alguns detalhes acabariam se apagando. Mas também sabia que nunca, jamais esqueceria o som do grito de sua mãe ao desabar no chão.

A porta de vidro deslizante raspou no trilho de alumínio quando Noah a abriu para sair rumo ao quintal dos fundos. Marsh estava diante de uma churrasqueira a gás enferrujada que sobrevivia à base de fita adesiva e nostalgia. Vestia um jeans desbotado e uma camiseta do Nashville Legends. Ele olhou por cima do ombro e dispensou qualquer forma de cumprimento.

– Vem me ajudar com esse negócio.

– Oi pra você também.

Marsh mexeu no queimador e pressionou o botão de ignição. Ouviu-se o ruído de um clique e mais nada. Ele praguejou e passou as mãos pelo cabelo grisalho de corte militar.

– Essa porcaria devia estar em um ferro-velho. Por que a sua mãe não compra uma nova?

Noah fechou a cara.

– Você sabe muito bem.

Porque aquela era a churrasqueira que haviam comprado de presente de Dia dos Pais, e que seu pai nunca chegara a usar. Noah colocou os bifes na mesa do jardim e assumiu o controle, conseguindo logo na primeira tentativa.

– Tem que deixar o gás escapar um pouco antes de tentar acender.

– O jantar está garantido – disse Marsh secamente.

– Alexis trouxe comida suficiente para um batalhão, então a gente não estava correndo nenhum risco.

O modo como Marsh arqueou as sobrancelhas disse a Noah que tinha falado demais. Marsh vivia falando merda sobre sua relação com Alexis.

Noah espetou um pedaço de carne crua e jogou na grelha. Marsh deu um tabefe em sua mão.

– Ainda não, idiota. Tem que esperar ficar quente primeiro. Você nunca fez churrasco?

Noah revirou os olhos e deu um passo atrás.

– Pega cerveja pra gente – disse Marsh, apontando com o queixo para um cooler perto da porta dos fundos.

Noah pegou duas, tirou as tampas e deu uma para Marsh, que tomou um gole e arrotou.

– Já está transando com ela?

Noah tossiu e secou a cerveja dos lábios.

– Que merda é essa, Marsh?!

O homem riu e tomou outro gole.

– Isso é um não.

– Meu relacionamento com a Alexis não é da sua conta, porra.

– Ei – retrucou Marsh, apontando a cerveja como uma arma. – Olha essa boca.

– Alexis e eu somos amigos.

Marsh botou um bife na grelha.

– Não existe isso de amizade entre homem e mulher.

– Se você está concorrendo a Misógino do Ano, acabou de ganhar.

Marsh pôs outro bife na grelha.

– É biologia. Os homens querem ir para a cama com as mulheres, e não ficar de conversinha.

– Sério? Minha mãe sabe que você pensa assim?

O rosto de Marsh endureceu.

– Ficou maluco?

– Você pode falar merda para mim, mas eu não posso retribuir?

– Minha amizade com sua mãe é muito mais complicada, e você sabe disso.

Sim. Complicada porque nenhum dos dois saía com ninguém, mas também não ficavam juntos porque isso seria o cúmulo da traição ao seu pai, e, portanto, ninguém era feliz.

Marsh tomou mais um gole.

– Fechei com um novo cliente uns dias atrás – disse Noah.

– Alguém famoso?

Marsh sempre gostou do fato de Noah trabalhar com celebridades.

– Provavelmente você não conhece. É um jovem cantor country.

– A grana é boa?

– Até que sim.

– Já falou com aquele consultor financeiro?

Noah estremeceu. Aquela era uma briga constante com Marsh. Não conseguia fazer o velho entender que não tinha interesse em falar com o consultor financeiro *dele*. Noah preferia seus próprios investimentos, do tipo que não estivesse atrelado aos interesses da indústria de combustíveis fósseis. Já tentara lhe explicar uma vez que havia uma crescente indústria de investimentos socialmente responsáveis, mas Marsh tirou sarro, chamou de besteira esquerdista e disse que ele estava jogando dinheiro fora.

– Estou progredindo – respondeu Noah simplesmente, sem entrar em detalhes.

Uma parte petulante dele queria enfiar o relatório de ganhos mais recente pela goela de Marsh abaixo. Ou talvez o recibo da *quitação total* da casa de sua mãe. Ou as mensalidades pagas da universidade de Zoe, que receberia o título de Ph.D. no próximo semestre sem ter um centavo de dívida.

Isso já bastava para Noah. Não precisava da aprovação de Marsh desde que tivesse a delas.

E a de Alexis.

Através da porta de vidro, dava para vê-la junto de sua mãe, rindo para um álbum de recordações no balcão. Provavelmente fotos de quando ele era criança. De antes de seu pai morrer. Não foram tiradas muitas fotos depois.

Noah terminou a cerveja.

– Vou ver se elas precisam de ajuda lá dentro.

Ao som da porta contra o trilho metálico, elas se viraram, olhos arregalados. Zoe e sua mãe tinham a mesma expressão de choque.

– Alexis acabou de nos contar sobre o transplante de rim – disse sua mãe.

– Como isso funciona, afinal? – perguntou Zoe, quinze minutos depois, à mesa de jantar. Ela engoliu meio cogumelo. – O transplante, quero dizer.

Alexis, que estava sentada à direita de Noah, tomou um gole de vinho.

– Ainda estou estudando, mas parece que eu teria que passar por duas baterias de exames para ter certeza de que sou compatível. E, se eu for, ainda teria que fazer uma série de outros exames antes de marcarem a cirurgia.

– Quanto tempo isso demora? – perguntou a mãe de Noah.

– Em geral, cerca de seis meses, mas não temos todo esse tempo. Provavelmente Elliott vai precisar do transplante antes do Natal.

– Meu Deus – respondeu a mãe. – Tão rápido assim?

– Ele já teve dois outros doadores que não deram certo.

– E se você não for compatível… – disse Zoe, deixando a frase em suspenso como o garfo em sua mão.

Alexis deu uma olhada para Noah antes de responder.

– Eu não sei.

Seu tom o deixou com o coração apertado, porque Alexis *sabia*, sim. Era muito provável que Elliott morresse, e, caramba, como Noah odiava vê-la carregar um peso daqueles. Conhecia Alexis o suficiente para saber que, se não fosse compatível, ela acabaria considerando uma falha pessoal. Queria pousar a mão em seu ombro, reconfortá-la, mas Marsh já estava de olho nos dois.

– Deve ser um choque – disse a mãe de Noah. – E depois de tudo que você passou nos últimos anos…

Marsh fez um barulho indecifrável. Noah lançou a ele um olhar de advertência, que ele retribuiu enquanto cortava um pedaço de carne.

– Então, o que você vai fazer? – perguntou Zoe.

– Ainda não sei.

Zoe bufou.

– Você é uma pessoa muito melhor do que eu. Eu já teria mandado todo mundo se foder e deixado meus órgãos em paz.

– Pelo amor de Deus, Zoe – advertiu a mãe.

– O que foi? – Zoe deu de ombros. – Só estou dizendo que Alexis é praticamente uma santa por sequer considerar a ideia. Ela nunca nem o conheceu e está disposta a…

– Pera aí – disse Marsh, interrompendo Zoe. – Você nunca nem *conheceu* seu pai?

– Marsh – disse a mãe de Noah, com calma, porém firme.

– Tudo bem – disse Alexis, empertigando-se, tensa. – Não tenho vergonha disso. A verdade é que não, nunca conheci meu pai. Ainda não sei nada. Nem como ele e minha mãe se conheceram. Quando se conheceram. Por que ele foi embora. – Ela engoliu em seco nessa última parte. – Mas pelo visto ele sempre morou a apenas duas horas da minha casa.

– Onde?

– Em Huntsville.

Marsh arqueou uma sobrancelha.

– Ele trabalha para os militares?

Alexis balançou a cabeça e começou a responder, mas Noah a interrompeu. Sabia aonde Marsh queria chegar e não o deixaria fazer isso.

– Ele é engenheiro – respondeu Noah.

– Da NASA? – perguntou Marsh, casual. Muito casual.

– Não – respondeu Alexis. – De uma empresa de tecnologia.

Marsh se recostou na cadeira e pegou sua cerveja.

– A maioria das empresas de tecnologia de lá são fornecedores da Defesa.

Um silêncio pesado se alastrou pela mesa. Alexis encarou Noah. Noah encarou Marsh. Marsh o encarou de volta. Zoe encarou seus cogumelos.

75

A mãe de Noah se empertigou.

– Alguém quer mais abóbora?

Menos de uma hora mais tarde, após uma versão apressada de "Parabéns pra você" e despedidas ainda mais corridas, Alexis entrou no carro e cravou um olhar desafiador em Noah.

– Então, o que foi aquilo entre você e o Marsh?

Ele ajustou o retrovisor antes de dar ré.

– Minha mãe ficou te torturando com aquelas fotos bobas?

– Não. Gostei de ver você fantasiado de Batman aos sete anos, e vou te zoar pra sempre por causa daquela fase infeliz em que você tinha um bigodinho ralo, no ensino fundamental. Mas pode parar de fugir da minha pergunta.

Noah pegou à direita para sair da área residencial.

– Ele não confia em mim.

– Eu sabia – sibilou Alexis. – É porque o Elliott trabalha para um fornecedor da Defesa. O Marsh já acha que você vai fazer alguma coisa.

– Pois é.

– Mas você não é mais assim.

– Eu sei. – Ele pegou à direita outra vez.

– Já faz tempo que você mudou.

Noah olhou para ela de relance.

– Agradeço pela sua indignação, mas aos olhos do Marsh eu nunca vou mudar.

Ou seja, continuaria sendo um adolescente revoltado, com QI de gênio, e uma necessidade equivocada de vingança pela morte do pai. Um garoto rebelde que acabou sob custódia do FBI por causa de uma tentativa inconsequente e fracassada de hackear algo além das suas capacidades. Um garoto que na verdade nunca foi mais do que a versão hacktivista de um simples estagiário, que imediatamente concordou em ser consultor do FBI e testemunhar contra os grandes, mas que, aos olhos de Marsh, nunca, jamais, faria jus ao sacrifício de seu pai.

Alexis fez uma careta.

– Não entendo por que ele é tão duro com você. Você já não provou seu valor umas cem vezes?

Noah entrou na rodovia.

– É complicado.

A expressão de lealdade no rosto dela se tornou impassível e sarcástica.

– Uma irmã que eu nunca soube que existia apareceu para me dizer que meu pai sumido precisa de um rim. Eu sei lidar com coisas complicadas.

Noah tirou uma das mãos do volante e massageou a nuca.

– Ele prometeu ao meu pai que cuidaria de nós, e isso fazia sentido quando Zoe e eu éramos mais novos e minha mãe estava passando por dificuldades. Mas agora ele parece irritado por não precisarmos mais dele. – Noah soltou um suspiro. – Às vezes acho que ele está fulo de verdade por eu *não ser* mais aquele moleque, sabe? O mundo não faz sentido para ele, se eu não estiver precisando levar uma surra.

– Duvido que seu pai quisesse que vocês virassem o saco de pancadas emocional do Marsh pelo resto da vida.

Essa observação – tão precisa, certeira e clássica de Alexis – foi um soco em seu estômago. Ele apertou o volante com força.

– Fico mais preocupado com a minha mãe.

Ao seu lado, Alexis ficou tensa.

– O Marsh faz mal para ela?

– Não – respondeu Noah rapidamente. – Acredite. Eu não ia aturar isso. Só acho que é por causa dele que ela nunca superou de verdade.

Alexis relaxou no banco do carona.

– Você acha que eles são mais do que apenas amigos?

– Seja qual for a relação deles, não acho saudável.

– É difícil julgar o relacionamento dos outros de fora.

As palavras dela fizeram com que se sentisse repreendido e constrangido, porque ele sabia disso melhor do que ninguém. Havia meses vinha lutando contra os julgamentos a respeito de sua relação com Alexis.

Um toque baixinho o salvou de ter que responder. Ela vasculhou a bolsa até encontrar o celular e ficou encarando a notificação por mais tempo que o normal.

– O que foi?

– Candi.

– Como é que ela tem seu número pessoal?

Alexis pressionou a têmpora com a ponta dos dedos.

– Eu dei meu cartão a ela antes de saber quem ela realmente era.

– O que ela quer?

– Ela precisa voltar para Huntsville amanhã à noite. Quer saber se eu estaria disposta a me encontrar com ela no hotel.

– *Amanhã?* – A pergunta saiu mais contrariada do que ele pretendia.

Alexis deu de ombros, deixando sua frustração evidente.

– Não sei como posso dizer não.

– Fácil – disse ele, afrouxando os dedos no volante porque suas juntas estavam prestes a estalar. – Você simplesmente diz não.

– Ela está desesperada, Noah. Como posso ficar sem fazer nada e obrigá-la a ver o pai morrer, quando eu talvez possa impedir?

Noah passou a mão no cabelo. Alexis o encarou.

– Qual é o problema?

– Estou cansado de ver você se preocupar mais com as outras pessoas do que consigo mesma.

– Estamos falando de vida ou morte.

– Exatamente. E você parece esquecer que não é só a vida dele que está em jogo.

– Essas cirurgias de transplante são seguras. Milhares são feitas todos os anos.

Noah queria argumentar, mas se conteve. Alexis não precisava que ele colocasse ainda mais pressão em cima dela.

Em vez disso, tirou uma das mãos do volante e segurou os dedos entrelaçados dela sobre o colo.

– Como posso ajudar?

O alívio dela pareceu algo vivo e nítido no carro.

– Você vai comigo?

– Claro.

Alexis não respondeu. Com a mão livre, ela ligou o rádio na estação favorita dos dois, e seguiram o resto do caminho assim.

A música falando. Dizendo as coisas que ele não conseguia dizer.

OITO

Roliço não estava à vista quando eles voltaram para a casa de Alexis. Noah a ajudou a levar as sobras para a cozinha.

Uma guia vermelha no balcão chamou a atenção dele.

– O que é isso? – perguntou Noah ao pegá-la.

– Uma coleira para gatos. Para o Roliço.

– Uma *coleira para gatos*?

– O veterinário disse que ele precisa fazer mais exercício, só que não quero mais deixá-lo sair, então comprei essa coleira pra passear com ele.

– Você vai levar o *Roliço* pra passear?

– Acho que ele vai gostar.

Ela falou com o tipo de inocência das crianças que juravam ter ouvido renas no telhado na noite de Natal. Alexis tinha uma natureza incrivelmente ingênua quando se tratava de Roliço. Se ao menos soubesse quantas coisas mortas o gato largara junto aos pés de Noah no último ano…

Só que Alexis não sabia, pois Noah sempre se livrava das evidências antes que ela as visse.

– Você já tentou colocar isso nele?

– Ainda não. Preciso ver como fazer isso. Quer ajudar?

Ele olhou a coleira com ceticismo. Não fazia ideia de como a geringonça funcionava, mas sabia com 100% de certeza que, se envolvia Roliço, ia acabar mal.

Alexis cantarolou para chamar o gato.

– Gatinho, vem. Gatinho, gatinho.

Um miado no corredor atrás de Noah aprisionou o ar em seus pulmões. Ele engoliu em seco e se virou. Roliço estava a alguns metros de distância.

– Olha ele aí – avisou Noah, a voz rouca.

Lexa passou esbarrando de leve nele. Roliço encarava Noah com os olhos semicerrados enquanto ela o pegava no colo e voltava para a cozinha.

– Que tal se eu o segurar enquanto você coloca a coleira? – perguntou ela.

Era a pior ideia que já ouvira na vida, mas não ia decepcioná-la. Então pegou a coleira que Lexa havia deixado no balcão e se aproximou lentamente da bela e da fera.

Um ronco baixinho vinha do peito de Roliço. Era o mais próximo de um ronronar a que ele chegava.

– Acho que a gente tem que passar essa parte pelo corpo dele e prender na barriga antes de ir para a parte das patas – disse Alexis, virando e revirando o gato no colo.

Noah engoliu em seco e estendeu a coleira. Encontrou os olhos de Roliço e viu ali um vislumbre de seu próprio assassinato. Com todo o cuidado, ele passou a coleira pelo dorso da fera.

Nada aconteceu.

Alexis ergueu Roliço mais alto para que Noah pudesse alcançar sua barriga – ele congelou quando o gato parou de ronronar. Todo mundo sabia que a barriga dos felinos era uma zona de perigo. Mas em especial a daquele felino. Noah cometera o erro de tentar fazer carinho ali apenas uma vez.

– Ele está tranquilo – disse Alexis. – Dá para fechar?

Por instinto, Noah fez uma careta ao se aproximar da barriga do gato e localizar as extremidades das tiras. Prendendo a respiração de novo, ele cautelosamente encaixou as duas pontas com um estalo baixinho, porém firme.

Roliço mal se mexeu.

– Uau, veja só! Ele gostou. – Alexis fez carinho nas orelhas dele e disse em tom afetuoso: – Mas que menino bonzinho!

Menino bonzinho eram palavras que nunca, jamais tinham sido ditas a respeito de Roliço.

– E agora? – perguntou Noah.

– Agora acho que a outra parte vai em volta das patas.

Noah arquitetou o esquema na cabeça e chegou à conclusão de que o projeto era falho desde a concepção. Porque não havia como Roliço, por livre e espontânea vontade, enfiar as patas nos buracos daquela coisa.

Como se estivesse lendo sua mente, o gato mostrou as garras.

O resto aconteceu em câmera lenta.

Roliço emitiu o som de um guaxinim raivoso e se transformou em um tigre ninja. Ergueu as patas traseiras, plantou-as bem no meio do peito de Noah e cravou as unhas. Antes mesmo de Noah conseguir registrar o fato de que acabara de ser unhado, o gato se livrou de Alexis e saiu voando de suas mãos.

Noah segurou o peito e cambaleou para trás, e Alexis arquejou.

– Roliço, não!

Jesus amado, ele fora retalhado. Noah desabou contra a parede, a mão contra o coração. Ou o que restava dele. Tinha medo de afastar os dedos porque provavelmente os veria cobertos de sangue.

– Ai, meu Deus, ele te machucou? – perguntou Alexis, correndo em sua direção.

– Estou bem. – A voz de Noah registrava uma frequência tão alta que até atrairia morcegos.

– Tira a mão daí – ordenou ela, afastando os dedos dele só para garantir que obedecesse. – Ah, não – disse ela, suspirando. – Você está sangrando.

Noah temia olhar para baixo, então estreitou os olhos e baixou o queixo lentamente.

Dois vergões encharcavam de sangue a camiseta branca.

– Precisamos dar uma olhada nisso. Arranhões de gato podem infeccionar.

– Não é tão grave assim.

Alexis acenou com a cabeça em direção ao corredor.

– Vá para o banheiro. Já, já eu chego lá. Precisamos limpar isso.

– Lexa…

Ela apontou para a porta com um olhar que encerrava o assunto. Noah se arrastou até o banheiro, acendeu a luz e encostou um pouquinho a porta. Então puxou a camiseta pelas costas e a tirou. Dos talhos de cinco centímetros no meio do peito escorria sangue sob os pelos escuros.

Noah ouviu os passos dela no corredor e, de repente, a porta se escancarou.

– Tem umas toalhinhas embaixo da pia… Opa.

Ela parou.

Encarou.

Piscou.

Desviou o olhar rapidamente.

Círculos rosados tingiram suas bochechas.

– Desculpa. Eu… devia ter batido.

– Tudo bem.

Noah deu espaço para ela entrar, o próprio rosto esquentando enquanto a observava abrir o armário embaixo da pia. Alexis pegou uma toalha de mão e uma cesta com itens de primeiros socorros. Virou-se, olhou para ele e desviou o olhar de novo.

Noah hesitou e olhou para o próprio peito nu.

Será que Alexis o estava *desejando*? Não. Isso era ridículo. Os caras haviam plantado muitas daquelas malditas sementes na cabeça dele. Não passava de uma doce ilusão. Mas o olhar dela foi tão descarado, tão ardente, que os pelos de seu peito quase pegaram fogo.

Alexis se virou e molhou a toalha em água quente. Olhando para todos os lugares, exceto os olhos dele, ela pressionou o tecido no primeiro arranhão. Noah instintivamente respirou fundo. Ela afastou a toalha.

– Desculpa. Está doendo?

Ele limpou a garganta.

– Está tudo bem.

– Acho que é melhor irmos para o pronto-socorro.

– Por causa de um arranhão?

– Arranhões de gato podem ser coisa séria.

– Estes não são.

– São bem profundos.

– Lexa, eu estou bem.

Ela voltou a limpar a ferida, cada esfregada do tecido uma tortura insuportável que Noah jamais tinha sofrido. Mas logo ela largou a toalha e aplicou um creme antibiótico com os dedos, e a tortura recomeçou.

Porque daquela vez Alexis o tocava diretamente. Os dedos quentes contra a pele quente dele. Ela ergueu os olhos.

– Está doendo?

Noah balançou a cabeça, espantado por sequer conseguir falar.

– Está tudo bem.

Só que não estava tudo bem. Ele se sentia quase hiperventilando. Não por causa da dor, ou pelo menos não por causa da dor do arranhão. O toque de Alexis era como ferro em brasa contra sua pele.

Deus o castigou com a reação mais inapropriada de todos os tempos, considerando tudo o que Alexis estava passando, mas a primeira coisa que Noah pensou foi em como seria incrível sentir as mãos dela tocando outras partes de seu corpo, e de repente seu membro teve a ideia equivocada de que aquele seria o momento perfeito para se manifestar. *Merda*.

Ele se afastou subitamente.

– Já está bom.

Alexis ficou atônita, as bochechas ainda mais rosadas.

– Desculpa. Eu… eu vou pegar uma camisa para você.

Alexis correu para o quarto no andar de cima e afundou na beirada da cama, levando as mãos aos olhos. Não. Não funcionou. Ainda estava vendo Noah.

Sem camisa.

Nu da cintura para cima.

Os quadris magros sob um jeans desbotado desembocavam em um largo V até os ombros, os tríceps eram salientes e o peitoral definido brincava de esconde-esconde sob uma camada de pelos escuros no centro antes de descer em linha reta até o abdômen rígido a caminho do…

Não. Ela se recusava a pensar no *fim* daquele caminho.

Puta merda, como ainda não havia percebido que ele tinha aquele corpo por baixo das camisetas de personagens de quadrinhos? E, puta merda de novo, acabara de comer seu melhor amigo com os olhos, *e ele percebeu.*

– Lexa.

Ela se levantou de um pulo e se virou na direção da voz dele. Noah ficou parado na porta como se tivesse medo de cruzar a soleira. No jogo de luz e sombra da única lâmpada ali, as feições dele eram angulosas e afiadas.

– Você tem uma tatuagem nas costas – disse ela, sem pensar.

– Tenho. Você… você não sabia?

– Não.

Noah deu um passo hesitante para entrar no quarto.

– É o aniversário da morte do meu pai.

Os olhos de Alexis se cravaram nos ombros largos dele. Depois desceram um pouco até as clavículas, e então mais ainda, até os pelos escuros do seu peitoral definido e rígido…

– Lexa… – A voz dele soou tensa. Talvez até constrangida.

Droga. Ela tinha acabado de ser flagrada *de novo.*

Alexis correu até o armário e puxou um moletom do cabide. Era dele. Noah lhe emprestara no inverno anterior, quando ela derramou molho de tomate no que estava vestindo. Alexis nunca devolveu e Noah nunca pediu de volta.

Ele pegou o moletom.

– Obrigado.

– É seu – respondeu ela, dando de ombros.

Alexis se esquivou dele e voltou à beirada da cama, a uma distância mais segura. Encarou o chão enquanto ele vestia o moletom.

– Agora estou decente – declarou Noah, tentando rir da tensão sexual que tornava o ar abrasador e crepitante como o fogo.

Ela ergueu os olhos semicerrados.

– Você está… O machucado está doendo?

– Não.

– Sinto muito pelo Roliço. Ele só…

– Estou bem, Lexa. – O canto de sua boca se curvou em um meio sorriso que fez o coração de Alexis bater mais rápido. – Mas acho que ele não gostou da tal coleira.

Ela riu, nervosa, e então se acanhou ao ver o quanto soou artificial.

– Tem razão, acho que é melhor não usar.

Alexis encontrou os olhos dele e desviou o olhar depressa, mas acabou encarando a cama, o que de repente parecia íntimo demais, por isso voltou a olhar para ele e, ah, merda, suas bochechas esquentaram tanto quanto uma assadeira de muffins recém-saída do forno.

Aquilo era ridículo. Alexis estava agindo como uma adolescente com o primeiro crush.

– Você vai ficar aqui hoje? – perguntou ela, sem pensar.

Noah pareceu surpreso.

– Eu... Você quer que eu fique?

– Era... era só pra saber. Quer dizer, está tarde, então eu não te culparia se decidisse ir pra casa, mas você pode ficar, se quiser. Eu só...

Suas palavras se tornaram uma frase confusa e interminável à medida que ele chegava mais perto. Noah parou a centímetros de distância e ela sentiu a respiração travar no peito.

– Alexis. – A voz dele voltou a soar tensa.

Ela engoliu em seco.

– O que foi?

– Você quer que eu passe a noite aqui de novo?

Ela reparou em tudo de uma só vez: o tom grave da voz dele, seu cheiro pungente, seus antebraços musculosos, seu tamanho dominador. E o calor. Ele irradiava ondas de calor como se fosse o próprio Sol.

Sim. Eu quero que você fique. As palavras estavam ali, mas Alexis não conseguiu pronunciá-las. Tinha algo de errado com ela. Sentia a própria pele febril, estava confusa com os próprios pensamentos, insegura quanto às próprias emoções.

Ela deu um passo atrás.

– Estou bem – sussurrou. – Pode ir.

• • •

O trajeto da casa de Alexis até a dele nunca fora tão longo, e Noah estava convencido de que havia deixado mais do que um pedaço de pele para trás. Obviamente deixara seu bom senso. Porque foi uma provação dirigir por vinte minutos, lutando contra a vontade de dar meia-volta, entrar no quarto dela, agarrá-la e implorar para que o tocasse outra vez.

Isso já era bem patético. Mas ainda pior era que a única coisa que o impediu foi uma pulguinha atrás da orelha lhe dizendo que tudo tinha sido fruto da sua imaginação.

Noah embicou na garagem e estreitou os olhos quando luzes automáticas inundaram o gramado e a garagem com um brilho amarelo. Desligou o carro, esfregou o rosto com as mãos e grunhiu bem alto ao apoiar a cabeça no encosto.

Não, não era coisa da sua imaginação. Noah já ficara nu diante de mulheres suficientes – não muitas, mas suficientes – para reconhecer o olhar de Alexis. *Desejo*. E não tinha ideia do que fazer a respeito, motivo pelo qual estava metade grato por ter sido mandado para casa. E a outra metade? Noah balançou a cabeça. A outra metade precisava de um banho gelado.

Ele destrancou a porta de casa, digitou o código do alarme e largou as chaves no aparador da entrada que sua mãe insistira para que comprasse. Marsh, claro, havia zombado dizendo que um homem devia decorar a própria casa.

Passou reto pelas escadas porque não fazia sentido tentar dormir. Então pegou uma cerveja na geladeira e se jogou no sofá da sala. Ficou dez minutos mudando de canal na TV antes de desistir de vez e desligá-la. Podia mandar uma mensagem para Alexis, claro. Os dois tinham o costume de desejar boa-noite um ao outro, mas, depois de escrever e deletar dez mensagens diferentes, ele deixou pra lá e jogou o celular na mesa de centro. O aparelho aterrissou ao lado de uma sacolinha.

O livro.

Mas que ótimo. Era para ele ter jogado aquela porcaria fora.

Noah mostrou o dedo do meio. Não ia ler aquela idiotice. Que merda poderia aprender que já não soubesse? A voz de Marsh soou como um sussurro zombeteiro no fundo de sua mente. *Que tipo de homem lê um romance para descobrir como dizer a uma mulher que está apaixonado por ela?*

Noah tomou o último gole de cerveja quente, ainda olhando para a sacola com raiva.

Bem. Não ia conseguir dormir mesmo. Então abriu o livro e começou a ler.

O primeiro erro de AJ Sutherland foi ultrapassar o limite de velocidade em três quilômetros por hora em uma cidadezinha como Bay Springs, Michigan, onde os policiais não tinham nada melhor para fazer do que ficar de tocaia em buracos escuros com seus radares móveis.

O segundo erro foi pensar que alguma coisa havia mudado nos dezoito anos que passara sem visitar aquela cidade turística do norte, onde passava os verões na adolescência.

Ele bateu a mão contra as barras de metal da cela da prisão.

– Você sabe que não pode me prender aqui para sempre, né?

O policial que o mandara encostar o carro e o prendera olhou para ele com uma mistura de tédio e pura hostilidade.

– Você tem o direito de permanecer calado. Talvez seja melhor fazer isso.

AJ soltou um "afff" e passou as mãos no cabelo.

– Veja bem, Sr. Alvarez...

– Senhor?

– Delegado Alvarez. Entendo que o senhor não gosta e nunca gostou de mim, mas não pode simplesmente me jogar na cadeia por causa disso.

– Filho, eu não o prendi porque não gosto de você. Eu o prendi porque tem um mandado pendente contra você.

– Que palhaçada. Por que motivo?

– Veja bem como fala. O resto do mundo pode até ver você como o importante jogador grandalhão da NFL, mas por aqui você é só um trombadinha desaforado que fugiu das suas responsabilidades.

– Do que diabos o senhor está falando?

– Para com isso, pai.

A voz feminina que interrompeu a conversa saiu diretamente do baú da memória de AJ, e ele estaria mentindo se dissesse que não ficou apavorado de ouvi-la. Porque havia apenas uma pessoa no mundo que o odiava mais do que o delegado Sandoval Alvarez, e essa pessoa era a filha dele, Missy.

Usando um casaco longo e escuro e com uma pasta na mão, ela atravessou o corredor e parou ao lado do pai.

– Missy? – indagou AJ, a voz rouca.

Ela suspirou.

– Ninguém me chama assim há muito tempo.

– Desculpa. Melissa, então?

Ela arqueou a sobrancelha.

– Por que você está de volta, depois de todos esses anos?

– Tenho que tomar algumas decisões. Aqui parecia ser um bom lugar para isso.

A expressão dela permaneceu impassível e indiferente.

– Ouvi falar que você está pensando em se aposentar.

– Um quarterback de 36 anos já é velho.

Ela olhou para o pai.

– Solta ele.

– Não posso fazer isso, querida. Ele está preso.

– Por qual acusação? – ladrou AJ.

– Dezoito anos de pensão alimentícia pendente.

AJ inclinou a cabeça para trás e começou a rir, mas a risada morreu em seus lábios ao ver o olhar de Missy. Ele piscou várias vezes quando sua visão ficou turva.

– D-do que ele está falando?

Missy encarou o chão e apertou a ponte do nariz.

– Missy, de que merda ele está falando?

Ela o encarou.

– Você tem uma filha.

NOVE

Quando parou no estacionamento atrás da boate de Mack, na manhã seguinte, Noah estava mais de vinte minutos atrasado e querendo briga, porque mal tinha pregado os olhos. E o tal livro então? Que porra era aquela? Que tipo de romance falava de um cara que abandonou a própria filha? Deveria ter seguido seu primeiro instinto e jogado aquela porcaria fora.

Entrou a toda pela porta dos fundos bem a tempo de ouvir uma forte batida de palmas e uma voz masculina autoritária.

– Trabalhem esses glúteos, garotos. Vamos contrair essas nádegas.

Ah, não. Sem chance. Certamente não tinha forças para aquilo. Noah deu meia-volta e estava prestes a cair fora dali quando ouviu a voz de Mack.

– Onde você estava, cacete? Tivemos que começar sem você.

Ao se virar, Noah soltou um grunhido frustrado do fundo da garganta. Mack estava no final do longo corredor que dava acesso ao bar. Vestia calças compridas, uma camiseta com o logotipo da boate e ostentava uma cara feia sob a barba.

– Nossa – disse Mack, recuando. – Você está fedendo que nem um gambá. O que aconteceu?

– Vai se foder. Tô aqui, não tô? E por que você nos obrigou a vir ensaiar tão cedo assim num sábado?

– Porque o Russo tem um jogo hoje à noite. – Mack se virou e acenou com a cabeça para que Noah o seguisse. – Anda. Estamos só aquecendo, então na verdade você não perdeu nada.

Que ótimo.

Noah foi recebido pela batida pulsante de uma música techno quando chegou à área principal do bar. Assim que ele e Mack entraram, Sonia e os caras se viraram ao mesmo tempo. O grupo formava duas filas desalinhadas ao longo da pista de dança, onde, lá pelas dez da noite, uns idiotas bêbados tentariam fazer passinhos de dança country antes de saírem tropeçando na rua para vomitar.

À frente, estava um homem vestindo uma calça de moletom larga e uma regata preta com os dizeres FÁBRICA DE DANÇA DA CIDADE DA MÚSICA. Tatuagens cobriam os dois braços até os pulsos.

– Esse é o Clive, nosso coreógrafo – apresentou Mack. – Ele é dono de uma academia de dança em Midtown.

Noah apertou a mão do coreógrafo, pediu desculpas pelo atraso e foi de propósito para o fundo da pista de dança.

Clive bateu palmas.

– Estamos prontos, então? Vamos voltar a alongar esses ombros. Não queremos distender nenhum músculo.

Noah queria. Queria desesperadamente distender um músculo. Quebraria o próprio braço para sair daquela situação.

Clive movimentou o quadril em uma espécie de requebrado, e Noah soube, sem nem mesmo tentar, que seu corpo jamais se moveria daquele jeito. Nem se praticasse muito. Meu Deus. Aquilo seria mais do que humilhante. Seria uma punição cruel e inusitada. Nunca na vida iria fazer aquilo na frente de Alexis.

De seu lugar ao fundo da pista, porém, Noah viu que não seria o único a fazer papel de bobo. Colton, Malcolm e Gavin dançavam surpreendentemente bem, mas todos os outros pareciam aqueles bichinhos de pelúcia de corda que as pessoas compravam para azucrinar seus cachorros. Todos eram desengonçados e robóticos. Aquilo seria um desastre.

– Assim, Noah – disse Russo, virando-se de frente para ele.

O homem vestia um shortinho e uma regata branca da qual despontavam pelos pretos, e os músculos salientes davam o efeito geral de um urso fantasiado de humano. Ele posicionou as mãos nos quadris e girou da esquerda para a direita e depois de trás para a frente.

– O movimento vem daqui, ó – explicou ele, apontando na direção do próprio saco.

Então começou a requebrar os quadris. Santo Deus, Noah nunca seria capaz de apagar aquilo da memória. Olhou para Mack.

– Você podia simplesmente me dar um tiro, sabia?

Russo agarrou os quadris de Noah e os puxou.

– Assim.

– Já entendi – retrucou Noah, ríspido, empurrando as mãos dele. – Sei muito bem mexer meu quadril quando eu quero.

Só que ele não fazia aquilo já havia algum tempo.

Um longo tempo. Pouco mais de dezoito meses, para falar a verdade.

– Que mau humor – disse Russo. – Dormiu mal?

Sim. Muito mal. Noah foi atormentado a noite toda com sonhos que se alternavam de Lexa em uma mesa de cirurgia e Lexa acariciando seu peito. Mexer os quadris não estava ajudando em nada.

Durante a hora seguinte, Clive os guiou por uma coreografia que deixou Noah ofegante e suado. Quando terminaram, ele se sentia como se tivesse acabado de subir um morro pedalando por uma hora sem parar. Mas, justo quando estava prestes a sair correndo para o trânsito da cidade, Clive desligou a música.

– Ótimo trabalho – disse ele. – Vamos aprender a segunda metade no próximo fim de semana.

Segunda metade? Noah grunhiu e enxugou a testa com o antebraço. À sua frente, Sonia se inclinou e apoiou as mãos nos joelhos enquanto Mack se encostava em uma mesa para recuperar o fôlego. Gavin, Del e Malcolm se jogaram no chão. Clive tinha acabado até com os atletas profissionais.

Colton se aproximou de Noah.

-- Você está um lixo hoje. Pior que o normal, até.

– Vai se foder.

– O que aconteceu? Você e Alexis brigaram ou algo assim?

Noah conteve o desejo de mostrar o dedo para ele e, em vez disso, saiu pisando firme até o bar. Sonia lhe jogou uma garrafa de água.

– Do que vocês estavam falando? – perguntou Mack, correndo até o bar. – Brigou com a Alexis?

Noah mal teve tempo de engolir.

– Não…

– Por que vocês brigaram?

– Minha nossa! Nós não brigamos.

– Bem, obviamente aconteceu alguma coisa – insistiu Mack. – Você chegou atrasado, está com uma cara horrível e fica batendo o pé como se alguém tivesse quebrado seu boneco favorito do *Star Wars*.

Colton se inclinou no balcão.

– Com certeza não foi nada, Mack. Eles são apenas amigos, lembra?

Noah enfiou a mão no bolso procurando as chaves.

– Vou dar o fora daqui.

Mack agarrou a parte de trás de sua camiseta.

– Pera aí. Nós vamos tomar café da manhã no Six Strings.

– Eu não vou.

– Ah, vai, sim. Preciso da sua opinião sobre umas coisas, e está na cara que você precisa conversar.

Gavin e Del, ainda no chão, gritaram que precisavam ir para casa, pois tinham compromissos familiares. Sonia disse que ia levar o cachorro para passear, e dois dos outros caras – Derek Wilson e Yan Feliciano – comunicaram que tinham coisas a fazer também. Nada específico. Apenas coisas.

Covardes. Todos eles.

Assim, restaram Malcolm, Russo, Mack e Colton encarando Noah com as sobrancelhas arqueadas.

– Eu não vou – repetiu Noah. – Também tenho coisas para fazer.

O que era verdade. Só que seus compromissos seriam apenas no fim da tarde, mas eles não precisavam saber disso.

Mack fez bico.

Pooorra.

– Tá bom, tá bom. Encontro vocês lá.

Noah verificou o celular assim que entrou no carro. Nenhuma mensagem de Lexa. O que não era tão fora do comum. Claro que àquela hora eles costumavam já ter trocado mensagens, mas Lexa disse que tomaria café da manhã com Liv naquele dia. Mesmo assim, normalmente já teriam pelo menos desejado bom-dia ou jogado uma partida de Word Nerd.

Ele jogou o celular no banco do passageiro e praguejou. Devia ter mandado uma mensagem a ela quando acordou, como sempre. Porque, ao deixar de escrever, transformara a noite anterior em algo que talvez não tivesse sido.

Dirigiu no piloto automático até o restaurante e parou na vaga ao lado do carro de Mack. Ao entrar, foi até a mesa habitual, e viu que fora o último a chegar. Uma xícara de café esperava por ele ao lado de um menu que já havia decorado tinha muito tempo. Encontrava-se com os rapazes ali pelo menos duas vezes por mês. Não fazia parte da rota turística, então não atraía muita gente de fora, o que era bom, porque quase todos os caras eram famosos.

– Por que demorou tanto? – resmungou Mack.

Noah despejou creme no café.

– Cacete, por que você está monitorando meus horários hoje?

– Porque precisamos tomar uma decisão até o meio-dia.

– Que decisão?

Mack deslizou o dedo pela tela do celular.

– Estou reconsiderando as flores de lapela.

Noah esfregou o rosto com as mãos. Na última vez que falaram sobre flores, Mack levou várias horas só para escolher entre branco e vermelho.

– Qual é o problema da flor que você já escolheu?

– Descobri que cada flor tem um significado.

– Ai, meu Deus. – Noah pressionou a palma da mão na têmpora, que de repente começou a latejar.

– Descobri que a rosa-de-natal pode simbolizar ansiedade – explicou Mack. – Não posso usar isso no meu casamento.

– Essa flor tem a palavra *Natal* no nome – disse Colton. – O que pode ser mais perfeito para um casamento em dezembro?

Noah mexeu o café.

– Tem alguma flor que signifique "superbabaca"? É essa que você deveria usar.

Mack o ignorou e virou o celular para mostrar a foto de uma florzinha branca quase idêntica à primeira escolhida, pelo que Noah lembrava.

– Estou pensando na gardênia branca – disse Mack. – Significa fidelidade.

– Perfeito – disse Noah. – Fica com essa.

– Com certeza é essa – concordou Malcolm, lançando a Noah um olhar agradecido.

– Certeza absoluta – acrescentou Colton.

– É feia – disse Russo.

Noah o cutucou com o cotovelo para que ele calasse a boca. As sobrancelhas de Mack se franziram enquanto ele estudava a foto novamente.

– Você acha?

– Não é feia – interveio Noah. – O Russo não sabe de nada.

O olhar de Colton dizia que ele estava prestes a soltar alguma besteira. Ele apoiou os cotovelos na mesa e se inclinou na direção de Russo.

– Que flor você usou no seu casamento?

– Não lembro – respondeu Russo, as bochechas de repente vermelhas.

Noah olhou feio para Colton, que devolveu um risinho do tipo *eu não disse?*.

A garçonete os interrompeu para anotar os pedidos. Enquanto os rapazes se revezavam, Mack de repente ficou absorto no celular. A garçonete se afastou e Mack olhou direto para Noah.

– Então, Liv acabou de me mandar uma mensagem.

Noah sentiu um calafrio.

– E daí?

– Quando você ia nos contar que passou a noite na casa da Alexis e ela viu você sem camisa?

Ah, merda. Um calor subiu pelo pescoço dele e abriu uma trilha por seus cabelos. Mas o constrangimento rapidamente se tornou esperança porque, se ela contara a Liv, então devia ter significado alguma coisa. Certo?

Colton suspirou.

– Acho que a gente já sabe por que você estava esquisito mais cedo.

– O que aconteceu? – perguntou Mack.

– Nada. – Noah engoliu em seco.

– Mentira – disse Colton por entre uma tosse fingida.

– E você estava sem camisa *por quê*? – perguntou Mack.

– É uma longa história – murmurou Noah.

Malcolm coçou a barba.

– Por que você não começa do começo?

Noah soltou um suspiro frustrado, passou as mãos no cabelo e começou a contar a história toda: Candi, o transplante de rim, o lance de Roliço e suas malditas garras. Quando chegou na parte em que Lexa entrou no banheiro e travou, seus mamilos começaram a formigar.

Ele cruzou os braços.

– Alguma pergunta?

Russo levantou a mão. Noah autorizou a pergunta.

– Ela te cheirou?

– Puta que pariu, cara! Não.

Outra mão foi erguida.

Noah suspirou.

– Manda, Malcolm.

– Você disse que ela agiu estranho quando te viu. Dá para ser mais específico?

– O que mais você precisa saber?

Mack se intrometeu:

– Ela ficou olhando para *onde*?

Russo fechou a cara e protestou:

– Ele não levantou a mão.

Mack levantou a mão e repetiu a pergunta.

– Ela ficou olhando, tipo... – Noah deixou a frase morrer. Mas, quando todos os caras se inclinaram para a frente, ele apontou para o peitoral. – Aqui.

Noah sentiu o rosto esquentar de novo ao descer a mão e indicar a região abaixo do umbigo.

– E aqui.

Um por um, os caras trocaram olhares e então, em uníssono, soltaram uma gargalhada alta, de sacudir a mesa. Noah olhou em volta pelo restaurante e então mandou os amigos ficarem quietos.

Mack secou os olhos.

– Cara, ela estava olhando fixo para você. Tipo, olhando fixo de verdade.

– Um sinal claro – disse Colton. – O caminho da felicidade é como erva de gato para as mulheres.

Noah olhou para ele, boquiaberto.

– O caminho do quê?

Russo ergueu a camiseta e apontou para a própria barriga.

– A trilha de pelos que desce do umbigo até o taco e as bolas.

Mack se inclinou para a esquerda e sussurrou:

– *Bráulio* e as bolas.

Russo pareceu confuso.

– Quem é Bráulio?

Colton levantou a mão. Noah fez que não com a cabeça.

– Próximo.

– Você nem sabe o que eu vou perguntar!

– Não importa. Vai ser inapropriado. Próxima pergunta.

– Quem é Bráulio? – perguntou Russo de novo.

– Alguém explica logo pra ele – resmungou Noah.

Malcolm se inclinou e sussurrou no ouvido de Russo, que deu uma risadinha e tapou a boca.

Os pedidos chegaram, mas Noah mal conseguiu começar a comer antes que as perguntas continuassem.

– E aí? O que você vai fazer? – perguntou Mack.

Noah cutucou os ovos com o canto da torrada e se fez de sonso.

– Sobre o quê?

– A *encarada* dela – respondeu Colton.

Noah deu de ombros.

– Nada.

– Você tem que fazer alguma coisa, cara – devolveu Colton. – Ela ficou olhando fixo para você.

Noah bufou, e suas axilas começaram a suar.

– Vocês leram romances demais. Por falar nisso, e aquele que você me deu? Uma tremenda palhaçada. Você pelo menos sabe do que o livro fala?

Mack se recostou na cadeira.

– Sei. Qual é o problema?

– Fala de um cara que abandonou a filha! Espera mesmo que eu aprenda alguma coisa com aquele sujeito?

– A gravidez secreta é um tema muito popular nos enredos desse gênero – respondeu Mack.

Noah meio bufou, meio riu.

– Gravidez. Secreta. Tema?

Mack deu de ombros.

– Um cara descobre que tem um filho de que não sabia.

– E as pessoas acham isso romântico?

Mack suspirou e olhou para o teto como se rogasse por paciência.

– É um recurso narrativo para passar uma mensagem maior, Noah.

– Que mensagem?

– Sobre perdão.

Dessa vez, Noah riu sem rodeios.

– Que baboseira. Algumas coisas não têm perdão.

Mack bebericou o café.

– Verdade. Mas a questão não é essa.

– Sim, a questão é que eu nunca vou aprender a construir um relacionamento com a Alexis lendo sobre um cara que é tão canalha quanto o pai dela.

– Não se pode julgar o livro com base em um capítulo – retrucou Malcolm. – Tenta ler mais.

– Não. – Noah soou bem teimoso, exatamente como estava sendo.

Russo deu um tapinha em seu braço.

– Noah, por que você está sempre com tanta raiva?

– Ele não está com raiva. – Colton bufou na caneca de café. – Está com tesão.

Noah apontou o dedo para ele.

– Vai se foder.

– Cara, não tem como a Alexis deixar mais claro que quer algo mais e está pronta para isso – disse Mack. – O que você está esperando?

– Você não ouviu o que acabei de contar sobre o pai dela? Ela está passando por muita coisa agora. Está muito sensível e...

– A Alexis não é tão frágil assim – devolveu Mack.

Noah pareceu incomodado.

– Eu sei. – Lexa era justamente o oposto. Era a pessoa mais forte que já conhecera. – Só estou dizendo que ela está enfrentando uns problemas sérios e eu não vou piorar as coisas perguntando por que ela estava encarando meus mamilos!

De súbito, o restaurante ficou em total silêncio, e vinte cabeças se voltaram para a mesa deles.

– Ele está falando do cachorro – disse Mack, alto, erguendo as mãos. – Está tudo tranquilo, gente.

Noah ouviu um grunhido ecoar do próprio peito.

– Vou hackear seu celular e postar todos os seus nudes no Facebook.

Mack abriu bem os braços.

– Eu fico muito bem pelado, cara.

– Olha só – disse Malcolm, amassando o guardanapo. – Acho que o que o Mack estava querendo dizer era que tem uma linha tênue entre respeitar o que a Alexis está passando e tratá-la como se ela não respondesse por si mesma.

– Isso não muda a porcaria da situação.

– Claro que muda. – Malcolm se inclinou para a frente. – Seu relacionamento com ela se baseia em sentimentos não correspondidos. Isso não é justo com nenhum dos dois. Ela merece saber o que você realmente sente por ela, e você merece saber se ela sente o mesmo.

– Não posso arriscar nossa amizade assim.

– E você vai ficar feliz se continuar sendo amigo dela, só amigo?

– Se esse for o preço para fazer parte da vida dela, então sim.

– E imagino que, se ela começasse a namorar outra pessoa, você lidaria bem com isso, certo? – perguntou Mack.

Diante do silêncio corrosivo de Noah, Mack suspirou.

– Imaginei.

Noah cedeu a um repentino ataque de exaustão. Largou o garfo e passou as mãos pelo rosto. Depois de um momento longo e silencioso, ergueu os olhos e viu os rapazes o observando com expressões pacientes e divertidas.

– Não sei o que fazer – admitiu ele.

– Por sorte, nós sabemos – disse Mack. – Aparece no bar amanhã às três da tarde.

Noah sentiu o estômago pesar.

– Para quê?

Mack sorriu.

– Sua iniciação.

Meeerda.

DEZ

Algumas horas depois, Noah voltou à casa de Alexis para irem juntos se encontrar com Candi. Não ficava tão nervoso com a ideia de buscar uma mulher em casa desde… sempre. Algo havia mudado na noite anterior, pelo menos em sua mente, e seria difícil manter a calma. Mas era exatamente o que Alexis precisava que ele fizesse.

Com um longo cardigã, leggings e um sorriso discreto, Alexis o encontrou na calçada.

– Vi você encostando o carro – explicou ela.

Noah abriu a porta e a esperou entrar, depois voltou para o lado do motorista. Soltou a respiração que vinha prendendo antes de se sentar ao volante.

– Obrigada por me levar – disse ela, mal olhando para ele enquanto colocava o cinto de segurança.

– Tem certeza de que quer fazer isso?

– Tenho, sim.

No entanto, ela não parecia muito segura. Suas mãos se retorciam no colo, e seus lábios estavam comprimidos. Uma ferida em carne viva no canto do dedo mostrava que andara roendo as unhas.

– Você não precisa…

Alexis o interrompeu com um olhar. Ele levantou as mãos em rendição.

O trajeto até o centro da cidade foi curto e tranquilo. Ao parar no estacionamento do hotel onde Candi estava hospedada, os dois ficaram no carro por mais um momento, no escuro e no silêncio, apenas olhando para a placa de um vermelho brilhante que dizia ELEVADOR, até que ele finalmente olhou para ela.

– Preparada?

Noah saiu do carro e o contornou até o lado do passageiro. Ele estendeu a mão para ajudá-la a se levantar e, como se já fosse um gesto habitual, Alexis entrelaçou os dedos nos dele. O coração de Noah estava pulsando dolorosamente sob as costelas enquanto caminhavam de mãos dadas até os elevadores. Só quando entraram ela soltou a mão para apertar o botão do andar do saguão.

Noah enfiou a mão no bolso da jaqueta.

– Onde vamos encontrá-la?

– No bar do hotel.

– Só ela?

– Acho que sim.

O elevador se abriu em um corredor com piso de mármore. Noah apoiou a mão nas costas de Alexis ao saírem. Os músculos dela se contraíram sob seus dedos, mas ela não se desvencilhou do toque. O coração dele disparou novamente.

– Ali – disse ela, apontando para um canto escuro onde ficava a recepcionista, sob o letreiro com o nome do bar.

Noah olhou para Alexis.

– Churrascaria Sertaneja? Será que tem violas nas paredes?

– E drinques para amenizar a sofrência.

– O primeiro a ver um berrante vence!

A breve brincadeira pareceu descontraí-la, porque seus músculos relaxaram sob o toque dele.

O saguão estava cheio de turistas de olhos vermelhos, arrastando malas pesadas e os vestígios das más decisões da noite anterior.

A recepcionista sorriu quando eles se aproximaram.

– Mesa para quantos?

– Vamos encontrar uma pessoa no bar – respondeu Noah.

A recepcionista os conduziu ao centro do restaurante, onde um balcão circular sobre uma plataforma elevada brilhava com o azul suave das lâmpadas que pendiam do teto. O lugar estava praticamente deserto, a não ser por um ou outro cara debruçado em silêncio sobre sua cerveja e com os olhos grudados no jogo de futebol americano que passava nas seis televisões fixadas na parede.

Uma mulher estava sentada em um dos bancos mais isolados, sozinha, o rosto virado para a entrada do restaurante como se procurasse por alguém.

– É ela – disse Alexis, desacelerando o passo.

Noah deslizou a mão mais para cima, até os tendões tensos do pescoço dela. Fez uma leve pressão ali e aproximou a boca do ouvido dela.

– Você está bem?

A única resposta de Alexis foi continuar andando.

Candi os avistou e se atrapalhou com o copo de água, retraindo-se ao derramar um tanto no balcão. O barman fez um gesto aceitando suas desculpas e começou a enxugar enquanto Candi descia da banqueta.

Noah sentiu Alexis ficar tensa de novo.

– Oi – cumprimentou Candi, a voz tímida e sem fôlego.

– Obrigada por nos encontrar – disse Alexis.

Candi lançou um olhar nervoso para Alexis e se virou para encarar Noah, e então… *bum*. Ele sentiu o baque da semelhança como um daqueles tapas que Del distribuía. Alexis não tinha mentido. Os olhos das duas eram idênticos.

– Este é o meu amigo Noah – disse Alexis, a voz firme.

Noah a ouvira usando aquele tom uma centena de vezes com clientes irritados porque o ToeBeans estava sem pãezinhos de cranberry ou alguma outra reclamação boba.

Candi engoliu em seco.

– Oi.

Alexis o encarou e ergueu a sobrancelha. Noah também conhecia aquele olhar, que dizia que ele havia esquecido as boas maneiras e estava agindo como um brutamontes. Ele engoliu em seco e estendeu a mão; Candi a encarou com hesitação antes de aceitar o cumprimento.

– Prazer em conhecê-la – murmurou ele.

Candi mordeu o lábio, como se quisesse devolver o cumprimento mas odiasse mentir. Ela olhou para Alexis.

– Está com fome? Podemos pegar uma mesa ou…

– Aqui no bar está bom – respondeu ela. – Não vamos demorar muito.

– Ah, está bem. Hum, podemos sentar aqui, então. Eu guardei lugar.

Candi se apressou a tirar o casaco e a bolsa de duas outras banquetas. Alexis agradeceu baixinho e se sentou. Noah ficou com o banco ao lado dela e Candi voltou para o seu lugar, à direita de Alexis.

O barman retornou.

– O que vão querer?

Noah olhou para Alexis.

– Quer uma cerveja?

– Pode ser.

– Duas cervejas, então – pediu ele. Depois olhou para Candi. – Quer tomar alguma coisa?

– Só… só água.

O barman se afastou e Candi engoliu em seco.

– Então, você… você tomou uma decisão?

Alexis pôs a bolsa no chão.

– Primeiro vamos conversar.

A decepção transformou os traços joviais de Candi em uma leve carranca.

– Ah, ok. Você… você tem alguma pergunta?

Alexis respirou fundo e soltou o ar rapidamente.

– Encontrei uma cópia do anúncio de casamento dos seus pais. – Ela esfregava a palma da própria mão distraidamente. – A julgar pela data da publicação, ele e sua mãe deviam estar juntos quando eu fui concebida.

Candi ficou pálida, mas logo se recuperou. Ou era a primeira vez que lhe ocorria que seu amado pai havia traído a mãe, ou já suspeitava e agora tinha uma prova. De qualquer modo, Noah sentiu uma pontada de pena dela. Era uma merda descobrir que alguém em quem se confiava não era o santo que se pensava.

Alexis suavizou o tom.

– Estou supondo que tenha sido por isso que ele não quis que você entrasse em contato comigo, quando você descobriu a minha existência.

Candi desviou o olhar.

– Não sei. – Ela retorceu a boca. – Eu não devia ter dado ouvidos a ele. Queria te conhecer antes mesmo de ele ficar doente.

O barman voltou com as bebidas e Noah ficou feliz pela distração. Isso o impediu de falar coisas que não devia.

Candi tomou um gole de água, olhando para todos os cantos, menos para Alexis.

– Minha relação com meu pai anda esquisita desde que descobri sobre você.

Noah apertou os dedos ao redor da garrafa. Ai dela se tentasse fazer Alexis ficar com pena…

Alexis olhou para ele como se sentisse sua raiva crescendo. Noah tomou um belo gole e olhou para a TV. Sua atenção, no entanto, mantinha-se firme na conversa que recomeçava ao seu lado.

– Pesquisei umas coisas na internet – disse Alexis. – Tudo o que li dizia que esse processo normalmente leva seis meses ou mais, mas você disse que Elliott não tem tanto tempo. Como funcionaria, então?

A expressão de Candi mudou no mesmo instante. Ela se endireitou e seus olhos se arregalaram.

– Então você vai fazer?

– Só estou perguntando como seria.

Candi abriu a bolsa que estava no colo e tirou um folheto azul bem desgastado com o logotipo do Centro de Transplantes do Hospital Memorial de Huntsville impresso na capa.

– Eu trouxe isso para você – disse ela, entusiasmada, soando tão jovem quanto aparentava ser. – Tem duas rodadas de exames, e normalmente demora vários meses, mas já que o papai… – Candi parou e limpou a garganta. – Como não temos muito tempo, eles conseguem fazer mais rápido.

Ela entregou o folheto para Alexis.

– Temos uma coordenadora de transplantes. O cartão dela está aí. Se você ligar, ela pode marcar o primeiro exame de sangue.

Alexis abriu o folheto. Noah olhou por cima do ombro dela e deu uma lida no que conseguiu ver, seus músculos ficando mais tensos a cada palavra. Candi enfiou a mão no bolso do casaco, tirou uma folha de papel dobrada e a colocou no balcão entre as duas.

– Trouxe isso para você também.

Alexis encarou o pedaço de papel como se estivesse com medo dele.

– O que é isso?

– Uma cópia do teste de DNA.

Alexis ficou olhando o papel por mais um tempo. Aquilo era totalmente desnecessário. Qualquer um que olhasse para as duas, uma ao lado da outra, saberia que Lexa e Candi eram parentes. Mesmo assim, Alexis pegou o papel e o desdobrou.

– Obrigada.

– O centro de transplantes não fica muito longe da nossa casa – disse Candi.

Alexis ergueu os olhos de repente.

– Então pensei que talvez… – A voz de Candi sumiu num sussurro hesitante.

– Talvez o quê? – perguntou Noah, ríspido.

Candi puxou as mangas do moletom, cobrindo as mãos.

– Talvez, depois de fazer o exame de sangue, você pudesse aparecer lá e conhecer todo mundo. O papai. Cayden. A família toda.

Noah sentiu o estômago revirar com a adrenalina de ouvir a palavra *papai*. Elliott Vanderpool não era *pai* de Alexis; fizera questão de não ser.

– De jeito nenhum – interveio Noah, pondo a cerveja no balcão com mais força do que o necessário.

Alexis lhe deu outra encarada e Noah travou o maxilar.

Ela se voltou para Candi.

– Não sei se é uma boa ideia – respondeu em tom suave.

– Mas é que daí você poderia conhecer todo mundo.

– Não sei se estou pronta para isso ainda, Candi.

– Então por que você... – Candi parou de falar de novo, dessa vez balançando a cabeça, frustrada. Seu lábio inferior sofria as consequências de toda a emoção que ela engolia.

– Por que eu o quê?

Candi se virou e olhou bem nos olhos de Alexis, mais diretamente do que em qualquer outro momento desde que chegaram.

– Se você não queria nos conhecer, por que autorizou que o resultado do seu DNA fosse compartilhado com possíveis parentes?

E ali estava. Ali estava a questão sobre a qual até mesmo Noah vinha pensando, mas que relutava em perguntar. Alexis podia ter solicitado que seu teste de DNA fosse mantido em sigilo. O resultado só seria compartilhado com possíveis parentes de sangue mediante autorização.

Alexis parecia tão relutante em responder quanto Noah estivera em dar voz à pergunta. Ela se esquivou completamente.

– Acho melhor a gente começar com o exame de sangue e daí ver o que acontece.

– Venha para Huntsville – pediu Candi, sua voz uma mistura de desespero e exasperação. – *Por favor.*

Alexis estufou as bochechas e soltou um longo suspiro.

– Olha, eu sei o que você espera que aconteça. Você acha que vamos ter algum tipo de grande encontro, com lágrimas e abraços e essas coisas, mas acho que você deveria diminuir suas expectativas.

– Mas você não quer pelo menos conhecer sua família?

– Eles não são minha família.

Os olhos de Candi se franziram nos cantos, como se as palavras tivessem sido um golpe doloroso. Mais uma vez, Noah acabou sentindo uma pontadinha de pena.

Alexis deixou escapar um suspiro cansado, soando arrependida.

– Temos o mesmo sangue, Candi. Isso não faz de nós uma família. Só nos torna parentes.

O lábio inferior de Candi sofreu outra vez. Sua expressão era tão arrasada que Noah sabia que não levaria muito tempo para Alexis concordar com qualquer coisa. Ele se levantou e pegou a carteira. Tinha que dar um basta naquilo. Deixou uma nota de vinte no balcão e pousou a mão no ombro de Alexis.

– É melhor a gente ir.

Noah pegou a bolsa e a entregou a Alexis enquanto ela se levantava. Candi desceu do banco, as mãos entrelaçadas diante da barriga.

– Tenho que voltar para Huntsville. Não posso ir embora sem saber o que você pretende fazer.

Alexis lançou a ela um olhar compreensivo.

– Você sabe que não tem nenhuma garantia de que eu seja compatível, né?

– Quer dizer que você vai tentar?

Noah prendeu a respiração, assim como Candi.

Alexis finalmente fez que sim.

– Vou agendar o exame de sangue.

Candi levou a mão à boca e seus olhos se encheram de lágrimas.

– Obrigada. Muito obrigada.

– Eu te aviso como foi – disse Alexis, recuando até colidir com o peito de Noah.

Ele a segurou pela cintura, equilibrando-a. Os dois ficaram em silêncio durante todo o caminho de volta ao elevador. Quando as portas se fecharam, porém, Alexis se virou para ele.

– Obrigada por ter vindo comigo.

– Pare de ficar me agradecendo, senão vou ficar ofendido.

Antes que Noah pudesse reagir, ela se aproximou e passou os braços ao redor de sua cintura. Cada célula do corpo dele sentiu o golpe quando Alexis se inclinou em sua direção e pressionou o rosto em seu peito. Já tinham se abraçado antes. Muitas vezes. Mas aquela parecia diferente. Pelo menos para ele.

Noah a envolveu nos braços. O corpo de Alexis era quente e macio. Sentiu-se cambalear enquanto as pernas fraquejavam e a respiração travava com uma onda de ternura e desejo. Ele se forçou a continuar inspirando e expirando e rezou para que ela não ouvisse que seu coração atingira a velocidade da luz.

Engoliu em seco.

– Por que isso?

– Por ser um amigo tão bom.

Noah tossiu.

– Você é uma cruz mesmo, mas eu aguento carregar.

Ela deu uma risadinha e se afastou, mas não completamente. Manteve os braços na cintura dele, as mãos perto dos quadris. Ele olhou para baixo no mesmo instante em que ela olhou para cima. Alexis desviou o olhar para a boca de Noah e se demorou ali. E lá estava. Aquele olhar de novo. *Desejo*.

A apito do elevador os separou. O silêncio foi como uma presença física entre eles enquanto caminhavam para o carro. Nenhum dos dois se pronunciou até que Noah saiu do estacionamento.

– Está com fome? – perguntou ele.

– Você está?

– Eu comeria alguma coisa.

– Ok. Você… quer ir a algum lugar ou…?

– Você quer?

– Por mim, tanto faz. A gente pode ir a algum lugar ou voltar para a minha casa, ou o que você quiser.

Meu Deus. Nem que se esforçassem a conversa conseguiria ser mais tensa e esquisita. Noah passou a mão pela barba. Eles nunca tiveram esse tipo de relação, e era péssimo.

– Que tal a gente passar para comprar uns tacos e dali voltamos para a sua casa pra começar a montar o Lego? – sugeriu ele, forçando na voz uma tranquilidade que não estava sentindo.

Ela assentiu, e suas mãos entrelaçadas relaxaram.

– Perfeito.

– Coloca aí uma música – pediu ele, casual.

Lexa conectou o iPhone ao rádio do carro e vasculhou as playlists até encontrar a favorita deles. Vinte minutos depois, Noah parou em uma vaga em frente ao food truck.

– Deixa comigo – disse ela, pegando a bolsa no chão.

– Minha vez – devolveu ele, abrindo a porta. – Você fez um bolo para o meu aniversário.

Noah deu uma corridinha pelo meio-fio até o balcão. O cara que trabalhava lá já sabia seu pedido de cor e começou imediatamente a aprontar os tacos vegetarianos e o arroz. Noah olhou por cima do ombro bem a tempo de ver Alexis levar o celular ao ouvido e começar a falar.

Cinco minutos depois, ele voltou para o carro.

– Que cheiro incrível. – Ela inspirou. – Estou com mais fome do que imaginava.

Noah esperou até terem voltado à rua.

– Quem era no telefone?

– Liguei para o centro de transplantes.

– E aí?

– Posso ir lá amanhã para conhecer a coordenadora e fazer o exame.

– Num domingo? – Ele ficou sem fôlego. – Não querem perder tempo, hein?

Se percebeu o sarcasmo no tom dele, Alexis ignorou.

– Meu horário é à uma.

– Então acho melhor você comer um pouco e dormir bem esta noite.

Noah soltou uma mão do volante e estendeu o mindinho para ela. Era isso que Alexis precisava dele. Amizade. Nada mais. Não importavam seus olhares.

ONZE

Alexis partiu para Huntsville pouco antes das onze da manhã do dia seguinte, depois de passar no café para se certificar de que todos estavam a postos e em condições de cuidar das coisas sem ela. Antes de pegar a estrada, mandou uma mensagem rápida para Noah.

Estou saindo.
Me liga se precisar de qualquer coisa.

Ela ligou a música, aumentou o volume e tentou se concentrar em dirigir, não no destino. Porque não fazia ideia do que a esperava. A coordenadora de transplantes disse que o exame de sangue em si era simples e não demoraria muito. Mas primeiro ela queria conhecer Alexis para explicar como todo o processo funcionava.

Sempre que era tomada pela ansiedade, Alexis usava a técnica de relaxamento que aprendera com seu terapeuta. Concentrar-se apenas no que precisava fazer no momento, não no que precisaria fazer no dia seguinte ou depois. Só tinha controle sobre o presente e sobre a própria reação.

Em geral, funcionava. Mas sua mente não queria cooperar daquela vez, e não apenas por conta do lugar para onde estava indo e do motivo.

Quase beijara Noah na noite anterior. De novo. E, por mais que ambos tivessem se esforçado para fingir que estava tudo normal entre eles, era fato que não estava.

Finalmente, o GPS a mandou pegar a próxima saída para o hospital e o centro de transplantes. Ela estacionou na área de visitantes, parou para verificar seu reflexo no retrovisor e depois saiu do carro. De fora, o hospital parecia mais um campus universitário do que um renomado centro médico. No saguão, Alexis parou diante do balcão de informações para pegar um crachá de visitante, e a recepcionista – uma voluntária que a chamou de *querida* diversas vezes – a encaminhou para a área dos elevadores que a levavam ao andar de transplantes.

Saiu em outro saguão, esterilizado e cheio de enfermeiros, que apontaram para uma sala de espera e disseram que alguém ia chamá-la.

Dez minutos depois, uma mulher vestindo roupas comuns entrou e chamou seu nome. Quando Alexis se levantou, a mulher se aproximou e estendeu a mão.

– Sou Jasmine Singh, sua coordenadora de transplantes.

Ela continuou falando por cima do ombro enquanto Alexis a seguia por uma série de grandes portas automáticas.

– Vai levar cerca de uma hora. Temos alguns formulários para você preencher e alguns documentos para assinar. Mas vamos principalmente conversar. Está bem?

Alexis assentiu.

– Não precisa ficar nervosa – continuou Jasmine com um sorriso tranquilizador. – É coisa simples.

Chegaram a uma pequena sala. Jasmine segurou a porta e esperou Alexis entrar. Sua mesa ocupava metade do aposento. No lado oposto, havia uma área de estar, com um sofazinho e duas poltronas contornando uma mesa de centro. A placa de identificação na mesa trazia junto ao nome as siglas que indicavam que ela era uma assistente social registrada e também enfermeira certificada.

– Fique à vontade – disse Jasmine. – Gostaria de beber alguma coisa? Tenho café e água.

– Uma água está ótimo – respondeu Alexis, sentando-se no sofá.

Jasmine abriu um frigobar enfiado entre dois armários de arquivo e voltou com duas garrafas de água, que pôs na mesa de centro antes de se sentar bem de frente para Alexis.

– Como foi a viagem até aqui? Achou tranquila?

– Foi tudo bem – respondeu Alexis automaticamente. – É tranquilo dirigir de Nashville para cá.

Jasmine cruzou as pernas e sorriu.

– Se você tiver alguma dúvida, a qualquer momento, não hesite em perguntar. Não existem perguntas bobas, e é meu trabalho garantir que você tenha todas as informações para tornar esse processo o mais tranquilo possível.

Jasmine tinha um jeito leve. Amigável sem ser falso. Mas também havia uma eficiência mecânica, como se ela já tivesse realizado aquela reunião mil vezes. Provavelmente tinha mesmo.

Jasmine pegou uma pasta preta da mesa de centro.

– Prefiro ir passando pelas coisas burocráticas primeiro, se estiver tudo bem para você. Tirar a papelada do caminho, pegar as assinaturas de que precisamos, e seguir a partir daí. Pode ser?

– É claro.

A mulher abriu a pasta, colocou-a de volta na mesa de centro e a virou para que Alexis pudesse ler.

– A maioria desses papéis fica com você, mas os originais de alguns dos documentos que você vai assinar ficarão comigo.

Alexis se inclinou para a frente enquanto Jasmine folheava as páginas. Checklist do pré-operatório. Checklist do pós-operatório. O que levar e não levar. O que esperar no dia da cirurgia.

– Parece um pouco prematuro – interrompeu Alexis. – Eu nem sequer fiz o exame de sangue ainda.

Jasmine assentiu.

– Normalmente, sim, nós esperaríamos pelo resultado. Mas, como você sabe…

– Ele não tem muito tempo.

Jasmine sorriu com empatia.

– Sei que deve ser difícil.

Alexis não sabia o que responder, então voltou a olhar para a pasta.

– O que mais tem aí?

Jasmine virou mais algumas páginas.

– Esta última seção trata da parte financeira da cirurgia. Na maioria dos casos, o convênio do receptor cobre todos os custos associados ao transplante em si… os exames, os cuidados pré-operatórios e pós-operatórios. No entanto, qualquer problema de saúde futuro associado à cirurgia fica por conta do seu próprio plano de saúde. Você indicou que tem convênio, correto?

Era quase o mesmo que nada. Como a maioria dos pequenos empresários, Alexis fizera um plano de saúde bem básico, e a cobertura não era boa.

Jasmine interpretou errado a falta de resposta de Alexis.

– Existem muitos programas de assistência financeira disponíveis aos doadores. Mas não temos autoridade sobre eles e não podemos garantir, por isso preciso da sua assinatura confirmando que entendeu suas obrigações financeiras associadas ao transplante.

Alexis assinou onde Jasmine indicou.

A mulher fechou a pasta e a deslizou para Alexis.

– Recomendamos que você mantenha essa pasta sempre à mão durante todo o processo preparatório. Tem uns compartimentos nela para você ir guardando as informações adicionais que coletar. Mas estou sempre disponível para esclarecer suas dúvidas.

Alexis sorriu, ou tentou, e abriu a garrafa de água.

Jasmine se recostou na poltrona.

– Você também precisa saber que parte do meu trabalho é avaliar se você está fazendo isso por vontade própria, sem qualquer coação financeira ou emocional.

Alexis hesitou e afastou a garrafa da boca.

– Como assim?

O rosto de Jasmine se suavizou, assumindo o tipo de expressão que sempre prenunciava um constrangimento.

– Você já passou por muita coisa.

– Você me pesquisou no Google?

Jasmine abriu aquele sorriso calmo novamente.

– Me conte como você lida com o estresse.

– Cafeína, terapia e uma busca incansável por justiça.

Jasmine riu.

– Tem feito terapia após o incidente?

– É claro. Também promovo uma aula de ioga para sobreviventes.

Jasmine assentiu e fez uma anotação em sua ficha.

– Pelo que entendi, faz pouco tempo que você descobriu que o Sr. Vanderpool é seu pai.

Alexis colocou a garrafa na mesa.

– O que isso tem a ver com a cirurgia?

Jasmine adotou uma expressão de calma e neutralidade.

– É meu trabalho avaliar seu estado emocional. Descobrir a identidade de um pai que nunca esteve presente deve despertar emoções intensas.

– Foi um choque – disse ela, finalmente.

Jasmine esperou que Alexis continuasse, incentivando-a com um silêncio encorajador.

E, por alguma razão, Alexis acabou cedendo.

– Quer dizer, eu sabia que devia ter um pai em algum lugar.

– Mas você nunca pensou em procurá-lo?

Alexis deu de ombros.

– Nunca pareceu importante. Eu tinha minha mãe, e éramos uma família perfeita, só nós duas.

– E agora que ele te encontrou, sabe me dizer como você se sentiria caso a cirurgia não desse certo?

Alexis se sobressaltou.

– Caso não desse certo? Como assim?

– O corpo dele pode rejeitar seu rim.

– Mas não é para isso que servem todos os exames? Para ter certeza de que o corpo dele não vai rejeitar?

– Sem dúvida. Mas não há garantia absoluta.

– Mas uma coisa é garantida, não é? Se ele não receber um rim, vai morrer. Certo?

A mulher inclinou a cabeça.

– Ele precisa de um rim para viver. Sim. Mas pode aparecer outro doador. Ele está na lista de transplantes.

– Mas a chance de sobrevivência é maior, não é? Se ele receber um rim de um parente, em vez de um estranho?

– Pelas estatísticas, sim. O receptor tem uma expectativa de vida mais longa após a cirurgia quando o doador é um parente vivo.

– Então devia vir de mim.

Jasmine se inclinou para a frente.

– Alexis, você *quer* fazer isso?

– Quero. – A certeza, a contundência da resposta, surpreendeu até ela mesma.

– Por quê? – perguntou Jasmine.

– Como assim por quê? Porque ele pode morrer se eu não fizer.

– Querer evitar que alguém morra é diferente de querer que essa pessoa viva.

Alexis se recostou no sofá.

– Que coisa horrível.

– Alexis, qualquer coisa que você me diga fica entre nós. O Sr. Vanderpool nunca vai saber o que conversamos, então você pode ser honesta.

Alexis sentiu uma onda de irritação.

– Estou sendo honesta. Você está tentando me fazer desistir?

– De jeito nenhum. Só quero entender suas razões para estar aqui.

Alexis também queria.

– Não sei o que você quer que eu diga.

– Há muitos bons motivos, motivos legítimos, para se fazer uma coisa dessas. Mas obrigação jamais deve ser um deles.

– Não é por obrigação. – Sua voz soou defensiva até aos próprios ouvidos.

Jasmine cruzou as pernas novamente.

– Me diga o que é, então.

Alexis abriu e fechou a boca. A resposta estava na ponta da língua, mas ela a temia, assim como temeu quando Candi perguntou por que havia autorizado que o resultado do seu DNA fosse compartilhado com parentes. Queria provar sua resposta, deixá-la marinar até que todos os seus sentidos tivessem tempo de testá-la, aceitá-la, antes de dizer em voz alta. Então escondeu as mãos trêmulas sob as coxas e falou uma meia verdade:

– Sei como é perder um dos pais. Não posso deixar a Candi passar por isso.

Jasmine descruzou as pernas e se inclinou para a frente, as mãos sobre os joelhos.

– Então é por empatia?

– É.

– Você gostaria de ter um relacionamento com o Sr. Vanderpool depois disso?

Mais uma vez, Alexis foi evasiva.

– Nunca nem cheguei a conhecê-lo.

– E mesmo assim está disposta a doar um rim para ele?

– As pessoas doam rins para estranhos o tempo todo, não é?

Jasmine fez aquela análise silenciosa outra vez antes de assentir e se recostar na poltrona.

– Vamos tratar de fazer esse exame de sangue.

Uma hora depois, Alexis estava sentada no carro com um pequeno curativo na dobra do braço. Os biscoitos que tinham lhe dado permaneciam intocados no banco. Estava com o celular na mão. Só precisava ligar.

Candi atendeu imediatamente, uma esperança ofegante na voz.

– Alexis?

– Ok – disse Alexis. – Vou conhecer a família.

DOZE

Noah chegou dez minutos adiantado para sua iniciação, e Mack, irritado, mandou o amigo esperar no escritório.

– Você está falando sério?

– O clube do livro é muito sério – advertiu Mack.

Ao sair, Mack fechou a porta por garantia. Noah se jogou na cadeira de Mack, botou o livro *De volta para casa* sobre a mesa limpa e vazia, e o encarou. Havia tentado ler mais na noite anterior, mas não conseguira. Sobretudo porque sua mente estava totalmente focada em Alexis e sua viagem para Huntsville. Mas também porque não importava o que Mack e os caras dissessem, nenhuma história sobre um homem egoísta demais para saber que tinha abandonado uma namorada grávida o ajudaria a resolver as coisas com Alexis.

Noah já tinha começado a andar de um lado para outro, xingando, quando a porta enfim se abriu. Russo preencheu o batente, parecendo um segurança.

– Venha comigo.

Noah hesitou, mas pegou o livro e obedeceu. Russo caminhava com a seriedade de um carcereiro. E, assim que entraram no salão, Noah entendeu o porquê. O lugar estava na penumbra, exceto pelo holofote brilhando em uma mesa no meio da pista de dança, onde Mack, Gavin, Del, Colton e Malcolm esperavam com expressões igualmente sérias. Um único assento estava desocupado.

Noah puxou a cadeira, mas Mack a empurrou para longe dele com o pé.

– Você ainda não foi convidado a se sentar.

– Primeiro tem que fazer o juramento – declarou Del.

Noah riu.

– Sério?

A expressão de Mack ganhou um ar sombrio.

– Certo. Foi mal. O clube do livro é muito sério.

– Levante a mão direita – mandou Mack.

Noah obedeceu.

– Repita comigo: eu, Noah Logan, juro solenemente defender os princípios do Clube do Livro dos Homens.

Noah se confundiu um pouco, mas conseguiu repetir a maioria das palavras.

– Juro trabalhar com afinco para superar uma vida inteira de masculinidade tóxica.

Noah repetiu.

– E usar as lições dos manuais para me tornar um homem melhor.

– Amém – disseram os rapazes.

– Posso me sentar agora?

Mack assentiu formalmente. Noah se sentou e Malcolm se inclinou para a frente.

– Agora vamos começar o interrogatório.

Os olhos de Noah percorreram os rapazes.

– Que interrogatório?

– Precisamos decidir se você é digno – explicou Colton.

– Isso é ridículo – resmungou ele.

– Regras são regras, seu bosta – devolveu Mack.

Russo deu uma risadinha.

– Seu bosta.

Noah deu de ombros.

– Está bem, façam suas perguntas.

– Por que você está aqui? – perguntou Malcolm.

– Porque o Mack não larga do meu pé.

Colton bateu na mesa.

– Não. Resposta errada. Tente de novo.

– Porque eu… – Noah parou.

Não estava pronto para dizer em voz alta. Repetira para si mesmo cem vezes, mas falar para os caras era um nível totalmente diferente de honestidade.

– Bota pra fora, Noah. Admitir é o primeiro passo – incentivou Gavin.

Noah revirou os olhos, estufou as bochechas e soltou o ar.

– Estou aqui porque estou apaixonado pela minha melhor amiga.

Os rapazes assentiram solenemente. Del assumiu o interrogatório.

– Qual é a parte mais assustadora de estar aqui?

– A ideia de vocês me hipnotizarem e me mandarem ficar pelado ou algo assim.

– Nada disso – ladrou Colton. – Tente de novo.

– Estou com medo de estragar tudo.

– Estragar o quê? – perguntou Del.

– Minha relação com ela.

– E por que isso é assustador?

Noah fez uma cara de *como assim, porra?*.

– Por que você acha? Não quero perdê-la.

Os rapazes trocaram olhares que significavam ou *aceitável* ou *que palhaçada*.

Malcolm assumiu o interrogatório.

– Quando foi a última vez que você teve um relacionamento sério?

Noah se remexeu, constrangido.

– O que isso tem a ver?

– Você quis a nossa ajuda, então tem que colaborar.

Noah adotou uma postura petulante, recostando-se na cadeira, de braços cruzados.

– Não sei. Cinco anos atrás, eu acho.

– Você acha? – indagou Malcolm, a sobrancelha erguida.

– Foi uma mulher que conheci no MIT. Nós namoramos por um ano.

– E mais ninguém desde então? – interveio Mack.

Noah deu de ombros, na defensiva. Se soubesse que seria interrogado sobre toda a sua vida amorosa (ou a falta dela), teria reconsiderado a situação.

– Para que tudo isso?

– Para romper a porra do ciclo – devolveu Mack. – Mulheres não são centros de reabilitação para bebezões emocionalmente imaturos que acham que a chave para um relacionamento sério é simplesmente esperar que a mulher certa apareça. Você tem que estar pronto para sair da zona de conforto, para fazer esforço, para ficar vulnerável.

Noah bufou.

– Você devia escrever cartões. Essa foi boa.

Malcolm suspirou.

– Você está recorrendo ao sarcasmo porque fica constrangido quando um homem se expressa tão abertamente. A gente entende. Uma das maneiras mais traiçoeiras que a masculinidade tóxica tem de destruir os homens é tirando nossa capacidade de expressar emoções e de nos conectar, não só com as mulheres, mas também uns com os outros. Porque homens de verdade não fazem isso, certo?

Noah se viu assentindo.

– Quantas vezes na vida já lhe disseram para *virar homem*? – continuou Malcolm.

A mente de Noah desencadeou uma torrente de lembranças indesejadas, quase todas envolvendo Marsh.

Não deixe sua mãe ver você chorar desse jeito. Você é o homem da casa agora.

Tem que crescer e virar homem.

Isso não é coisa de homem.

– Já lhe disseram que homens de verdade não choram? – perguntou Malcolm, baixinho.

Noah assentiu mais uma vez. Sentia a pele pinicando de constrangimento. Queria se livrar, destruir aquela sensação. A última coisa que queria era falar sobre o assunto.

– Todos nós ouvimos isso – disse Malcolm. – Mas tem uma diferença gigante entre o que a sociedade nos diz que um homem de verdade faz e o que um bom homem faz. E bons homens estão dispostos a trabalhar duro em seu emocional para serem companheiros melhores para as pessoas que amam.

– Mas não podemos fazer isso sozinhos – complementou Del. – Precisamos da ajuda dos nossos amigos.

– E esse é o propósito de tudo isso aqui – concluiu Mack.

Gavin deu um tapinha no ombro de Noah.

– Estamos contigo, cara. De verdade. Você só precisa falar. Conte alguma coisa pessoal.

– Vocês sabem que isso é estranho, né? Tudo isso aqui.

– É mesmo? Ou você só está com medo de aprender um novo código de masculinidade?

Será que estava? Seria realmente possível que o hipster radical que ele pensava que fosse não passasse de mais um *bebezão emocionalmente imaturo*?

– Comece com uma coisa simples – disse Mack. – Demora para a gente aprender a conversar de verdade com outros homens, então comece com algo que não exija muito esforço. Algo que talvez tenha sentido vergonha de nos contar antes. Alguma coisa…

– Eu gosto da trilha sonora de *Moana* – confessou Noah.

Gavin hesitou.

– Tipo, o filme da Disney?

– Eu não teria contado se soubesse que você ia tirar sarro de mim!

– Não estou tirando sarro. Só estou perguntando.

– Eu gosto da porra da trilha sonora de *Moana*, ok? Aquela música que fala sobre quão longe eu vou. Adoro aquela porcaria. Escuto no volume máximo em casa. Me faz bem.

Malcolm abriu bem os braços.

– Canta aí.

Um calor subiu queimando pelo pescoço de Noah.

– Não vou cantar porra nenhuma.

– Está bem – disse Mack, levantando-se. – Então eu canto.

Noah começou a suar diante do pesadelo que se sucedeu. Porque Mack começou mesmo a cantar.

E depois Del também.

E depois Malcolm.

Logo todos os homens no salão, exceto Noah, estavam cantando, os braços abertos.

Quando terminaram, uma fungada desviou a atenção de Noah para Russo. Lágrimas escorriam pelo rosto dele.

– Foi lindo.

– Viu só? – disse Mack. – Até o Russo já sacou. Ele não tem medo de expressar suas emoções.

– Eu preciso de um abraço – declarou Russo, abrindo os braços.

– Deixa comigo – disse Mack, aproximando-se e apertando o corpanzil do homem.

– Acho que estou odiando todos vocês um pouquinho – disse Noah.

– Porque estamos certos? – perguntou Del.

– Porque estou me sentindo realmente obrigado a abraçar o Russo.

– Não, você está nos odiando porque isso tudo exige muito trabalho – explicou Mack, voltando a se sentar.

Noah pressionou as palmas das mãos nos olhos.

– Só me fala o que eu tenho que fazer.

Os rapazes responderam em uníssono, irritados:

– Leia o livro.

– Ok, mas como é que esse livro pode me ajudar? Fala de um cara que abandonou a filha, e no momento esse não é o tipo de lição que quero aprender.

Malcolm fez aquela cara de *professor prestes a compartilhar sua sabedoria*.

– Como você acha que esse livro termina, Noah?

– É um romance. Imagino que eles terminam juntos e vivem felizes para sempre.

Malcolm assentiu.

– Exatamente. Todos os romances terminam assim. Mesmo que os leitores já saibam como vai acabar assim que pegam o livro, ainda vão até o final. Sabe por qual motivo?

– O sexo?

Colton bateu na mesa de novo.

– Não. Resposta errada.

– É a jornada – revelou Malcolm. – Como eles alcançam o tal felizes para sempre é o que conta, e o que torna esses livros especiais e instrutivos.

– A jornada – repetiu Noah.

– Não há história mais universal do que a de duas pessoas resolvendo seus problemas para superar enormes obstáculos e encontrar a felicidade – explicou Malcolm. – Mas cada jornada é diferente, cada obstáculo é único. E é nessa jornada única que encontramos lições para a nossa vida.

– Vocês não podem só me contar o resumo? – perguntou Noah, meio brincando.

– Não se você quiser que realmente dê certo – respondeu Mack, sério.

– Só continue lendo – disse Malcolm. – Sua jornada começa agora.

TREZE

Dirigir do hospital até a casa da família Vanderpool levou apenas vinte minutos, mas durante todo o caminho Alexis se sentiu como alguém entrando em uma montanha-russa pela primeira vez. Cada quilômetro a aproximava mais do momento da queda. E, quando ela finalmente parou em frente à casa, seu estômago mergulhou em uma queda livre de medo, de tensão e do inevitável tranco final da constatação *o que foi que eu fiz?*.

Por que não levara Noah junto? A ideia de conhecer aquelas pessoas, seu pai, sozinha parecera sábia antes, mas agora desejava que ele estivesse ao seu lado. Dizendo que ela dava conta. Que tudo ficaria bem.

A casa de dois andares arquitetada no estilo federal ficava a quatro quilômetros da estrada, margeada por um gramado verdejante bem aparado e sombreada por um dossel de enormes carvalhos. As jardineiras nas janelas, com gerânios meticulosamente cultivados em tons vibrantes de vermelho, rosa e laranja, contrastavam com as venezianas brancas, e uma bandeira americana se desfraldava com a leve brisa no alto de uma pilastra na varanda. Só faltava uma cerquinha branca de madeira e a casa poderia estar estampada em uma revista.

Todas as outras emoções que Alexis estava sentindo – medo, arrependimento, anseio – foram substituídas por algo que estava se tornando tão familiar quanto indesejado. *Ressentimento*. Aquela casa saíra direto dos sonhos de sua mãe. Tranquila. Admirável. Segura. Mas ela tivera que trabalhar em dois empregos para juntar o suficiente apenas para dar a entrada na pequena casa de Nashville.

Aquele era o tipo de casa que exigia dinheiro, renda estável e uma rede de apoio. Coisas que sua mãe nunca teve.

Era uma casa de família, do tipo que ostentava estabilidade, prosperidade, segurança. Era o tipo de casa onde uma mãe nunca precisava se preocupar em como alimentar o filho, onde dava para ter um cachorrinho porque havia recursos para isso, onde os remédios nunca eram racionados, onde as festas de aniversário tinham palhaços e bolos grandes e arranjos de balões.

Alexis estacionou atrás de um BMW sedã brilhante e de um Range Rover SUV. Um Mercedes preto estava na garagem ao lado de um Lexus vermelho-vivo.

Enviou rápido uma mensagem para Candi avisando que tinha chegado. Ela respondeu pedindo para que esperasse na varanda. O que foi um pedido estranho, mas talvez estivessem mantendo silêncio, ou algo do tipo, por Elliott estar doente.

Não importava. Alexis só queria acabar com aquilo e ir para casa. Assim que subiu os degraus da varanda, a sensação de medo, do estômago mergulhando em queda livre, tomou conta dela novamente. Estava prestes a conhecer seu pai.

Seu pai.

A porta da frente se abriu e Candi saiu, fechando a passagem atrás de si. Ela engoliu em seco, nervosa.

– Oi.

– Oi. – Alexis olhou para a porta, por cima do ombro de Candi. – Algum problema?

Candi engoliu em seco de novo.

– Não. Eu só… queria cumprimentar você a sós antes de entrarmos.

– Ah.

– Está todo mundo aqui. Mamãe e papai; meu irmão, Cayden; a esposa dele e os filhos. – Candi mordeu o lábio. – Quer dizer, *nosso* irmão. Eu ainda me atrapalho nessas coisas.

– Não tem problema. – Alexis apontou para a porta. – A gente não devia…?

Candi abriu a porta e esperou Alexis entrar. As duas foram recebidas pelo som de risos abafados vindos de algum lugar dos fundos da casa enquanto Alexis fazia um giro lento no hall de entrada, que era maior do que sua cozinha. O vestíbulo tinha um pé-direito de pelo menos quatro metros e ostentava um enorme lustre de cristal.

Candi apontou para um longo corredor que dava na cozinha.

– Eles estão no solário.

Alexis a seguiu pelo amplo corredor ladeado por estantes embutidas e emoldurado por arcos entalhados nas duas pontas. Ele terminava em uma cozinha toda equipada, com uma ilha de dois metros e meio ao centro e vista para o quintal inclinado e para a piscina.

Ao lado, separado da cozinha por uma parede de vidro, ficava o solário.

Alexis parou de repente, seu quadril esbarrando com força na quina da ilha.

Os seis estavam lá. Uma mulher elegantemente vestida estava sentada em uma ponta do sofá, olhando com carinho para um bebê e uma criança pequena que brincavam no chão. Um homem jovem estava ao lado dela. Tinha o cabelo igual ao de Candi e um grande sorriso. No chão, outra mulher ajeitava as roupas do bebê. E observando a todos de uma poltrona reclinável de couro, com um brilho orgulhoso nos olhos, estava Elliott.

O cabelo dele era quase todo grisalho, e a pele tinha uma aparência opaca e envelhecida. Alexis teria considerado excesso de sol, mas conhecia aquele aspecto em particular. Era a cara da doença. Mas o sorriso era igual ao do anúncio de casamento – largo e cheio de vida. Parecia ser um homem que ria muito.

Alexis se virou, o peito apertado.

– Acho que não consigo fazer isso.

Mas, antes que pudesse fugir, o que sem dúvida era seu plano, a mulher mais velha perguntou, do solário:

– Quem era, Candi?

Alexis encontrou o olhar de Candi. A sombra de culpa no rosto dela fez a visão de Alexis ficar vermelha e turva de raiva.

– Como assim?

Candi não respondeu. Bem, não diretamente. Ela sorriu para alguma coisa ou alguém atrás de Alexis.

– Eu trouxe uma amiga para conhecer vocês, mãe.

– Uma *amiga*? – sussurrou Alexis.

– Traga ela aqui, então – respondeu a mulher.

O estalo da poltrona reclinável fez o ar fugir dos pulmões de Alexis em um único suspiro de pânico. Como sairia daquela merda de situação? Ela apertou os olhos com força ao ouvir mais um som: passos.

– Seja bem-vinda – disse o homem com uma voz gentil.

Não tinha como escapar. Alexis se virou… e se viu mais uma vez encarando olhos iguaizinhos aos seus. Ele vestia um suéter cinza que provavelmente lhe caía como uma luva antes, mas que a doença fizera com que ficasse largo nos ombros e comprido demais.

– Meu nome é Elliott – disse ele, estendendo a mão.

Alexis olhou incrédula para Candi.

– Você está de brincadeira comigo? – sibilou ela. – Não contou a eles que eu vinha?

Elliott abaixou a mão, unindo as sobrancelhas, confuso.

Candi enfim encontrou a voz.

– Pai, esta é… esta é a Alexis.

Elliott estendeu a mão novamente.

– É um prazer conhecer você, Alexis. Candi quase não traz mais ninguém aqui agora que se mudou…

Alexis o interrompeu.

– Alexis *Carlisle*. É esse o meu nome todo.

Elliott ficou atônito, olhando para ela com uma intensidade repentina que a fez se retrair e ao mesmo tempo querer gargalhar. Então ele engoliu em seco e ela decidiu seguir com tudo.

– Acho que o senhor conheceu minha mãe, Sherry.

Elliott recolheu a mão e lançou um olhar duro para Candi.

– O que foi que você fez? – perguntou ele em um sussurro feroz.

– Não tive escolha, pai. – A voz de Candi falhou.

A tensão da cozinha devia ter pairado até o solário, porque a mulher mais velha se levantou.

– Está tudo bem aí?

Elliott se virou.

– Está tudo bem.

Ninguém acreditou nele. Um por um, Lauren, Cayden e sua esposa – qualquer que fosse o nome dela –, todos voltaram a atenção para Alexis.

Candi começou a responder com fragmentos de palavras trêmulas.

– Ela pode ser compatível, pai. Para um rim.

Lauren arquejou e disparou na direção deles.

– O quê? Ah, meu Deus! Candi, esta é a sua amiga? Por que você acha que ela pode ser compatível? – Suas sapatilhas farfalharam no assoalho de madeira quando ela entrou na cozinha.

Cayden e a esposa perceberam a empolgação. Cada um veio correndo com uma criança no colo, com expressões similares de esperança. Alexis grunhiu e olhou para Candi, cujo rosto estava estranhamente pálido.

– Eu sei que você não queria que eu entrasse em contato com ela, pai, mas…

– Por que você não queria que a Candi falasse com ela? – perguntou Lauren, sua alegria de segundos atrás agora substituída por confusão. – O que está acontecendo?

Os olhos de Candi se encheram de lágrimas. *Ai, meu Deus.* Alexis ergueu as mãos.

– Olha, escutem. Acho melhor deixarmos isso para outra hora.

Elliott tentou fingir tranquilidade ao encarar sua esposa.

– Acho que é uma boa ideia. Não vamos exagerar na empolgação. Eu duvido que uma amiga qualquer de Candi vá ser compatível.

Uma amiga qualquer? As palavras ricochetearam em Alexis feito uma bola de pinball errante, quicando nos órgãos vitais e destruindo o que restava da muralha ao redor do coração. A fenda se tornou um abismo, e seu peito rapidamente se encheu de um sentimento que ela pensava ter enterrado com o passar do tempo e a terapia. Um sentimento que esperara nunca mais ter depois de ter denunciado Royce. O desejo de machucar alguém no mesmo nível em que fora machucada.

– Ah, não sei, Elliott – sussurrou ela, lamentando as palavras que ainda nem tinha falado, mas incapaz de contê-las. – Pelo que ouvi, filhos costumam ter as melhores chances.

– Como é? – indagou Cayden, o olhar alternando entre Alexis e o pai.

– Do que ela está falando, Elliott? – perguntou Lauren.

– Pai, por favor, me deixe explicar – disse Candi.

– Mas que merda está acontecendo aqui? – bradou Cayden.

Alexis olhou para Candi em busca de ajuda, mas ela não tirava os olhos de Elliott, que estava culpado demais para servir de qualquer coisa.

– É sério? – Alexis finalmente explodiu com Candi. – Você vai me obrigar a fazer isso?

– Eu... – Candi mal conseguia falar.

Ah, pelo amor de Deus. Alexis fez um gesto rendido.

– Parabéns, é uma menina.

O sarcasmo errou o alvo. Todos a encararam em silêncio, exceto Elliott, que perfurava um buraco no chão com os olhos.

Alexis suspirou e resmungou ao mesmo tempo.

– Eu sou filha dele. Surpresa!

Nem se tivesse jogado uma granada no meio da cozinha o estrago teria sido tão grande. Houve gritos e mãos cobrindo bocas e alguns palavrões e, opa, algumas lágrimas da esposa de Elliott.

– Do que ela está falando? – perguntou Lauren, a voz aguda. – Sua *filha*?

Cayden entregou o bebê chorando à esposa, mas manteve o olhar fixo em Alexis.

– É mentira. Não sei quem você pensa que é...

– Ela é nossa irmã – disse Candi. – Tenho um teste de DNA que comprova.

Cayden voltou sua raiva para Elliott.

– Isso é verdade? Ela é sua *filha*?

Lauren soltou outro soluço e se virou de costas, as mãos tapando a boca.

Elliott finalmente teve colhões para se recompor e dizer:

– Eu não queria que vocês descobrissem desse jeito.

– Ah, meu Deus – sussurrou Cayden. – É verdade?

Outro soluço alto de Lauren fez Elliott correr para junto da esposa. Ele a contornou para encará-la de frente.

– Querida, por favor. Me deixe explicar. Isso foi há muito tempo.

– Foi há 31 anos, para ser exata – rebateu Alexis.

Os olhos de Lauren se arregalaram enquanto seu cérebro fazia a inevitável conta.

– Já estávamos juntos na época, Elliott.

– Não! – Elliott agarrou as mãos da esposa, mas ela se livrou dele. – Nós estávamos... Foi naquele verão em que nos separamos. Lauren, por favor. Me escute.

– Foi com aquela mulher, não foi? – choramingou Lauren.

As palavras foram um tapa na cara de Alexis.

– *Aquela mulher* era minha mãe, e o nome dela era Sherry Carlisle. Se você não acredita que sou filha dele, é só reparar bem nos meus olhos.

Lauren ignorou Alexis, seus olhos marejados fixos no marido.

– Foi ela quem te ligou quando você voltou de San Francisco.

Espera. O quê? Sua mãe tinha ligado para ele? Alexis avançou, furiosa.

– Ela... ela contou para você que estava grávida? Porra, você sabia de mim?

Pelo visto, o palavrão foi demais para a esposa de Cayden, porque ela saiu correndo da cozinha com as crianças.

Cayden voltou sua raiva para Alexis.

– É melhor você ir embora.

– Não! – gritou Candi. – Ela é compatível, pai. Eu sei que é. Ela fez o exame de sangue hoje e...

– Pare com isso, Candi – grunhiu Elliott. – Não é garantido. E você nunca deveria ter trazido ela aqui sem falar comigo.

Lauren cobriu o rosto com as mãos e caiu em prantos.

Elliott encarou Alexis.

– Cayden tem razão. Acho que você precisa ir embora. – Ele lançou um olhar irritado para Candi. – Falo com você mais tarde.

Alexis balançou a cabeça.

– Olha, se não me querem aqui, vou embora com todo prazer.

Ela deu meia-volta e refez os passos até a porta com as pernas trêmulas. Candi correu atrás dela.

– Espere. Por favor, fique.

Alexis abriu a porta com força e desceu os degraus da varanda pisando forte. Candi correu atrás dela e agarrou seu braço. Alexis se virou.

– Que merda foi essa, Candi? Sua mãe nem sabia? Como você pôde fazer isso comigo? Como pôde fazer isso com *eles*?

– Eu… eu só estava pensando…

– No meu rim? Aham, já entendi.

– Não. Eu só estava pensando em salvar a vida do meu pai. Me desculpe se não sei o protocolo certo para tudo isso.

Alexis cerrou os punhos e saiu marchando até o carro, caçando as chaves do bolso.

– Por favor, não vá – implorou Candi.

– Ele obviamente não me quer… – Alexis parou de repente, horrorizada ao sentir a garganta embargada de emoção pelo deslize. – Ele não quer meu rim.

– Ele não está pensando direito. Só ficou surpreso.

Alexis bufou, abrindo a porta do carro.

– Só espere um pouco, ok? Me deixe falar melhor com eles.

Alexis entrou no carro e, pouco antes de bater a porta, disse:

– Não me ligue mais.

CATORZE

Alexis dirigiu completamente atordoada. Até que a raiva, o ressentimento e a dor da rejeição se transformaram em uma abençoada dormência. Até que os carros no sentido contrário da rodovia se fundiram em um único borrão. Até que o zumbido quase constante do celular no chão do banco do passageiro se tornou um pano de fundo para as recriminações em sua cabeça.

Ela deveria ter sido mais esperta.

Ela deveria ter ouvido Noah.

Ela o imaginou em casa, na cozinha, segurando uma tigela de qualquer coisa que tivesse esquentado para o jantar, comendo o mais rápido possível para que pudesse voltar ao trabalho. Ou talvez estivesse estirado no sofá, as pernas esticadas e cruzadas enquanto assistia a um documentário na TV. Ou talvez estivesse no computador, de óculos e com o cabelo todo desgrenhado porque passara as mãos por ele muitas vezes.

Alexis já o vira fazer todas essas coisas. Estava tão familiarizada com os maneirismos dele quanto com os próprios.

E de repente tudo o que queria era ele.

Eram seis horas quando saiu da rodovia e pegou a estrada que levava à casa de Noah, uma construção de dois andares no estilo craftsman, que parecia modesta por fora, mas havia sido toda reformada e modernizada por dentro. Ele tinha instalado painéis solares em todo o telhado, refeito toda a parte elétrica e os detalhes de eficiência energética, e mais um monte de outras coisas que havia tentado lhe explicar uma vez, mas que ela não entendeu e nunca entenderia.

Refletores iluminaram a escura entrada de carros quando ela chegou. Mal tinha desligado o motor quando a porta da frente se abriu. Noah saiu descalço, vestindo uma calça jeans e um moletom desbotado do MIT. Cada emoção que ela vinha sufocando durante a viagem de duas horas retornou com tudo assim que saiu do carro.

– Ei – disse ele, descendo os degraus da varanda às pressas. – Tentei te ligar várias vezes. A bateria do seu celular acabou? O que aconteceu?

Alexis fechou a porta, encontrou-o no meio do caminho e passou os braços em volta da cintura dele. Noah imediatamente a envolveu em um abraço apertado e a segurou contra o peito.

– O que houve? Qual é o problema?

Alexis pressionou o rosto contra o peito quente dele, reconfortando-se com as batidas ritmadas de seu coração.

– Me conte – pediu Noah, a boca contra seu cabelo.

– Ele... ele me expulsou de casa.

Os braços de Noah se enrijeceram.

– Ele o quê?

Alexis se afastou um pouco e olhou para ele.

– Ele me mandou embora. Não quer saber de mim nem do meu rim.

O semblante de Noah se tornou duro, um instinto protetor que deveria ter sido intimidador, mas que em vez disso a deixou emocionada.

– Eu deveria ter ido com você.

– Foi bom não ter ido. Foi humilhante demais.

Noah pegou a mão dela e a conduziu pela calçada.

– Vamos entrar.

– O que você estava fazendo? – perguntou ela, seguindo-o pelos degraus da varanda. – Estou atrapalhando alguma coisa?

– Eu só estava andando de um lado para outro em pânico porque você não respondia às minhas mensagens. Achei que tivesse sofrido um acidente na estrada.

Alexis riu baixinho, mas ele se virou para ela ao chegar à porta.

– Não estou brincando. Eu estava a dez minutos de começar a ligar para os hospitais ao longo da rodovia.

– Desculpa. Eu... eu estava...

– Tudo bem. Fico feliz por você estar aqui.

Noah segurou a porta para que ela entrasse primeiro. A casa estava quente e cheirava a pizza. O estômago dela roncou instintivamente.

– Há quanto tempo você está sem comer?

– Nem sei.

Ele acenou com a cabeça indicando a cozinha enquanto fechava a porta.

– Sobraram uns pedaços de pizza. Eu pedi sem carne, caso você quisesse um pouco.

O gesto fez Alexis sentir um friozinho na barriga e o *tum-tum-tum* do coração recomeçar.

– Obrigada.

– Já não falei para parar de me agradecer?

– Prefere que eu não dê valor às coisas que você faz?

– Prefiro que você coloque na cabeça que eu estou sempre aqui, não importa o que aconteça.

Alexis tirou as sapatilhas e as deixou perto da porta. A casa dele seguia um estilo clássico; a entrada dava para um longo corredor com cômodos dos dois lados e uma escada à direita. Havia três quartos no andar de cima, um dos quais ele usava como escritório.

O corredor terminava na cozinha, que por sua vez levava a uma salinha de jantar onde os dois já tinham dividido inúmeras refeições. O jogo americano marrom de crochê que Alexis fizera para ele durante sua breve experiência com artesanato estava amontoado no centro da mesa, pouco usado e quase inútil. Mas Noah o guardava mesmo assim.

– Senta – disse ele, apontando com a cabeça para a sala de jantar. – Quer beber alguma coisa?

– O que você for beber.

Noah enfiou umas fatias de pizza no micro-ondas e pegou duas cervejas artesanais da geladeira. A manga da camiseta se retesou nos bíceps enquanto ele abria as garrafas. Um calor subiu pelo pescoço de Alexis assim que a imagem dele sem camisa voltou à sua mente.

Ela devorou a pizza requentada e borrachuda enquanto contava o que havia acontecido. A cada nova revelação, as expressões dele se alternavam entre raiva e compaixão.

– Eu devia ter seguido seu conselho – disse ela.

Noah colocou a garrafa na mesa.

–Para com isso.

– Mas você tinha razão.

– Só que podia não ter. Você precisava descobrir.

– Você lê as pessoas melhor do que eu.

– Não leio, não. Sou um idiota cínico que acha que todo mundo tem segundas intenções, e você é um maldito anjo que sempre pensa o melhor das pessoas.

Alexis riu.

– Um maldito anjo?

Ele deu um sorriso fraco.

– Essa história toda do casamento está começando a me afetar.

– Bem. – Ela suspirou, recostando-se na cadeira. – Acho que é isso. Vou poder ficar com os meus órgãos, no fim das contas.

Noah levou o prato dela para a pia, passou uma água e o colocou na lava-louça.

– Obrigada pela comida.

– Para que servem os amigos? – Ele voltou até a mesa e estendeu a mão. – Vamos acender um fogo lá fora.

Alexis entrelaçou os dedos nos dele e deixou que Noah a levantasse. Mas, enquanto o seguia para fora, o fogo que mais a preocupava era o que se acendera dentro dela.

Depois de acender a lareira externa, Noah entrou para pegar mais duas cervejas e uma manta. Ao voltar, entregou uma das garrafas a Alexis e se sentou a seu lado no sofá que ela ajudara a escolher, na primavera passada. O sofá formava um ângulo de noventa graus no canto do pátio coberto que ela o ajudara a decorar com fios de luz e uma fileira de vasinhos suspensos. As flores há muito haviam morrido, mas os vasos ainda estavam lá.

Quantas noites Alexis não passara sentada ali com ele, daquele jeito? E por que agora, de repente, o espaço parecia menor, mais íntimo? Suas mãos tremiam ao estender a manta sobre o colo dos dois, e, quando Noah esticou um braço sobre o encosto do sofá, os pulmões dela pararam de funcionar com o inocente roçar dos dedos dele em sua nuca.

Se Noah estava tão balançado quanto ela, não demonstrava. Ele encarava as chamas em silêncio, as sombras dançantes traçando ângulos rígidos em seu rosto sempre que ele levava a garrafa à boca. As linhas expressivas e longas do pescoço se movimentaram com um gole.

Ele a olhou de relance.

– Conversa comigo.

Noah lhe dissera essas mesmas palavras inúmeras vezes, mas naquela noite ela compreendeu o presente singelo que representavam. Ele jamais pressionava, jamais forçava. Simplesmente estava presente, disposto a ouvir, sempre. Sem esperar nada em troca.

– Sobre o quê? – perguntou ela, sem fôlego.

– Sobre o motivo de estar me encarando tanto assim.

Não, de jeito nenhum. Como contaria a seu melhor amigo que fora subitamente dominada pelo desejo de beijá-lo?

Alexis desviou o olhar para o fogo.

– Ele nem… ele nem perguntou dela.

Os dedos de Noah voltaram a acariciar seu pescoço.

– Da sua mãe?

– Nem sequer… nem sequer *admitiu* que ela foi mais do que apenas uma aventura de verão – disse Alexis, uma lágrima surgindo no canto do olho. – Ela merecia mais que isso.

– Vocês duas mereciam.

– Acho que ele nem gostava dela.

– Faria diferença se ele gostasse?

– Não sei. Talvez.

Noah colocou a cerveja em uma mesinha ao lado do sofá e mudou de posição para olhá-la de frente. Ainda sob a manta, Alexis encolheu uma perna, abrindo espaço para ele.

– Por que faz diferença?

Mais lágrimas nublaram sua visão.

– Porque ela merecia ser amada.

– *Você* a amava.

– Eu sei, mas não é a mesma coisa. Ela merecia um amor verdadeiro.

– Me fala mais dela – pediu Noah, a voz tensa.

Alexis encostou a cabeça no braço dele.

– Ela adorava esquilos. Tem gente que tenta manter os esquilos longe dos comedouros de pássaros, mas os comedouros dela eram só para os esquilos.

– Parece até alguém que eu conheço.

– Ela adorava ouvir Fleetwood Mac. E os livros do Stephen King. Ela me deixou ler *It: A Coisa* quando eu estava no ensino fundamental, e fiquei um ano sem dormir.

Noah sorriu.

– É por isso que você odeia palhaços?

Ela sentiu uma pontada no peito.

– Não.

Ele não pressionou. Apenas esperou que ela explicasse.

– Eu quis um palhaço na minha festa de aniversário, uma vez. A gente não tinha como… a gente não tinha como pagar. Então minha mãe se fantasiou.

– Por que isso fez você odiar palhaços?

– Não sei. Acho que talvez porque, mesmo sendo criança, eu sabia que estava errado. Que minha mãe se sentia culpada. Como se tivesse falhado comigo, de alguma forma. E isso não era justo com ela. Eu queria nunca ter pedido um palhaço na minha festa.

O ressentimento que havia sentido na casa de Elliott voltou a arder em sua garganta.

– Aposto que a Candi teve palhaços nas festas dela. Aposto que a Lauren também não precisou trabalhar dobrado para pagar por isso.

– É injusto. Tudo isso.

Alexis se empertigou e tomou um gole de cerveja.

– Sabe o que é realmente injusto? Lembro que o médico estava de gravata vermelha no dia em que descobrimos que minha mãe tinha câncer. Mas não consigo lembrar o que *ela* estava vestindo naquele dia. Não quero me lembrar da gravata dele.

Noah soltou um suspiro angustiado e se inclinou na direção dela.

– Meu bem…

– Nossa memória é injusta, sabe. Só nos avisa que essa coisinha, esse detalhe, vai ser importante de guardar quando já é tarde demais. Por que nos lembramos de coisinhas estranhas, mas não nos lembramos das coisas importantes?

Noah balançou a cabeça.

– Não sei.

– Minha mãe… ela me disse uma vez que a parte mais difícil de ter um filho é que nunca se sabe quando vai ser a última vez que você vai fazer algo por ele. A última vez que vai lavar seu cabelo. Arrumar sua lancheira para a escola. Ajudar a amarrar os sapatos. Mas isso também vale para a criança. Quando vemos nossa mãe ou nosso pai morrer. Ninguém fala disso, ninguém nos avisa. Que precisamos nos apegar a cada detalhe, porque pode ser a última ida ao cinema ou saída para fazer compras. Eu me lembro do nosso último Natal juntas, mas não do que minha mãe disse quando abriu os presentes que comprei para ela. Por que não consigo me lembrar dessas coisas? Quero tanto lembrar.

– Vem cá.

Noah abriu os braços, e ela prontamente se aconchegou neles. Foi um abraço estranho, desajeitado pelo modo como estavam sentados e pelo emaranhado da manta em torno das pernas dos dois, mas foi perfeito. Ele era perfeito.

– Quando ela estava doente, eu aprendi a fingir – continuou Alexis. – Que aquilo não estava acontecendo. Sabe? Talvez, se eu simplesmente seguisse a vida, apenas agisse como se tudo estivesse normal, como se ela não estivesse morrendo, talvez ela não morresse. Mas daí ela foi ficando cada vez pior, e então veio o dia em que eu soube que não tinha mais jeito. E eu só fiquei lá fazendo carinho na mão dela e dizendo que estava tudo bem. Que ela podia ir. Que eu ficaria bem. Que eu ficaria bem quando ela se fosse. Mas eu não estou bem.

– Sinto muito – disse ele, a boca contra o cabelo dela, a mão em sua nuca segurando-a junto ao ombro. – Por tudo isso.

– Eu me sinto uma egoísta. Por fazer tudo girar ao meu redor.

– Você não é egoísta por estar de luto, Lexa. – A boca de Noah moveu-se em seu cabelo. – Eu sou egoísta porque quis derrubar todo o governo dos Estados Unidos para me vingar por terem tirado meu pai de mim?

– Você era um garoto. Eu sou adulta.

– Eu também sou, e ainda os odeio por isso. Agora, se você é egoísta por estar irritada com aquele cretino do Elliott Vanderpool, então eu também sou. E daí? Nós dois perdemos nossos pais muito jovens.

– Sabe de uma coisa que eu odiava?

Ele acariciou o cabelo dela com os lábios.

– O quê?

– Aguentar o que as outras pessoas estavam sentindo com a morte da *minha* mãe. Ou elas não fazem ideia do que dizer, ou acham que fazem e acabam dizendo uma bobagem tão grande que chega a dar pena, aí a gente responde só para não ficar chato. É desgastante.

Noah riu, mas sem humor. Apenas por compreensão.

– Depois que meu pai morreu, cheguei a um ponto em que pensei que daria um soco na próxima pessoa que tentasse me dizer o quanto lamentava.

– E em quem perguntasse se tinha alguma coisa que pudesse fazer.

– Ou dissesse que tudo acontece por um motivo…

– Que está por perto para o que a gente precisar – resmungou Alexis.

– E que a gente é muito forte.

– Como se houvesse uma alternativa além de continuar levantando todos os dias e seguindo a vida.

– Exatamente.

Ela inspirou fundo, a respiração trêmula, e fechou os olhos.

– Acho que eu não conseguiria passar por isso sem você.

– Prometo que você nem vai precisar tentar. – Ele levou a boca ao seu ouvido. – Você não precisa ser tão forte o tempo todo, Lexa. Não comigo.

Alexis pressionou o rosto no pescoço dele e inspirou. Noah cheirava a amaciante de roupas, e foi só naquele momento que ela percebeu que esse era o seu perfume favorito. Cheirava a segurança e proteção.

E desejo. Um desejo quente e intenso. Por ele e só por ele. E ela estava cansada de lutar contra isso.

A primeira vez que os lábios dela roçaram no pescoço de Noah pareceu um acidente. Uma mera coincidência enquanto ela se ajeitava nos braços dele para ficar mais confortável.

Mas então aconteceu de novo.

Ele parou de respirar quando os lábios dela tocaram a veia pulsante em seu pescoço e se demoraram ali, quentes e macios. E mesmo assim Noah poderia ter se convencido de que não era intencional, se Alexis não tivesse pousado a mão em seu peito. Se não tivesse roçado o nariz em seu maxilar. E se não tivesse erguido a cabeça e sussurrado seu nome com um tom de voz que ele reconhecia muito bem, mas que nunca ouvira dela.

Desejo.

Tudo dentro dele irrompeu em um frenesi – o coração acelerou, o sangue ferveu, o estômago contraiu –, mas em um segundo tudo congelou. Noah queria se mexer, dizer alguma coisa, mas não conseguia, porque tinha medo de estragar o momento. Se piscasse, era capaz de Alexis desaparecer. Ou então ele acordaria, percebendo que os últimos trinta minutos não tinham passado de um sonho, que acabara dormindo no sofá depois de ler aquele maldito livro. Já tivera sonhos desse tipo com ela, e acordara desapontado muitas vezes.

Mas não podia ser um sonho, porque sua imaginação sonolenta nunca havia capturado a pura doçura do jeito como ela o tocava naquele momento.

– Lexa – disse ele com voz rouca.

Ela roçou a ponta do nariz no dele em resposta. E, embora estivessem tão perto agora que só dava para ver os traços de Alexis em um borrão, ele não precisava enxergar claramente para entender o que estava acontecendo. Seus sentidos registravam o momento pelo toque, pelo som, pelo cheiro.

Os dedos trêmulos dela deslizando pela sua camiseta.

A respiração ofegante dela se aproximando de sua boca.

O perfume almiscarado dela o envolvendo a cada inspiração.

Alarmes soaram no fundo de sua mente. *Devagar. Ela está vulnerável. Depois que cruzar essa linha, você não vai mais poder voltar.* Porém, até mesmo o mais nobre dos homens teria dificuldades para dar ouvidos a isso quando a mulher que amava estava finalmente entregando seu coração a ele.

Eram muito poucas as vezes na vida em que um homem se deparava com uma decisão de consequências tão grandes, mas aquela era uma delas. Aquele era o momento em que Noah tinha que escolher.

Desejo ou contenção.

Paixão ou amizade.

Alexis ou solidão.

Seu cérebro sabia as respostas certas, mas não estava no comando. Era seu coração que estava. E, com Alexis, sempre estaria.

Então foi seu coração que a puxou para montar em seu colo. Seu coração que entrelaçou os dedos no cabelo dela. E, quando os lábios de Alexis tocaram os dele – uma, duas vezes, não exatamente como se fosse um beijo, e sim uma pergunta –, foi seu coração que respondeu.

Finalmente, *sim*.

Ele encaixou os lábios nos dela, e cada dúvida se evaporou na certeza de que tinham caminhado desde o início para chegar até aquele ponto.

Alexis afundou nele e o deixou assumir o comando. Os lábios de Noah mordiscaram e massagearam, acariciaram e exploraram. Ela o beijou do jeito que ele sabia que beijaria. Com ternura, com paixão. A mão quente apertava suas costas enquanto a outra agarrava seu braço. Ao mudar o ângulo e ir mais fundo, ao explorar a boca de Alexis com a língua, ele ouviu um gemido e só depois percebeu que tinha vindo de si mesmo. De repente, ela deslizou a mão por baixo de sua camiseta. O próximo gemido que ouviu veio dela, e um calafrio percorreu seu corpo ao ouvi-la sussurrando seu nome, como se o simples ato de tocá-lo fosse o suficiente para fazê-la perder a cabeça. Para ele, era. Ela foi subindo os dedos cada vez mais, até espalmar a mão sobre seu mamilo enrijecido.

Deus do céu. Ele estremeceu, gemeu, sussurrou com urgência para ela fazer de novo.

Então ela fez.

No instante seguinte, ele a deitou de costas.

Não precisou de mais nada. O toque dela em seus mamilos, e ele subitamente ficou fora de si. Beijou-a mais fundo e se posicionou entre as coxas dela. Alexis se enlaçou a ele, se abriu para ele, passou uma perna em volta de seu corpo.

Ela deixou escapar outro daqueles gemidos que faziam choques de tesão correrem por sua virilha, e o corpo dele agiu por vontade própria. Moveu os quadris, esfregando-se nela, e Alexis ofegou em sua boca, então ele fez de novo. E de novo. E de novo. Ela ergueu as pernas e enlaçou sua cintura. Um calor ardente e uma doce ternura se misturaram no peito dele, enchendo seus pulmões com um coquetel arrebatador enquanto ela arqueava o corpo, ofegando e gemendo para que ele a tocasse.

Então ele a tocou.

Deslizou a mão pela lateral de seu corpo até que os dedos roçaram a curva do seio.

– Noah – sussurrou ela, inclinando a cabeça para trás. Depois enroscou os dedos no cabelo dele e o puxou para beijá-lo novamente.

Ele poderia ficar ali beijando-a para sempre. Devagarinho. Apaixonadamente. Do jeito que ela quisesse. Mas quando os dedos de Alexis soltaram seu cabelo e começaram a tatear o botão da sua calça jeans, a voz da razão começou a soar alarmes em sua cabeça, como um despertador matinal abafando a batida acelerada de seu coração e o volume pulsante em suas calças.

O "para sempre" teve uma interrupção relutante e dolorosa.

Que... merda... ele estava fazendo?

Ele não podia... *Eles* não podiam. Não naquele momento. Não daquele jeito. Ainda não.

Com uma força que não sabia que tinha, Noah afastou a boca da dela, levantou-se um pouco, ficando de quatro sobre Alexis, e apertou os olhos bem forte.

– Meu bem, espere.

• • •

De repente, acabou.

Em um instante, Alexis estava abrindo o botão da calça dele, desesperada para tocá-lo e senti-lo dentro dela. E, no seguinte, ele soltou um ruído angustiado e mandou que parasse.

Todo o corpo dela congelou ao ver Noah de olhos fechados.

– O q-que foi?

Noah ergueu o corpo e se agachou. Cobriu o rosto com as mãos.

– Isso… Não podemos.

– Por que não? Qual é o problema?

Noah se virou e afundou no outro lado do sofá. Com um grunhido atormentado, ele abaixou a cabeça e inspirou e expirou pelo nariz, como se estivesse tentando não vomitar.

O último vestígio de desejo se evaporou como um sopro final de seu difusor de óleos essenciais. Ele… *Ele a estava rejeitando.* Ah, meu Deus. O que foi que ela fez? Alexis se sentou rapidamente e afastou o cabelo desgrenhado do rosto. Noah abriu os olhos e a encarou com uma expressão que só poderia ser descrita como terrivelmente assustada. Como se tivesse acabado de acordar de um desmaio e encontrado uma estranha nua em sua cama.

Ela era a estranha nua.

Nua, exposta e totalmente – cem por cento – arrependida.

Alexis tentou se levantar do sofá às pressas, mas ficou enroscada na manta e acabou indo parar no chão. Caiu toda sem jeito, de joelhos.

Noah se empertigou no mesmo instante.

– Você está bem?

Alexis cambaleou e ficou em pé.

– Me desculpe.

– Lexa, o que você está fazendo?

– Me desculpe. Eu… eu não deveria…

Ela se afastou dele, daquele olhar em seu rosto, e recuou o mais rápido que pôde sem sair correndo. Noah se levantou tão depressa para

143

ir atrás dela que uma garrafa caiu e começou a gorgolejar o conteúdo no chão.

– Lexa, espera.

Alexis se sentia nauseada ao abrir a porta dos fundos.

– Me desculpe. Me desculpe de verdade. Tenho que ir.

Noah conseguiu agarrar sua mão e puxá-la de volta.

– Não. Assim, não. Alexis, por favor. Me escuta. Isso não é…

Ela se soltou e começou a correr pela casa para não ter que ouvir o final daquela frase. *Não é o que você está pensando. Não é o que você quer. Não é o que eu quero.*

Noah a seguiu. Pelo corredor. Porta afora. Pelos degraus da varanda. Implorando durante todo o caminho para ela parar.

– Alexis, espera.

– Tenho que ir. Me desculpa, Noah. Eu não devia ter feito isso.

Ela entrou no carro e deu a partida sem nem olhar para ele. Segundos depois, Alexis o deixou parado na calçada com as mãos na cabeça.

Dirigiu por dois quarteirões antes que seu telefone começasse a tocar no banco do passageiro.

Eram duas da manhã quando o toque finalmente parou.

QUINZE

– Nossa. Você está bem?

Alexis desviou o olhar de Jessica ao entrar no café, na manhã seguinte, meia hora atrasada. Baixou a caixa de transporte de Roliço, deixou-o sair e depois pendurou o casaco.

– Estou bem.

– Parece que você andou chorando.

– Alergia – mentiu Alexis.

Porque, sim, ela andara chorando. Chorara a noite toda. Soluçando alto agarrada ao travesseiro e, às vezes, ao gato. Provavelmente não era justo ignorar as ligações e mensagens de Noah, mas ser justa não diminuiria a vergonha e a humilhação que manchavam cada lembrança da noite anterior. E fazia alguma diferença o que ele fosse dizer? Ela se jogara em cima dele, e ele a rejeitara. Assim como temia que fosse acontecer. Não podia falar com ele. Não tinha condições de encará-lo. Não importava o que ele dissesse, a verdade estivera estampada em seu rosto quando ele se afastou dela, na noite anterior.

Noah tinha ficado horrorizado. Não havia outra palavra para descrever.

Talvez isso fosse o mais doloroso. De repente, ele parecera um estranho para *ela*.

Jessica se aproximou enquanto Alexis pegava o avental e passava a alça pela cabeça.

– Tem certeza que…

– Estou bem, Jessica. Vamos trabalhar.

Jessica reagiu como se Alexis tivesse gritado com ela.

– Me desculpe – disse Alexis, estendendo a mão para apertar de leve o braço dela. – Para ser sincera, não estou bem, mas não consigo falar sobre isso agora. Ok?

Jessica assentiu e sua expressão relaxou novamente.

– Mas estou aqui, se precisar.

– Obrigada.

Alexis desejou ter pensado em pegar um boné para usar naquele dia. Talvez escondesse um pouco as olheiras e os olhos vermelhos.

Jessica olhou para ela uma última vez antes de assentir e sair da cozinha. Alexis tentou espairecer com a rotina de abrir o café, mas, quando finalmente entrou no ritmo, Jessica voltou.

– Tem uma pessoa querendo falar com você.

Alexis ergueu a cabeça rapidamente.

– Noah?

Seu tom conseguiu expressar esperança e pavor, uma combinação que fez Jessica erguer as sobrancelhas.

– Não. É um cara velho.

Isso significava que podia ser qualquer um com mais de trinta anos. Jessica e Alexis tinham concepções bem diferentes do que era ser velho.

– Eu menti e falei que você só chegava depois das dez – disse Jessica. – Mas ele disse que ia esperar.

Alexis abriu a porta da cozinha e seguiu a indicação de Jessica até as mesas do lado de fora. Sua respiração travou na garganta.

Elliott.

Ele estava sentado em um banco diante da loja, inclinado para a frente com as mãos entre os joelhos, olhando para o pequeno chafariz que decorava o meio da calçada e dava as boas-vindas aos visitantes de East Nashville. O sol reluzia no anel dourado em sua mão esquerda e transformava seu cabelo grisalho em reflexos brancos.

– Me desculpe – disse Jessica. – Tentei me livrar dele. Sei que você provavelmente não está a fim de falar com ninguém.

– Tudo bem. Deixa comigo.

– Não é outro repórter, é? – Jessica mordeu o lábio inferior.

– Não – respondeu Alexis. – É o meu pai.

– *O quê?*

Mas ela já estava se afastando. Seus passos ecoaram no chão do café vazio. Respirando fundo, Alexis abriu a porta. Ao tilintar do sino, ele ergueu a cabeça. Elliott entreabriu a boca, mas nenhuma palavra saiu.

Ela parou na frente dele.

– Oi, *pai.*

– Eu... – Ele limpou a garganta.

Alexis não conseguiu se conter.

– Meu nome é Alexis. Já esqueceu? – disse ela, sobrancelha arqueada.

Ele soltou um suspiro alto e passou os dedos pelos cabelos.

– Eu sinto muito. Eu só... Você se parece tanto com sua mãe. Isso... isso me pegou de surpresa.

– Uau, e pensar que na última vez que nos encontramos você me mandou embora.

– Me desculpe. É que foi uma grande surpresa. Candi não nos deu nenhum aviso. Eu...

Alexis fez um gesto para dispensar aquela baboseira.

– O que você veio fazer aqui?

– Queria conversar.

– Nossa, acho que não temos mais nada a dizer, depois de ontem.

– Temos, sim. Muita coisa. – Ele se levantou. Devagar. – Será que podemos... podemos ir a algum lugar?

– Estou bem ocupada agora. Tenho um negócio para administrar.

– Por favor, Alexis.

O tom suplicante na voz dele a lembrou muito de como Noah a chamara enquanto a seguia pela calçada. A voz de Noah a deixara meio arrasada. Elliott estava prestes a acabar com ela de vez.

– Eu não te devo nada. Nem meu tempo. Nem meu rim. Nem minha compaixão.

As palavras duras pareceram arder em sua língua como pimenta-caiena.

– Eu sei disso.

Alexis se virou e olhou pelas janelas do café. Jessica nem se dava ao trabalho de esconder que estava espiando a conversa. Ficou surpresa de a amiga não ter pegado um balde de pipoca. Não teriam privacidade ali, mas Alexis estava cansada demais para sequer pensar em ir a outro lugar. E estava muito frio para conversar ali do lado de fora.

– Podemos conversar no meu escritório.

As feições dele se suavizaram de alívio.

– Obrigado.

O sino voltou a tilintar quando Alexis abriu a porta, e Elliott estendeu o braço por cima da cabeça dela, segurando-a aberta para que entrasse; o tipo de gesto casual e educado que homens mais velhos faziam para as mulheres, e que a irritava. Alexis entrou rápido, seus passos tensos e frenéticos no piso de cerâmica. Os passos dele a seguiram, suaves e resignados. Evitando o olhar de Jessica, ela abriu a porta vaivém que dava para a cozinha e o escritório.

Ela se arrependeu de convidá-lo para ir ao escritório minúsculo dela assim que Elliott se sentou em frente à mesa. Teria preferido a falta de privacidade do salão da loja à sensação claustrofóbica de estar em um cômodo sozinha com o homem que no dia anterior agira como se ela fosse tão bem-vinda em sua vida quanto uma infecção estomacal.

Ele esfregou as mãos na calça jeans.

– Seu café é muito bonito.

– Obrigada.

Seu tom estava mais para *vai se ferrar*, e ela desejou, não pela primeira vez, ter mais da fúria de Liv.

– Está funcionando há um ano?

– Quase dois.

– O negócio dos gatos…

Alexis ergueu as sobrancelhas com a pausa.

– Então você… você traz os gatinhos resgatados para serem adotados?

– Gosto de achar um lar para criaturas abandonadas – disse ela.

Elliott sorriu de um jeito meio triste. Como se tivesse captado sua indireta e entendido que merecia. Infelizmente, ela não sentiu a satisfação que esperava. Ter empatia demais era sua maldição.

– Olha – disse, resolvendo ter piedade porque a situação era dolorosa. – Vamos parar com essa porcaria de conversa fiada, ok? Imagino que você esteja aqui porque em algum momento da noite de ontem percebeu que acabou deixando escapar um rim em perfeitas condições. Vamos nos concentrar apenas nisso.

Isso pareceu tirá-lo daquele estupor.

– Não foi por isso que vim aqui.

– Se espera que eu acredite que você dirigiu duas horas em plena madrugada só para me conhecer, você é um idiota.

– Eu dirigi duas horas para me desculpar.

– É, também não acredito nisso.

– De qualquer forma, obrigado por aceitar falar comigo.

– Não quero me sentir culpada pela sua morte. Já carrego culpas demais nessa vida.

– Se está falando sobre aquela situação com Royce Preston, você não tem nada de que se sentir culpada.

Alexis bufou.

– Obrigada, *pai*.

Jessica de repente bateu na porta e enfiou a cabeça por uma fresta.

– Eu… hum, trouxe água para vocês. – Ela lançou um olhar para Elliott com uma curiosidade descarada. – Querem mais alguma coisa?

Alexis estava morrendo de vontade de tomar o *chai latte* que tomava todo dia, mas seu estômago já estava revirado com a overdose de raiva reprimida e traição. A cafeína apenas a faria correr para o banheiro.

– Água está bom. Obrigada.

Jessica colocou as duas garrafas na mesa, deu outra olhada rápida em Elliott e então saiu.

Elliott abriu a garrafa e bebeu um longo gole de água com uma agressividade que sugeriu que desejava uma bebida mais forte. Ele apertou os dedos ao redor da garrafa.

– Acho incrível o que você está fazendo aqui, abrindo as portas do seu café para outras sobreviventes.

Alexis cruzou os braços.

– A equipe de transplantes me passou um monte de informações ontem sobre como essas coisas funcionam. Ainda não tive a chance de absorver tudo isso, mas acho que vamos descobrir em breve se a princípio eu sou compatível.

Ele ergueu a mão.

– Por favor. Eu realmente não quero falar disso agora.

– Bem, e eu realmente não quero falar com você sobre mais nada. – Ela se levantou. – Então você acabou perdendo a viagem. Preciso acompanhá-lo até a saída ou…?

– Espera. Tenho que te contar umas coisas. Coisas que eu preciso que você entenda sobre o que aconteceu naquela época entre mim e sua mãe.

As palavras *sua mãe* foram como uma facada.

– Agora é a hora que você vem com um papinho furado sobre como gostava da minha mãe e nunca a esqueceu e…

– Eu gostava. E nunca me esqueci dela.

Alexis revirou os olhos. No entanto, permaneceu parada. Implorando silenciosamente para que ele continuasse. Desejando que fosse verdade. Que sua mãe não fosse apenas *aquela mulher*, porque, meu Deus, o que *ela* seria então?

Elliott provavelmente notou sua hesitação, porque continuou.

– Preciso que você saiba que ela não foi apenas uma aventura de verão.

– Sério? Porque pareceu que você estava só dando um tempo da sua esposa.

– É verdade. Quando a conheci, eu…

Ele se remexeu, como se fosse constrangedor falar sobre o assunto. E era mesmo. Alexis queria mais do que tudo que ele calasse a boca.

– Quando eu conheci sua mãe… eu estava em um momento estranho da vida. Lauren e eu estávamos juntos havia quatro anos, mas ela terminou comigo pouco antes de eu me mudar para San Francisco para um estágio de verão. Ela estava me pressionando para casar, e eu ainda não estava pronto.

Alexis quase sentiu pena de Lauren. Quase.

– Sua mãe era…

Ele soltou o ar e abriu um sorriso nostálgico que Alexis teria achado cativante se não fosse tão obviamente falso.

– Eu me apaixonei de verdade por ela – disse Elliott. – Eu gostava dela.

Alexis bufou.

– Ah, faça-me o favor.

– É verdade. Ela era cheia de vida, engraçada e...

– Já entendi. Você era o cara engomadinho e ela era a garota perfeitamente imperfeita dos seus sonhos, e se apaixonar por ela o pegou totalmente de surpresa e fez você questionar tudo o que achava que queria da vida.

– Isso – concordou ele, suspirando, sem um pingo de ironia.

– Então por que você a deixou? – A pergunta saiu antes que pudesse contê-la. Não queria que Elliott pensasse que ela se importava, que seu abandono fazia alguma diferença.

– Tive que voltar para Pasadena. O verão acabou.

– Por que ela ligou para você? Foi para contar que estava grávida?

– Não foi. Eu juro.

– Foi por que então?

– Ela queria saber se era verdade que eu... tinha namorada. Quando falei que tinha, ela disse que nunca mais queria falar comigo. – Elliott se inclinou para a frente com um olhar suplicante. – Alexis, por favor, você tem que acreditar em mim. Se eu soubesse de você, eu teria...

– Teria o quê? Casado com ela em vez de Lauren? Ou quem sabe teria casado com Lauren e apenas me mandado dinheiro e cartões de aniversário?

– Não sei. Não sei o que eu teria feito, mas não teria simplesmente abandonado você.

As palavras dele tinham mais importância do que deveriam, o que significava que machucavam mais do que deveriam. E *isso* significava que ela estava rumando para uma cachoeira perigosa, na beira da qual abriria a boca e deixaria as palavras jorrarem até que estivesse em queda livre. Mas ele não valia o risco emocional. Não depois do dia anterior. Ela já visitara aquelas águas – primeiro ao concordar em conhecer os Vanderpool e depois ao se jogar em cima de Noah – e veja só no que dera, nos dois casos.

– Não faz mais diferença – disse ela finalmente, forçando-se a soar calma e equilibrada, a mesma voz que usava com Karen. – Já faz muito tempo. Eu vivi sem você até agora, e vou continuar assim. Isto aqui é uma transação. Nada mais. E, quando acabar, você pode voltar para sua vida e eu voltarei para a minha. Combinado?

Elliott contraiu o rosto em uma expressão magoada.

– O que eu tenho que fazer para provar que estou arrependido, Alexis? Apenas me diga, e eu faço.

Alexis balançou a cabeça tentando dar a resposta mais segura, que era simplesmente não dizer nada. Mas, ao abrir a boca, deixou escapar uma pergunta.

– Se faz três anos que você descobriu que eu existia, por que não me procurou antes?

Uma sombra alta surgiu à porta.

– Porque ele ainda não precisava do seu rim.

DEZESSEIS

Noah não podia acreditar. O que aquele canalha estava fazendo ali?

Elliott manteve uma expressão calma e estendeu a mão.

– Elliott Vanderpool. E você é...?

– O homem que vai pôr você para fora daqui.

Alexis colocou a mão no peito dele.

– Noah, para.

Ele olhou para ela e analisou sua aparência. Olhos vermelhos e inchados. Olheiras escuras. Queria acreditar que a causa de seu sofrimento era o homem sentado no escritório, mas não era idiota. Ele era igualmente responsável, e isso o arrasou.

Elliott se levantou devagar.

– Este é... Você é o namorado dela?

Alexis emitiu um som indecifrável diante da pergunta, o que fez o coração de Noah se apertar.

– Não importa quem eu sou. Fique longe dela.

Elliott olhou para Alexis.

– Não é verdade. Não estou aqui porque preciso de um rim. Estou aqui porque eu *sou* o seu pai...

Noah cerrou punhos.

– Como se atreve a dizer que é pai dela, depois que a expulsou da sua casa?

Elliott ergueu as mãos, pedindo uma trégua.

– Vim pedir desculpas por isso.

Aquele era o dia das desculpas.

– Você tem que ir embora.

– Noah – disse Alexis, suspirando, a mão contra o peito dele. – Pode esperar lá fora?

Os dois se encararam. Sob a dor nua e crua havia uma indiferença que o assustou ainda mais do que a fuga de Alexis na noite anterior. Mais do que as agonizantes horas esperando que ela retornasse uma ligação ou respondesse a alguma mensagem. Mesmo com os dedos pressionando o peito dele, ela estava distante. No dia anterior, seu toque fora quente. Agora, era puro gelo.

– Tudo bem – disse Elliott, talvez percebendo a tensão entre os dois, ou talvez porque fosse um covarde. – Eu estava de saída. E eu já disse o que tinha para dizer.

Alexis se virou para o desgraçado.

– Espera. – Então se dirigiu a Noah outra vez: – Você pode, por favor, esperar lá fora?

Dessa vez ela apontou para a porta, e a dispensa pareceu tanto um aviso quanto uma punição. Noah forçou os pés a se moverem, e ela fechou a porta depois que ele saiu. Ele parou para escutar, mas depois se sentiu culpado. Alexis não o queria na conversa. O mínimo que podia fazer era respeitar sua vontade. Ele se arrastou até uma banqueta junto à bancada de aço inoxidável e se sentou. Atrás dele, a porta da cozinha se abriu e passos frenéticos se aproximaram. Ele se virou bem a tempo de dar de cara com Jessica.

– O que está acontecendo? – sussurrou ela.

– Quem dera se eu soubesse – resmungou ele em resposta.

– Esse aí é mesmo o pai dela?

– Parece que sim.

– Era por isso que ela estava chorando hoje cedo? Por causa dele?

Noah ergueu a cabeça de repente.

– Ela estava chorando?

– Ela veio com a desculpa de que era só uma alergia. Tentei fazer com que ela me contasse o que estava acontecendo, mas ela não quis.

A porta do escritório se abriu. Noah ficou de pé, e Jessica soltou um ruidinho e saiu correndo. Alexis saiu primeiro, olhou de relance para ele e depois se virou quando Elliott apareceu.

– Eu aviso assim que souber – disse ela.

– Souber o quê? – perguntou Noah.

– Se a princípio eu sou compatível – respondeu ela, olhando para o chão.

A cabeça de Noah parecia prestes a explodir.

– Você está de brincadeira? Vai mesmo fazer isso?

Alexis pressionou os dedos na têmpora.

– Para, Noah.

Um zumbido em seus ouvidos abafou a resposta de Elliott. Noah observou com a visão turva enquanto o homem se despedia de Alexis, acenava na direção dele e depois saía da cozinha.

– Já volto – disse Noah.

Alexis apertou o alto do nariz.

– Noah…

Ele saiu atrás de Elliott.

– Mas você tem mesmo muita cara de pau.

Elliott se virou bem no meio do café com uma expressão neutra, como se estivesse esperando exatamente aquilo e já tivesse ensaiado a reação.

– Quer conversar em algum lugar mais reservado?

– Não. O que tenho a dizer não vai demorar muito.

– Estou vendo que você se importa bastante com a Alexis. E sei que provavelmente isso não vai fazer muita diferença, mas fico feliz por ela ter o seu apoio nesse momento.

– Você tem razão. Não faz diferença. Não preciso da porra da sua aprovação.

– Não mesmo. E talvez você não acredite, mas eu me importo com ela.

Noah bufou.

– Só porque eu não fazia parte da vida dela até agora, não significa que eu já não pense nela como minha filha – continuou ele. – Tenho certeza de que o seu pai lhe diria a mesma coisa…

– Diria, se estivesse vivo.

Elliott engoliu em seco.

– Lamento muito saber disso.

– Lamenta por quê? Você ganhou dinheiro com a morte dele.

Elliott balançou a cabeça, o rosto pálido.

– Desculpa, mas não sei do que você está falando.

– Você trabalha para um fornecedor da Defesa. Meu pai morreu no Iraque, quando o jipe mal blindado em que ele estava passou por cima de uma bomba caseira.

– Sinto muito. De verdade. E não apenas pelo seu pai, mas por tudo o que Alexis está passando também.

– Sério? Então prove. Fique longe dela.

A porta da cozinha se abriu.

– Noah – disse Alexis calmamente atrás dele. O tom dela fez seu nome soar como uma advertência.

– Já acabei – disse ele, dando um passo atrás.

Elliott lançou um último olhar para Alexis e então se virou. O sino em cima da porta do café fez uma trilha sonora melancólica para sua partida, seguida pelo retorno sinistro do ranger da porta da cozinha. Alexis tinha voltado lá para dentro. Noah a encontrou no escritório, esperando por ele ao lado da mesa.

Ele avançou para ela de braços abertos.

– Você está bem?

Ao contrário da noite anterior, quando se entregara de boa vontade ao seu abraço, Alexis se afastou dele. Ela envolveu o próprio corpo em um abraço, em um escudo protetor. Sua frieza fez Noah ficar arrepiado.

– Lexa…

– Me desculpe por não ter ligado de volta.

Alexis levou as mãos trêmulas ao rosto cansado. Noah queria afastá--las e beijar cada linha de preocupação. Ela respirou fundo e recomeçou:

– Eu precisava de um tempo para pensar no que dizer.

A honestidade total, típica de Alexis, pegou Noah desprevenido.

– Então talvez eu devesse falar, porque sei exatamente o que preciso dizer.

Ela balançou a cabeça em pequenas negações.

– Não posso conversar agora. Já estou atrasada e tenho muita coisa para fazer…

– Tudo isso pode esperar.

– Não pode.

– Droga, Lexa, para de falar comigo como se eu fosse um cliente nervoso que precisa ser acalmado.

Ela engoliu em seco e encontrou seu olhar brevemente. Noah já tinha se segurado por tempo demais para não tocá-la; encurtou a distância entre eles e envolveu o rosto dela com as mãos.

– *Conversa comigo.*

– É tudo culpa minha, e eu sinto muito.

– Nada é culpa sua.

– Eu não devia ter te beijado.

Um alarme começou a soar na cabeça de Noah, que baixou as mãos e recuou. Alexis olhava para todo canto, menos para ele.

– Você fez certo de parar. Foi um erro.

Não. Não. Não foi um erro. Foi o momento mais importante de sua vida. Mas ele não conseguia falar porque as palavras dela o atingiram como um soco.

– Eu… eu estava vulnerável e chateada, e me aproveitei de você.

– Se aproveitou de *mim*? – Noah tinha virado um papagaio inútil, repetindo as palavras absurdas dela.

Alexis assentiu, mordendo o lábio outra vez.

Ele balançou a cabeça.

– Alexis, eu só queria que a gente parasse um pouco e conversasse sobre o que estava acontecendo.

– Que bom que você fez isso, porque claramente estávamos cometendo um erro.

Ele engoliu um grunhido.

– Eu abriria mão de todo o meu dinheiro para que você parasse de dizer isso.

– Mas você obviamente se arrependeu e...

– Eu não me arrependi!

– Preciso de um pouco de espaço.

Noah hesitou. Seu cérebro ouviu, mas seu coração se recusou a aceitar.

– O que... Como assim?

– Não consigo pensar direito agora, e costumo tomar péssimas decisões quando estou nesse estado de espírito, obviamente...

Ele se irritou com a palavra *obviamente*.

– ...e acho que seria melhor se nós...

– Não. Seja lá o que você está prestes a dizer, está errado. Não seria melhor.

– Preciso de um tempo para pensar e entender algumas coisas.

Noah queria discutir porque, Deus do céu, já conseguia senti-la se afastando como um barco se distanciando do cais. Teve que limpar a garganta para encontrar a voz.

– Quanto... quanto tempo?

– Talvez a gente possa conversar no fim de semana, na despedida de solteira.

– No fim de semana. – Sua voz saiu fraca e sem vida, assim como ele se sentia.

Já fazia quase um ano que os dois não ficavam mais do que uma única noite sem se falar. Os joelhos dele fraquejaram e Noah se largou contra a mesa atrás dele.

– Alexis, eu preciso que você seja bem clara sobre o que está acontecendo aqui.

Ver uma lágrima escorrendo pela bochecha dela fez seu estômago revirar.

– Eu só preciso de um tempo.

Alexis envolveu o próprio corpo em um abraço e, depois de olhar uma última vez para ele, saiu do cômodo. Noah não conseguiu se mexer enquanto ela atravessava a cozinha, empurrava a porta vaivém e desaparecia no café. Roliço espiou de um canto e sibilou para ele.

– Pois é, bem, vai se foder você também – resmungou Noah.

Afastou-se da mesa, esfregou o rosto, foi em direção à porta dos fundos, parou e deu meia-volta. Fez isso mais três vezes antes de cerrar o punho, emitindo um som de raiva, abrir a porta e sair para o beco. Foram mais cinco minutos de indecisão até que deu a partida no carro e foi embora. Noah queria bater em alguma coisa.

Não. Em alguma coisa, não.

Em alguém.

DEZESSETE

Noah parou o carro no estacionamento atrás do Temple e pegou o livro que caíra do assento durante uma das curvas mais agressivas no caminho até lá. Furioso, dobrou-o na mão, saiu do banco do motorista e bateu a porta só porque deu vontade e a sensação era boa e precisava aquecer para o grande show.

A porta dos fundos estava trancada, como ele suspeitava, então começou a bater com o punho cerrado até que alguém finalmente a abriu. Uma funcionária da cozinha que ele não conhecia passou a cabeça pela fresta.

Noah enfiou a mão pela abertura e empurrou a porta.

– Ei! – gritou ela, correndo atrás dele.

Noah foi pisando firme pelo corredor mal iluminado que levava aos escritórios nos fundos. Sonia vinha na direção contrária e parou bruscamente.

– Nossa, o que deu em você?

– Onde ele está? – rosnou Noah.

– Quem?

– Mack. Onde ele está?

– Na sala dele. Por quê?

Noah passou por ela como um raio e continuou até chegar ao pequeno aglomerado de salas à direita. Fez uma curva em direção à sala dele bem na hora em que o próprio Mack apareceu.

Ele parou ao ver Noah e abriu um dos seus malditos sorrisinhos.

– E aí, cara? Achei que você não ia vir hoje.

– Eu não vim para a porcaria da degustação.

Noah atirou o livro no peito de Mack e o volume caiu no chão em um patético farfalhar de páginas. Mack olhou para baixo lentamente e depois para cima, a sobrancelha erguida.

– Você não gostou dele?

O sarcasmo de Mack transformou a raiva de Noah em algo assustador.

– Vai se foder. Você e os seus livros. E essa palhaçada idiota e maluca de Clube do Livro dos Homens também.

Mack se curvou e pegou o livro.

– Você destruiu a lombada, cara.

– Ah, é? E você destruiu minhas chances com a Alexis!

Mack franziu as sobrancelhas.

– Do que você está falando?

– De que porra você acha que eu estou falando?

Mack chegou mais perto.

– O que foi que você fez?

Noah se virou. Precisava sair dali.

– Espere, Noah. Espere um segundo.

– Vá se ferrar.

Mack deu a volta e bloqueou seu caminho, os braços abertos. Noah deu um passo atrás, punhos cerrados, pronto para a briga.

– Saia da minha frente.

– Pare um segundo, ok? – disse Mack. – Você veio até aqui, então é óbvio que quer ajuda, mesmo que não queira admitir.

E porque Mack estava certo, ou talvez porque Noah não passasse de um masoquista atrás de punição, ele acabou obedecendo.

E foi assim que, vinte minutos depois, Noah se viu desconfortavelmente entalado entre Colton e Russo no banco de trás do SUV de Mack, que acelerava pela rodovia. Do banco do passageiro, Malcolm olhou para ele com um ar de decepção. Dez minutos depois – e, se tivesse demorado mais do que isso, Noah teria vomitado no colo de Russo porque Mack dirigia como um louco –, o SUV entrou no estacionamento de um prédio modesto com fachada marrom, um toldo listrado e um letreiro escrito BUFÊ CACTO FLORIDO.

Russo abriu a porta de trás e quase caiu do carro.

– Venha, Noah. Vamos provar comida boa e você vai nos contar por que estragou tudo.

Noah soltou o suspiro mais longo da história e se arrastou atrás do grupo. Uma mulher de avental preto estava esperando por eles e os conduziu até uma mesa perto de uma cozinha aberta.

– Vocês sabem que não dou a mínima para nada disso, né? – declarou Noah, largando-se em uma cadeira feito um adolescente rabugento.

– Assim você me magoa – disse Mack. – Estamos vivendo momentos especiais.

A mulher de avental voltou com uma bandeja de mimosas. Noah pediu só água.

Mack suspirou e esperou a mulher se afastar antes de voltar sua atenção para o amigo.

– Temos cerca de dez minutos antes que tragam a comida. Então desembucha. Que merda você fez?

– Vocês acham de cara que é tudo minha culpa?

E claro que era. Os caras trocaram um dos seus típicos olhares irritantes e depois caíram na gargalhada.

– Claro que é sua culpa, seu palerma – respondeu Colton.

– A gente precisa de todos os detalhes para poder entender bem a situação – explicou Malcolm.

– Os detalhes são meio que pessoais.

– Nós entendemos…

Noah interrompeu Malcolm.

– E é a Alexis, ok? Não me sinto muito confortável de falar dela assim.

Mack suspirou.

– Você entrou para o clube do livro, Noah. Ficar desconfortável faz parte.

– Só conta tudo de uma vez, como se estivesse arrancando um Band-
-Aid – sugeriu Malcolm.

Então, com um suspiro profundo, Noah revelou o mínimo de detalhes possível. Ao terminar, só restou silêncio.

– Vamos ver se eu entendi direito – começou Malcolm, depois de um momento. – Foi ela que começou? Tipo, *ela* beijou você primeiro?

Noah sentiu o peito esquentar e apertar ao mesmo tempo.

– Isso, ela me beijou primeiro.

– Ela, tipo… se jogou em cima de você… assim, com pernas e braços? – perguntou Colton.

– Ou foi mais delicado, tipo roçando a boca? – questionou Russo, que não parecia sequer capaz de entender a palavra *delicado*, que dirá pô-la em prática.

Noah desviou o olhar.

– Foi delicado, eu acho. No começo.

Jesus amado, aquilo era constrangedor. Ele pensou que explicar todo o lance de *ela ficou encarando meus mamilos* fosse humilhante, mas aquilo ia acabar com ele.

Malcolm coçou a barba.

– E você parou?

– Não logo de cara. As coisas foram… – As bochechas de Noah arderam.

– Foram o quê? – perguntou Mack, tentando ao máximo, e não conseguindo, disfarçar uma expressão lasciva.

Ah, Noah ia adorar bater nele. Em breve. Bem forte.

– Foi além dos beijos? – provocou Malcolm.

– Meu Deus, sim.

Colton se inclinou para a frente.

– Teve nudez?

– *O quê?*

– Nudez é quando alguém fica pelado – explicou Russo.

– Eu sei o que significa nudez! E não, ninguém ficou pelado, não.

Malcolm lançou um olhar de reprovação a Colton e Russo.

– Quanto tempo durou? – perguntou ele, voltando sua atenção para Noah.

Para sempre e muito pouco.

– Alguns minutos.

Colton abriu um sorriso malicioso.

– Então, ficou só no beijo ou teve esfregação também?

Noah lhe mostrou o dedo do meio.

Mack retomou o assunto.

– Pule logo para a parte do que aconteceu depois.

Noah passou a mão pelo cabelo.

– Ela começou a abrir a minha calça. E eu entrei em pânico, então disse que era melhor a gente parar. E só sei que depois disso ela saiu correndo da minha casa.

Colton ficou de queixo caído.

– Por que você parou de beijá-la? Não era o que você queria? Aprofundar o relacionamento?

– Era, mas eu queria ter certeza de que ela queria a mesma coisa!

– De quantos sinais você ainda precisa? – desabafou Mack.

– Vocês não entendem. Ela está passando por muita coisa. Tinha acabado de voltar da casa do pai e estava chateada. Eu não queria tirar vantagem disso.

Sem mencionar o fato de que todas as células cerebrais dele estavam alojadas na maior e mais dolorosa ereção que já tivera.

– Então, em vez disso, você simplesmente a fez se sentir rejeitada? – indagou Colton, sarcástico. – Mandou bem, seu frouxo. Não é à toa que ela disse que precisa de espaço. Você a deixou constrangida.

– Eu não estava rejeitando a Alexis!

– Ela foi te procurar depois de ser rejeitada pelo pai – comentou Malcolm. – Criou coragem para tomar uma atitude com relação aos sentimentos que tem por você, e você interrompeu tudo. O que mais ela deveria pensar?

A indignação se fundiu com a vergonha.

– A culpa é de vocês. Se não tivessem me dado aquele livro idiota e...

Mack abriu um sorriso irônico.

– Então você continuou *mesmo* lendo.

– Puta que pariu. – Noah passou a mão pela barba. – Sim, continuei lendo. Mas só porque vocês encheram minha cabeça com essas ideias malucas. Vocês ferraram o meu relacionamento com ela!

– Cara, foi você que a beijou e surtou – retrucou Mack.

– E mostrou seu caminho da felicidade para ela – acrescentou Colton.

Russo deu uma risadinha.

– Bráulio e as bolas.

Malcolm agitou as mãos.

– Estamos deixando uma coisa passar. Em que ponto no meio disso tudo você contou o que sente por ela?

A mesa ficou quieta. Noah se retraiu e baixou os olhos.

– Noah, você *contou* para ela como se sente, né? – perguntou Malcolm.

– Eu... não exatamente.

Os rapazes não teriam reagido de modo mais violento nem se o tivessem flagrado fantasiado de Kylo Ren com um sabre de luz branco. Os rapazes dispararam uma saraivada de palavrões e socos na mesa.

– Seu idiota! – cuspiu Mack, finalmente.

Colton bufou e balançou a cabeça.

– Você percebe que é um tremendo imbecil, né?

Noah sentiu um gosto amargo arder no fundo da garganta.

– Eu tentei falar com ela. Ela não quis me ouvir.

Mack bufou e olhou para Malcolm.

– O que você diria que te deixa mais puto em livros de romance mal escritos?

Malcolm cruzou os braços.

– Quando dois personagens adultos evitam ter uma conversa madura que poderia mudar o curso da história.

Foi então que dois garçons saíram da cozinha equilibrando pesadas bandejas do que pareciam ser vinte pratos diferentes. Russo bateu palmas e enfiou um guardanapo na gola da camisa. Noah não compartilhava do mesmo entusiasmo. Seu apetite estava zerado. Desinteressado, ele se serviu de várias opções, mas mal provou a comida e ignorou a conversa sobre quais itens Mack deveria escolher para o casamento.

Malcolm deu uma cutucada em Noah com o joelho.

– Sabe o que eu mais amo nos livros? – perguntou ele baixinho.

Noah engoliu uma resposta maldosa. Não desejava falar dos malditos livros, mas ao mesmo tempo queria desesperadamente algum conselho de Malcolm. Por isso, não respondeu nada.

– Adoro como podem nos fazer torcer por praticamente qualquer personagem, se a gente entender as ações dele. A gente acaba perdoando quase todas as suas trapalhadas... incluindo afastar a mulher que ele quer mais do que tudo... se tiver um bom motivo. É o *porquê* por trás das ações.

Todos na mesa fizeram silêncio, ansiosos por ouvir o que Malcolm tinha a dizer, parecendo crianças sentadas aos pés do professor favorito.

– A pergunta crucial, tanto nos livros quanto na vida, é por quê. Por que um personagem faz o que faz? Qual é a verdadeira causa dos seus medos, seus erros?

Noah não gostou do rumo da conversa.

– Você fala sempre que tem medo de avançar as coisas com ela porque a Alexis está vulnerável – continuou Malcolm. – Mas talvez seja você que está vulnerável. Talvez tenha parado de beijar a Alexis não para protegê-la, mas para proteger a si mesmo.

O silêncio que se seguiu às suas palavras daquela vez foi reverente, sombrio, e deixou Noah arrepiado. Sentiu-se subitamente exposto, e não porque acabara de admitir ter dado uns amassos na melhor amiga.

– Noah, por que você a impediu de levar as coisas adiante ontem à noite?

– Eu já disse. Eu queria ter certeza de que era isso mesmo que ela queria, que não era só porque estava chateada.

Malcolm balançou a cabeça.

– Você conhece a Alexis. Ela faria esse tipo de coisa?

Sentiu o gosto azedo de bile na boca. Noah balançou a cabeça. Não, isso não combinava com ela. A raiva de si mesmo se misturou ao arrependimento e ao pânico enquanto todo o peso do que tinha feito caía em seu estômago embrulhado. Depois de Alexis ter passado mais de um ano sendo acusada por estranhos de usar seu corpo para todo tipo de coisas, de vingança a promoção de carreira, Noah agira como se ela tivesse feito exatamente isso: usado o corpo para satisfazer algum tipo de necessidade emocional temporária.

Puta que pariu. O que foi que ele tinha feito? Noah empurrou o prato para longe e apoiou os cotovelos na mesa para poder enterrar o rosto nas mãos.

– Acho que você a parou porque não tinha certeza se era isso que *você* queria – declarou Malcolm.

Noah ergueu os olhos.

– Claro que é isso que eu quero!

– Talvez toda essa história de não querer botar mais peso nos ombros dela seja apenas uma grande desculpa. Talvez você só esteja com medo de como seria essa mudança no relacionamento de vocês.

Noah não gostou da verdade naquela acusação. Pressionou as mãos nos olhos.

– Era por isso que eu não queria tomar uma atitude. Porque sabia que poderia estragar nossa amizade.

– Não vai estragar nada, se você disser a ela como realmente se sente. – Malcolm deu um soquinho leve nas costas dele. – E, o mais importante, *mostre* a ela como *você* se sente. Deixe que ela veja. Deixe que ela veja você.

– Só me digam o que fazer – pediu Noah, o desespero deixando sua voz chorosa.

– Você tem que dar o espaço que ela pediu – disse Mack. – Mas use o tempo a seu favor.

– Como assim?

– Tire esse tempo para pensar – aconselhou Malcolm. – Descubra os porquês por trás das suas ações.

E foi por isso que, uma hora depois, Noah se viu de novo com o livro no sofá.

Missy encontrou AJ com os olhos vermelhos e o nariz escorrendo, uma garrafa meio vazia de uísque irlandês na mesa de centro à sua frente e um copo esquecido na mão. Na TV estava o vídeo pausado da apresentação de dança de Tara no terceiro ano.

AJ ergueu os olhos quando ela entrou no quarto.

– Eu perdi tudo isso...

– É, perdeu.

Ele limpou o nariz com o dorso da mão.

– Por que você me deu esses vídeos?

Missy suspirou profundamente e afundou no sofá ao lado dele.

– Você queria assistir.

– Bem, se sua intenção era me torturar, então você conseguiu.

– Por quê? Porque você não participou dessas coisas? Está romantizando um passado do qual não quis fazer parte na época. Você não teria ido, de qualquer maneira. Essa apresentação de dança foi no mesmo fim de semana que você jogou seu primeiro Super Bowl. O concurso de fantasia do Halloween? Meio de outubro, no auge do campeonato. Aquela apresentação de Natal? Você teria perdido por causa de algum jogo.

– Eu teria dado um jeito de assistir à apresentação de Natal da minha própria filha.

Missy deu de ombros.

– Talvez sim. Talvez não. Aposto minhas fichas no não.

Ela se levantou.

– Sabe essas coisas que te deixaram tão chateado? Essa é a parte boa. Você está sentado aqui chorando com seu copo de uísque porque perdeu os feriados e as festas de aniversário, mas não vê o outro lado da moeda. Não existe nenhum vídeo das noites que passei em claro, andando para cima e para baixo ninando uma recém-nascida com cólica. Não existe nenhum vídeo para mostrar a briga que era para ela fazer o dever de casa, nem os anos que ela passou revirando os olhos para mim, nem as longas horas treinando o uso do penico, nem a vergonha que passei quando ela fez uma birra absurda no shopping e tive que carregá-la para fora como uma bola de futebol debaixo do braço. Você vai mesmo me dizer que queria ter participado de tudo isso? Que teria estado ao nosso lado o tempo todo?

Os olhos dele escureceram.

– Nunca vamos saber, né? Porque você não me contou nada.

– Você deveria ter atendido o telefone.

– *Você deveria ter insistido mais, cacete!*

Ela o observou em silêncio.

– *Talvez você tenha razão.*

Os olhos dele se arregalaram, surpresos com a admissão.

– *Talvez eu devesse ter ligado todo dia sem parar por seis meses, em vez de um. Talvez eu devesse ter te enviado as imagens do ultrassom pelo correio. Caramba, talvez eu devesse ter pegado um voo para o outro lado do país com uma recém--nascida e aparecido sem avisar no prédio da NFL. A questão é que estou disposta a admitir que eu podia ter me esforçado mais, mas só se você estiver disposto a admitir que não teria feito diferença.*

AJ hesitou, a expressão endurecendo outra vez.

– *E até que você esteja disposto a fazer isso, não temos mais nada para conversar.*

Missy saiu pisando forte para o quarto e bateu a porta. Vários minutos depois, ouviu a porta se abrir. Rolou na cama e viu a silhueta de AJ.

Ele se apoiava cambaleante no batente da porta.

– *Me conte sobre a birra no shopping.*

Missy desviou o olhar. Deveria mandá-lo à merda, mas não mandou. Em vez disso, deslizou até a cabeceira da cama e se recostou.

– *Tara tinha três anos, era muito precoce, e já tinha passado bastante da hora da soneca. Eu precisava comprar um presente de aniversário para um amiguinho da creche. Assim que entramos na loja de brinquedos, ela viu alguma coisa que queria, mas eu só tinha dinheiro para o presente do menino. Ela deu um chilique, como qualquer criança. Só que chegou uma hora que eu tive que carregá-la para fora, e no minuto em que chegamos no estacionamento ela começou a gritar "SOCORRO". A danadinha quase me fez ser presa.*

A risada alta de AJ a pegou de surpresa.

– *O que as pessoas fizeram?*

– Me olharam como se eu estivesse sequestrando uma criança! Eu fiquei tipo: ela é minha filha, só está com raiva.

Ele riu baixinho de novo, mas logo um silêncio tenso voltou a reinar.

– O que ela queria?

– Nem lembro. Provavelmente alguma princesa da Disney. Naquela idade, ela adorava as princesas.

AJ se afastou, e Missy viu os ombros dele murcharem. Ele levou as mãos ao rosto e... ah, merda. Estava chorando. Chorando abertamente.

Missy empurrou as cobertas de lado e deslizou para fora da cama.

– AJ...

Ele se virou e a puxou contra seu corpo forte, deitando a cabeça no ombro dela.

– Sinto muito, Missy. Sinto muito por você ter precisado fazer esse tipo de escolha, por minha filha ter ido no shopping e voltado sem uma maldita boneca porque a mãe não podia pagar enquanto o pai ganhava milhões de dólares.

Missy o abraçou enquanto ele chorava, até que AJ perdeu as forças e se encostou na parede. Ele deslizou até o chão e se sentou com um joelho encolhido junto ao peito.

– Você tinha razão – disse ele.

– Sobre o quê?

– Não teria feito diferença.

Missy sentiu pena e se sentou ao lado dele no chão.

– Obrigada por admitir.

AJ virou a cabeça ainda encostada na parede e a encarou.

– Eu teria ficado apavorado com a ideia de ser pai. Com o que isso significaria, não apenas para mim, mas para ela. Eu vivo para o futebol, é a única coisa que sei fazer. Ela ficou melhor sem mim, e nós dois sabemos disso.

– Essa é sua justificativa ou seu pedido de desculpas?

– É o meu arrependimento. – AJ estendeu a mão e afastou o

cabelo da testa dela. – Mas não me arrependo só pela Tara. Eu perdi outras coisas também.

O peso e o significado do olhar dele fizeram as bochechas de Missy arderem.

– Perdi você. Perdi ver você sendo mãe e se tornando a mulher que é hoje. Acho que teria gostado de fazer parte disso.

O coração dela hesitou. Ele não sabia o que estava dizendo. Estava cheio de remorso e emotivo por conta do uísque.

– Você ainda está romantizando as coisas. Você não me amava. Nós não teríamos nos casado e, mesmo se tivéssemos, acabaria sendo uma desgraça. Você sabe disso.

– Não seria uma desgraça agora.

Missy riu e deixou a cabeça se recostar na parede. Ele estava mesmo bêbado.

– Nós poderíamos tentar, Missy. Não acha?

– Não.

– Por que não?

Ela virou a cabeça e o encarou.

– Porque você não quer isso de verdade.

– Quero, sim. Eu quero te dar o mundo, como devia ter feito naquela época. Quero comprar a casa dos seus sonhos, pagar a faculdade da Tara e levar vocês para viajar. Quero te dar joias e...

A decepção a trouxe de volta à realidade.

– É isso que você acha que eu quero? Acha que eu preciso disso? Que Tara precisa disso? – Missy balançou a cabeça antes que ele pudesse responder. – Não precisamos de você se exibindo. Só precisamos que esteja presente. Não existe gesto mais grandioso do que esse. E é a única coisa que você nunca foi capaz de nos dar.

DEZOITO

Alexis nunca tinha se considerado covarde.

Ingênua, talvez. Equivocada, sem dúvida. Mas tudo o que já fizera, cada erro terrível que já cometera, tinha sido fundamentado em *motivos*.

Não necessariamente bons motivos. Às vezes, até muito ruins. Às vezes, o motivo era que ela não tinha escolha. Mas nem uma vez sequer sentiu que tinha feito algo por puro medo.

Não antes de segunda-feira, quando disse a Noah que precisava de espaço e depois lhe deu as costas. Pareceu a coisa certa a se fazer naquele momento, mas, com o passar dos dias, a dúvida e o arrependimento, seguidos por uma dose punitiva de solidão, deixaram claro o que de fato impulsionara sua decisão: covardia. Sentira-se humilhada pela reação dele ao beijo, e então simplesmente se escondeu. Passara a semana inteira fugindo das pessoas e das suas perguntas – Liv, Jessica, Sonia. Ela se jogou no trabalho e se esquivou de todas as tentativas de fazê-la se abrir.

Até mesmo quando recebeu a ligação do centro de transplantes com a notícia de que passara no exame de sangue inicial, e era uma possível doadora compatível, Alexis pediu que a própria equipe de transplantes contasse a Elliott e a Candi, em vez de ligar para eles pessoalmente.

Então não deveria ter sido realmente uma surpresa quando, na noite de quinta-feira, uma batida violenta na porta a fez descer as escadas de maneira relutante. Ela abriu a porta e se deparou com Liv, Jessica, Thea – irmã de Liv – e Sonia. Traziam garrafas de vinho, potes de sorvete e expressões determinadas que não lhe deixaram outra escolha senão dar um passo atrás para que entrassem.

– Senta – disse Liv, empurrando Alexis em direção ao sofá da sala. – Nós cuidaremos de todo o resto. E então você vai nos contar o que está acontecendo.

Alexis fingiu ignorância.

– Como assim?

Jessica e Sonia se sentaram em pontas opostas do sofá e a puxaram para o meio.

– Não se faça de sonsa – disse Jessica. – Você passou a semana inteira estranha, e o Noah não aparece no café desde segunda de manhã.

– Nós dois andamos ocupados.

– É por isso que ele está parecendo um cachorrinho sem dono? – perguntou Thea, voltando da cozinha com sorvete e colheres.

Ela botou uma taça de chocolate amargo com cerejas nas mãos de Alexis e então se sentou no chão. Liv veio em seguida com vinho e taças.

– Vocês brigaram ou algo assim? – perguntou Jessica.

Alexis enfiou a colher no sorvete.

– Não.

Jessica aceitou uma taça de vinho de Liv.

– Foi porque ele gritou com o Elliott?

– Sim e não. Nem sei por onde começar.

Ela passou o sorvete para Sonia, que o atacou sem hesitar. Liv de repente arfou.

– Puta merda. Rolou alguma coisa entre vocês.

Alexis sentiu as orelhas esquentarem.

– Vocês transaram? – perguntou Liv sem rodeios.

– *Não!*

Alexis se empertigou, mas seu rosto ou seu tom de voz a denunciaram. Estava escondendo o jogo.

– O que está acontecendo, então? – perguntou Liv.

Alexis ergueu as mãos em rendição.

– Pelo amor de Deus, nós nos beijamos, ok?

As amigas arfaram em uníssono, tão alto que os ouvidos de Alexis zumbiram.

– Meu Deus do céu – resmungou Alexis, recostando-se contra as almofadas.

Liv agarrou suas mãos e a puxou de volta.

– Detalhes.

– Detalhes? – indagou Alexis, irritada. – Certo. Os detalhes são que eu o beijei e ele me pediu para parar, então eu disse que precisava de espaço, e agora as coisas estão totalmente estranhas entre nós, e eu estou surtando porque vou vê-lo neste fim de semana, na despedida de solteira. Pronto. Vocês estão atualizadas.

Liv franziu o cenho, confusa.

– Espera. Ele falou para você parar de beijá-lo? Isso não faz o menor sentido.

– Faz todo o sentido. Eu estava errada sobre o que ele queria, e agora estraguei nossa amizade.

Liv recostou-se, balançando a cabeça e mordendo o lábio.

– Não, você não entende. Ele… – Ela parou de falar, recuando.

– Ele o quê? – perguntou Alexis.

– Eu provavelmente não deveria te contar, porque Mack leva o clube do livro a sério demais, mas parece ser uma emergência.

Alexis balançou a cabeça.

– Do que você está falando?

– Noah. Ele entrou para o clube do livro. Por sua causa.

O coração de Alexis falhou.

– É sério?

– Ele te quer, Alexis – disse Liv.

A batida forte de seu coração quase abafou sua própria voz.

– Então por que ele me afastou?

Sonia soltou um grunhido nada agradável.

– Porque ele é homem, e homens são idiotas.

Thea lançou à mulher um olhar de *cala a boca*.

– Porque às vezes os homens acham que admitir o que sentem é a coisa mais assustadora do mundo – revelou Thea. – Gavin e eu quase nos separamos por causa disso.

Liv deu de ombros.

– E você sabe que eu quase estraguei tudo com o Mack pelo mesmo motivo.

– É diferente. Eu o beijei e ele parou e… – A vergonha fez seu estômago revirar.

– E o quê? – incentivou Thea. – Ele disse alguma coisa?

Eu não me arrependi! Alexis encarou o próprio colo ao lembrar.

– Ele tentou conversar comigo na segunda-feira. Apareceu no café, mas o Elliott estava lá, e eu fiquei tão chateada com tudo o que estava acontecendo que disse a ele que precisava de espaço.

Liv e as outras trocaram olhares sérios.

– Então na verdade você *também* o afastou – disse Liv finalmente.

Alexis fechou os olhos e os pressionou com as palmas das mãos.

– Estava confusa e me sentindo humilhada. E agora parece que acabei com o relacionamento mais saudável que já tive com um homem.

Liv a encarou com uma expressão de quem estava prestes a falar muito sério. Alexis odiava aquela cara.

– É por isso que você ficou me evitando esta semana – disse ela.

– Me desculpe. Eu precisava ficar um pouco sozinha.

A expressão e a voz de Liv se suavizaram.

– Entendo. Sei que essa é uma das maneiras que você tem de lidar com a ansiedade. Foi por isso que não apareci aqui duas noites atrás. Mas queria ter sabido antes por que você estava nervosa.

– Alexis – chamou Thea, interrompendo discretamente. – Que tipo de relacionamento você quer com o Noah?

– Eu o beijei, não foi? – Ela pretendia que soasse engraçado, mas fracassou quando sua voz tremeu. – Me sinto segura com ele. E faz tanto tempo que não me sinto segura com um homem…

Liv apertou o joelho dela.

– É difícil confiar nos meus próprios instintos, às vezes – continuou

Alexis. – E, quando Noah se afastou de mim, a minha autoconfiança ficou arrasada de novo.

Jessica passou o braço pelas costas dela.

– Você merece se sentir segura e feliz. E se for para ser com o Noah, então você precisa ser honesta com ele.

– Estou com medo.

– Claro que está. Mas você também é a pessoa mais corajosa que já conheci. Está me dizendo que tem coragem de enfrentar alguém como Royce Preston, mas não de dizer ao Noah que quer mais do que amizade?

Alexis conseguiu soltar uma risadinha.

– Falei para ele que talvez pudéssemos conversar neste fim de semana, mas não quero causar uma situação chata.

Liv bufou.

– Para quem?

Alexis fez um gesto indicando todas as amigas.

– Para vocês. Para todo mundo. Este fim de semana é para focar em você e no Mack, não em mim e no Noah.

Liv pôs o dedo em riste.

– Para. Isso é ridículo. Vocês são nossos amigos.

– Mas é a sua despedida de solteira. Não quero estragar nada.

– A única coisa que estragaria este fim de semana seria você não aparecer.

– Acredite. Essa ideia passou pela minha cabeça.

Liv franziu os lábios, como se tivesse tomado uma decisão.

– Bem, vou te dar uma ideia melhor. Você vai usar este fim de semana a seu favor. E nós vamos ajudar.

Alexis engoliu em seco.

– Eu conheço essa sua cara, Liv, e ela me assusta.

– Só deixe com a gente – respondeu Liv. – Até domingo, você e o Noah estarão pelados.

DEZENOVE

Na sexta-feira, Noah se sentia como o chão sujo de um banheiro público.

Já sabia que seria uma tortura passar uma semana sem falar com Alexis, mas não estava preparado para a solidão esmagadora daquilo. Acordar sem mandar mensagem para ela. Ir para a cama sem ligar para dar boa-noite. Para alguém que aparentemente não estava em um relacionamento, ele com certeza sentia como se tivesse levado um fora.

E o pior de tudo era a lembrança de beijá-la. De finalmente segurá-la em seus braços. De sentir o toque das mãos dela, de ouvir os pequenos suspiros e gemidos. Seus sonhos tinham sido realmente pornográficos durante toda a semana, e isso fez com que se sentisse ainda mais na merda, como se fosse uma traição ou algo assim.

Não pregou o olho na noite de quinta-feira na expectativa de enfim revê-la; então, embora o avião para Memphis só fosse decolar às dez da manhã de sexta, ele foi bem cedo para o aeroporto. Só para o caso de ter uma chance de ver Alexis em particular.

Noah seguiu as placas para a área de check-in dos aviões particulares e dos voos fretados. Colton tinha arranjado um jato particular para usarem naquele fim de semana, e a parte progressista radical de Noah estremeceu com a pegada de carbono que aquela escapada de uma noite deixaria na Terra. Memphis ficava a três horas de carro, no máximo. Não precisavam da droga de um avião.

Queria que ele e Alexis fossem dirigindo juntos. Isso lhes daria uma oportunidade para conversar, porque não haveria muito tempo naquele dia e no seguinte. O plano era que os rapazes fossem do aeroporto direto para um spa, fazer massagem, enquanto Liv e as madrinhas iam fazer pedicure. Depois, a turma inteira se reencontraria para jantar e passar a noite de bar e bar.

Noah estacionou na área privativa ao lado do hangar onde tinham marcado de se encontrar e engoliu a decepção quando viu que o carro de Lexa não estava ali. A decepção aumentou ao perceber que Russo já tinha chegado.

Noah o encontrou sozinho junto de uma mala gigante e uma boia inflável. Ele estava rindo de alguma coisa no celular, e o virou para que Noah visse quando se aproximou.

– Olha, um guaxinim comendo uvas.

Noah indicou a boia com a cabeça.

– Por que trouxe isso?

– Tem piscina no hotel. Eu não sei nadar. – Russo deu uma gargalhada e mostrou o celular para Noah de novo. – Um guaxinim comendo banana.

– O que você está levando? – resmungou Noah, agora apontando para a mala.

– Tenho uma dieta especial.

– Isso tudo é *comida*?

Russo abriu os braços.

– Você está num dia ruim. Precisa de um abraço?

– Estou bem, obrigado… *ugh*. – De repente ele estava com a cara colada no peito maciço de Russo. A mão musculosa bateu em suas costas e quase quebrou suas costelas.

– Precisa de um abraço, sim.

– Posso interromper ou este é um momento especial? – Colton tinha chegado de mansinho, a voz demonstrando achar graça.

Noah recuou e Colton fez um som de espanto.

– Puta merda, você está péssimo.

Russo bateu nas costas dele de novo.

– Ele está num dia ruim.

Noah se safou de ter que responder quando Russo virou o celular novamente.

– Um guaxinim comendo marshmallow.

Colton puxou Noah para longe e baixou a voz.

– Já que você vai dividir o quarto com ele, vê se consegue descobrir alguma coisa.

– Sobre o quê... espera. Eu vou dividir o quarto com o Russo?

– Vai, você não sabia?

– Não, eu não sabia de porra nenhuma. Quem decidiu isso?

Colton deu de ombros.

– O Mack, eu acho. Quase todo mundo está indo com a esposa ou a namorada, e eu vou ficar junto com o irmão do Mack. Então sobraram você e o Russo.

– Por que eu não posso ficar com o Liam? – Noah soou como um adolescente resmungão.

– Porque você tem habilidades investigativas. – Colton mexeu a cabeça na direção da mala gigante do Russo e sussurrou: – Dá uma espiada na bagagem e vê se encontra alguma evidência da esposa dele.

– Você realmente precisa sair em turnê de novo.

– Estou trabalhando no meu próximo álbum.

– Então procura um hobby.

Russo se aproximou, rindo com a mão em frente à boca, e mostrou o celular.

– Um guaxinim comendo pipoca.

Noah olhou feio para Colton, que deu uma piscadela e se afastou. Noah caminhou desanimado até a frente do hangar para esperar por Alexis. Mas à medida que o tempo passava, todos os outros foram chegando, exceto ela. Poucos minutos antes das dez, Mack anunciou que podiam começar a embarcar.

– Mas e a Alexis? – perguntou Noah.

Liv e Mack trocaram olhares de pena.

– O que foi? – rosnou ele.

– Ela vai sozinha de carro – respondeu Mack.

– Você vai ficar ranzinza assim o fim de semana inteiro?

Mack teve a audácia de parecer irritado ao fazer a pergunta a Noah, duas horas depois. Mais uma vez, Noah se via desconfortavelmente entalado no meio do banco traseiro de um carro enquanto o chofer que os buscara no aeroporto os levava para o spa.

– Provavelmente – admitiu Noah. – Você podia ter me avisado que a Alexis não ia de avião junto com a gente.

Mack deu de ombros.

– Pensei que você soubesse.

O carro reduziu a velocidade e parou no estacionamento de um prédio de tijolinhos. Um letreiro perto da entrada dizia OASIS DAY SPA. A mulher na recepção pareceu atônita e engoliu em seco quando eles entraram.

– Posso ajudá-los?

Mack a cumprimentou com um dos seus característicos sorrisos charmosos.

– Temos reservas em nome de Mack. Despedida de solteiro.

A mulher voltou a parecer confusa.

– Quando vi na programação que tínhamos uma despedida de solteiro programada para hoje, pensei que tivesse sido um erro, que alguém tivesse trocado o "a" pelo "o".

– Homens também gostam de relaxar.

Ela deu uma piscadela.

– Reservando os clubes de strip para mais tarde, né?

Mack enrijeceu.

– Nada de clubes de strip. Não gosto da ideia de usar meu casamento como pretexto para tratar mulheres como objetos sexuais e agir como se fosse meu último suspiro de liberdade.

A mulher limpou a garganta.

– É claro. Perdão. – Ela olhou de novo no computador. – Diz aqui que todos vocês estão com massagens e tratamento facial agendados. Alguém gostaria de adicionar mais algum serviço por uma pequena taxa?

Russo assentiu.

– Eu quero marcar uma pedicure.

Noah tapou a boca de Russo com a mão.

– Não. Isso aí já está ótimo.

Russo fez beicinho.

– Mas meus pés sofrem nos patins de gelo.

– Ninguém ganha o bastante para ter que botar a mão nos seus pés, cara.

A mulher os encarou fixamente por um instante antes de reencontrar a voz.

– Certo. Ok. Bem, se os senhores estiverem prontos, é só me seguir. Vou lhes mostrar o vestiário e o lounge, onde podem esperar pelas massoterapeutas.

Eles foram atrás dela por um corredor escuro, revestido de papel de parede grená e ladeado por palmeiras em vasos. O tapete felpudo amortecia os passos. O corredor formava um T no final, onde uma mesa exibia uma única orquídea ao lado de uma pequena fonte borbulhante. A mulher virou à esquerda, e eles mais uma vez a seguiram em fila indiana.

Ela parou em frente a uma porta à esquerda e falou com voz suave:

– Podem usar qualquer armário aberto. Toalhas e roupões limpos estão dobrados no banco em frente aos armários. Quando estiverem prontos, podem acessar o lounge pela porta oposta. Sirvam-se dos aperitivos. As massoterapeutas vão encontrá-los lá.

Com um último olhar incrédulo para Russo, ela se virou e desapareceu. Provavelmente foi avisar a pessoa azarada que cuidaria dele.

O vestiário era apenas um pouco mais iluminado do que o corredor, e ostentava o mesmo papel de parede grená. Um incenso queimava em uma bancada com uma fileira de pias, e o nariz de Noah imediatamente começou a escorrer. Ótimo.

Os caras começaram a disputar os armários, mas então todos se calaram ao mesmo tempo.

– Espera – disse Colton. – A gente tem que tomar uma ducha primeiro?

– Acho que não – respondeu Mack, em dúvida.

– Você nunca fez massagem antes? – perguntou Noah.

– Não. – Mack ficou encarando a toalha e o roupão em frente ao seu armário.

– Acho que a gente devia tomar uma ducha antes – disse o irmão dele, Liam.

Noah balançou a cabeça.

– Vocês não tomaram banho hoje de manhã?

– Eu tomei, mas já faz horas, e… – Mack mordeu o lábio. – Elas vão pôr a mão na gente.

– Talvez alguém devesse perguntar àquela mulher se é para tomar banho ou não – sugeriu Del.

– Não – sibilou Mack. – Vamos parecer idiotas.

– A gente já parece idiota – respondeu Noah.

Mack olhou em volta.

– Sério? Ninguém aqui nunca fez isso antes?

Malcolm deu de ombros.

– Só fiz massagens com preparadores físicos.

Del e Gavin assentiram.

– Eu também – disse Gavin.

Noah se sentou no banco em frente ao seu armário.

– Olha, ela não falou nada sobre tomar uma ducha, então eu não vou tomar.

Em um gesto rápido, ele puxou a camisa pela cabeça.

– Espera – sussurrou Colton. – Merda. A gente tem que ficar pelado?

– Eu… eu não sei – respondeu Noah. – Acho que sim.

– Tipo, com a bunda de fora?

– Calma – disse Gavin. – A Thea faz massagem o tempo todo. Vou mandar uma mensagem pra ela.

Todos esperaram enquanto Gavin escrevia uma mensagem para a esposa. Um momento se passou até que ele ergueu os olhos.

– Ela mandou uma carinha chorando de rir.

– Isso significa "é claro que é pra você tomar uma ducha, seu imbecil" ou…?

– Não sei. – Gavin mandou outra mensagem e, novamente, todos aguardaram uma resposta. Ele ergueu os olhos. – Ela disse que não precisa de ducha, a menos que você esteja fedendo.

Russo fez bico e pegou uma toalha.

– Eu vou tomar uma ducha.

– E a parte de ficar pelado?

Gavin mandou a pergunta.

– Ela disse que pode ficar de cueca, se quiser, mas que a maioria das pessoas fica pelada.

Colton se retraiu.

– Eu meio que acho que o Russo não deveria ficar pelado.

Del parecia em pânico.

– Então a gente, tipo assim, só deita lá com as bolas ao vento?

– Acho que cobrem a gente com um lençol – respondeu Noah.

Foi a vez de Gavin entrar em pânico.

– E se a gente peidar?

Noah engoliu em seco.

– Isso acontece?

– A massagista vai dar uns apertões – respondeu Gavin. – Alguma coisa pode escapar.

Del bufou.

– Que idiotice. Vocês peidam sem querer durante o sexo?

Houve um coro misto de nãos e pelo menos uns dois sins.

– Quem foi que respondeu sim aí? – Mack exigiu saber.

Ninguém assumiu.

– Ah, merda! – exclamou Colton, soltando um suspiro.

– O que foi? – perguntou Noah.

Ele engoliu em seco.

– E se a gente ficar excitado?

O silêncio no vestiário se tornou tenso e pesado.

– Isso… – Noah também engoliu em seco. – *Isso* pode acontecer?

Colton fez uma cara de *você tá de brincadeira?*.

– Vamos ficar pelados com uma mulher nos tocando.

– Mas não é tocando desse jeito.

– Fala isso pro seu pau – devolveu Colton.

Gavin envolveu o próprio corpo em um abraço.

– Prefiro peidar.

– Isso tudo é uma péssima ideia – declarou Del. – Talvez seja melhor a gente fazer pedicure.

– Agora é tarde! – rebateu Mack.

Russo saiu do chuveiro com uma toalha enrolada na cabeça. O roupão era pelo menos três tamanhos menor do que deveria e mal cobria a parte da frente. Um passo em falso e todos dariam de cara com as bolas dele.

Ele deu uma cheirada na axila.

– Estou cheirando a flores.

– Vamos nos atrasar – resmungou Mack. – Se troquem logo.

Todos começaram a tirar as roupas e socá-las nos armários. Noah ponderou por cinco segundos antes de tirar a cueca. Foda-se. Ia exibir o pacote completo. Ele vestiu o roupão, amarrou na cintura e seguiu os caras até o lounge. Russo voou para a mesa de aperitivos, pegou duas rodelas de pepino de uma bandeja, caminhou até uma poltrona reclinável, estirou-se ali e cobriu os olhos com elas.

Noah olhou para Colton.

– A gente tem que fazer isso?

Colton deu de ombros.

– Se fosse pra comer, não deveria ter pelo menos algum molho? Quem é que come uma rodela de pepino sem nem um temperinho?

– Mas tem cenoura também – disse Del. – Isso é pra gente colocar onde?

Noah se deixou cair em uma poltrona ao lado da lareira. Após um momento, Malcolm se juntou a ele.

– Você está bem?

Noah olhava fixo para as chamas.

– Estou ótimo.

Malcolm uniu as mãos entre os joelhos e olhou para o fogo.

– Chegou a alguma conclusão durante a semana?

– Cheguei. – Noah riu sem um pingo de alegria. – Não consigo viver sem ela.

– Só isso?

– Não é o bastante?

Malcolm fez uma pausa antes de responder.

– Acho que você vai descobrir, não é mesmo?

Pela primeira vez, Noah não se sentiu tranquilizado.

VINTE

– Você está *maravilhosa*.

Alexis se virou mais uma vez para se olhar no espelho da suíte enquanto Liv a espiava de um canto. Aquele vestido era o motivo de ter ido sozinha de carro. Porque precisava fazer umas comprinhas. E mesmo que reconhecesse que estava bem gata no vestido novo, ainda hesitava em usá-lo.

– Tem certeza de que não está exagerado?

Ela alisou a saia vermelha e justa e se virou para dar uma olhada no bumbum. O decote profundo em V deixava a maior parte das costas à mostra. Tinha combinado o vestido com sapatos novos de oncinha. Era tão diferente do seu estilo habitual que temia que Noah nem sequer a reconhecesse.

Alexis estufou as bochechas e deixou o ar escapar aos poucos. O nervosismo revirava seu estômago.

– Está perfeito. – Liv apertou os ombros dela por trás. – E, com sorte, você não vai precisar usá-lo por muito tempo.

Alexis deu uma cutucada com o cotovelo em Liv, que recuou com uma risada. O celular de Liv vibrou e Alexis prendeu a respiração enquanto observava a amiga verificar a tela. Liv ergueu os olhos com um sorrisinho.

– Hora do show.

A adrenalina deixou os joelhos de Alexis bambos.

– Pensando bem, esse plano parece meio infantil.

Liv deu de ombros.

– A gente faz o que tem que fazer.

– Mas roubar os sapatos dele só para ele não poder sair?

– Todo mundo fica idiota quando está apaixonado.

– Não tem problema mesmo se nós faltarmos ao jantar?

Nós, supondo que Noah aceitasse seu pedido de desculpas.

– Se um de vocês aparecer no jantar, eu mato os dois.

– Mas este fim de semana é especial pra vocês e…

Liv tapou a boca de Alexis com a mão.

– Este fim de semana é uma comemoração com nossos amigos, e não consigo pensar num jeito melhor de comemorar do que vendo você e o Noah finalmente se acertando.

– E se ele não quiser?

Liv bufou.

– Ele vai querer.

– E se ele me mandar embora?

– Nesse vestido aí?

– E se…

– E se daqui a uma hora você estiver deitada nua no peito dele?

Um calor subiu pelas bochechas de Alexis. Liv riu.

– É disso que eu tô falando.

Alexis mordeu o lábio.

– Tem certeza de que o Mack não contou a ninguém sobre nosso plano?

– Tenho. Até onde todos sabem, você está passando mal por causa de um sushi estragado, e Noah perdeu os sapatos.

– Não acredito que estou apelando para mentiras e trapaças.

Liv riu e lhe deu um beijo na bochecha.

– Boa sorte. Depois me manda uma mensagem com todos os detalhes.

Ela foi embora rindo e deixando um rastro de perfume para trás. Assim que a porta se fechou, Alexis foi até a cama e se sentou na beirada do colchão, pressionando a mão na barriga. Ia conseguir. Tudo o que precisava fazer era bater na porta de Noah e dizer a ele que...

Uma batida rápida e firme na porta a fez se levantar de novo. Liv devia ter esquecido alguma coisa.

– Estou indo. Só um segundo.

Alexis abriu a porta.

– Esqueceu alguma coisa?

Sua voz sumiu na última sílaba. Não era Liv. Era um homem.

– Desculpa. Você deve ter errado de quarto.

Mas então seu cérebro capturou os detalhes. Ele vestia um terno escuro sem gravata. Estava olhando para o chão. O cabelo preso em um coque e os pés descalços.

Noah ergueu o rosto.

– Não consigo achar meus sapatos, mas estava com medo de você descer para jantar antes que a gente pudesse conversar. E não aguento ficar nem mais um segundo sem falar com você.

Alexis tinha planejado todo um discurso para quando o visse, mas, agora que ele estava ali na sua frente, esqueceu cada palavra.

– O plano não era esse. Era para *eu* ir ao seu quarto.

– Lexa – disse ele, rouco.

Ela deu um único passo à frente e, em um piscar de olhos, Noah fez o resto. Enfiou os dedos em seu cabelo e a puxou para o corredor. Alexis foi prontamente, ansiosa. E, quando suas bocas se encontraram, ela passou os braços ao redor do pescoço dele, o cabelo roçando a pele quente e sensível de seus pulsos.

Noah afastou os lábios apenas o suficiente para sussurrar:

– Meu Deus, Lexa. Eu senti tanto sua falta.

Então ele a beijou de novo, as mãos em seu cabelo, a boca contra a dela. O beijo de antes tinha sido um mero flerte comparado àquele. Com um braço forte, ele a puxou contra o peito com firmeza e depois a encostou na parede do corredor. Noah devorou sua boca como se pudesse se embebedar com ela, e Alexis correspondeu com o mesmo ímpeto, emaranhando os dedos no cabelo dele, inclinando a cabeça para que ele fosse mais fundo. Foi um beijo sem restrições. Um beijo profundo e cheio de sentimento.

De repente, Noah segurou o rosto dela entre as mãos, forçando-a a recuar um pouco e encará-lo. Seu olhar a fez queimar por dentro.

– Preciso que você me escute. Não diga nada. Apenas escute.

– O-ok.

– Eu devia ter falado naquela noite, e desde então todas as minhas tentativas de dizer foram uma merda.

– Dizer o quê? – Estava soando tão ofegante quanto Taylor Swift em músicas românticas.

– Nunca pense que me arrependi do que aconteceu entre nós naquela noite. – Ele acariciou o rosto dela com os polegares e engoliu em seco. – Há um milhão de coisas das quais me arrependo na vida, mas beijar você nunca será uma delas.

Alexis se inclinou para ele e o beijou na boca. Mas então um clique baixinho a fez prender a respiração.

A boca dele pairava a centímetros da dela.

– A sua porta acabou de fechar.

– Minha chave ficou lá dentro.

Noah nem hesitou.

– Então vamos para o meu quarto.

Alexis o encarou.

– Para fazer o quê?

– O que você estiver pronta para fazer.

Ela cravou os dedos nos braços dele.

– Eu tomei a iniciativa antes e olha só no que deu. Me diga o que você quer. *Por favor*.

Ele encostou a testa na dela.

– Então vou falar com todas as letras, como deveria ter feito há muito tempo.

Noah a segurou pela nuca e, com uma pressão suave, fez com que ela o olhasse nos olhos. Suas respirações se misturavam, lábios bem próximos.

– Eu quero você. Inteira.

Mil palavras pairavam no espaço entre os dois. Uma constatação mútua e tácita de que aquilo mudaria tudo outra vez, mas que aquele sempre tinha sido o destino deles, antes mesmo de estarem dispostos a admitir. Aquele era o ponto do qual jamais poderiam retornar. Uma ponte conectando dois mundos – o da amizade e o do amor.

– Vamos para o seu quarto.

Ele a beijou. Forte. Depressa. Mas então segurou a mão dela e a puxou pelo corredor. Com a mão livre, Noah tateou o bolso da calça para pegar o cartão de acesso ao quarto. Seus dedos tremiam ao aproximá-lo do leitor magnético. Assim que a luz ficou verde, ele girou a maçaneta e abriu a porta.

Mal entraram e Noah se voltou para ela.

– Vem cá – murmurou.

Ele abriu os braços e Alexis caiu naquele abraço; foi como voltar para casa depois de uma longa viagem. Seu lar, o lugar ao qual pertencia, onde estava segura e era desejada e bem cuidada.

Aquele beijo pareceu o primeiro. Foi lento, profundo e... decidido. A palavra foi um pensamento abstrato, saído da névoa do desejo e do anseio, mas era verdade. Era como se Noah tivesse tomado uma decisão crucial e a estivesse comunicando da única maneira que podia. Ele provava sua boca de um jeito cada vez mais profundo, como se só de beijá--la pudesse saciar sua fome. Mas cada investida da língua dele deixava Alexis mais perto da beira de um precipício quase doloroso. Ela queria cair. Rápido. De corpo inteiro. Sem medo.

Alexis pôs a mão no peito dele e Noah se afastou um pouco para olhar para ela.

– Você está bem?

Alexis se encostou na parede e o encarou.

– Tenho uma confissão a fazer.

Noah ergueu a sobrancelha, o gesto ao mesmo tempo divertido e inseguro.

– Eu sei onde estão seus sapatos.

A boca dele se curvou em um sorriso.

– Sabe?

– A Liv pediu para o Mack roubá-los, assim você ficaria preso no hotel procurando por eles.

Noah soltou uma risada.

– Era esse o tal plano que você mencionou?

– Assim eu podia vir atrás de você e pedir desculpas.

O sorriso dele se transformou em angústia.

– Por quê?

– Por não ter te dado a chance de se explicar.

– Eu devia ter insistido mais.

– Eu devia ter te escutado.

Noah soltou um grunhido baixo e encostou a testa na dela. Alexis sentiu algo explodir no peito. Parecia alegria.

– Senti tanto sua falta – sussurrou ela.

– Eu também senti a sua. Você não tem ideia do quanto – disse ele, e então a abraçou.

Ele a *abraçou*. Apertou-a nos braços, escondeu o rosto em seu pescoço e a segurou ali. Foi tão simples, mas tão dolorosamente romântico que Alexis temeu que começasse a chorar.

Ela o deixou tomar sua boca de novo, mas logo segurou o rosto dele com firmeza.

– Não quero que isso mude nada.

Noah esboçou um sorriso.

– É sério? Eu espero que mude tudo.

– Como assim?

– Espero que isso signifique passar a noite com você, em vez de ir embora. – Ele beijou o pescoço de Alexis. – Espero que signifique que podemos tomar longos banhos juntos. – Ele mordiscou sua orelha. – Espero que signifique beijos demorados no carro.

Alexis começou a ofegar.

– Ok, tá bom. Acho que essas coisas podem mudar.

Noah riu, e sua boca encontrou o caminho de volta para a dela. Ele roçou os lábios nos de Alexis, mais uma carícia do que um beijo.

– Então a gente vai fazer isso mesmo? – sussurrou ela.

– Espero muito que sim.

– Então me leva pra cama.

Um grunhido ecoou da garganta dele. Então Noah se curvou e passou o braço sob as pernas dela. Alexis riu quando ele a pegou no colo.

– Uau. – Ela ofegou. – Assim fico tontinha.

– Ah, é?

– Você me deixa assim.

Noah sorriu e a carregou pela sala de estar até um dos dois quartos da suíte. Colocou-a de pé junto à cama e se inclinou para beijá-la, mas Alexis balançou a cabeça e o empurrou.

– Eu quero que você me veja.

Ele deu um passo atrás, como se soubesse instintivamente o que ela queria. Ele a observou levar a mão às costas e abrir o zíper do vestido. Alexis deslizou as alças pelos ombros e as puxou até que o vestido escorregou de seu corpo, deixando-a apenas de sutiã, calcinha e salto alto.

Noah emitiu um som, uma mistura de gemido e grunhido.

– Não para – implorou ele.

O calor fez a pele dela corar sob o olhar dele. Alexis levou a mão às costas de novo, abriu o sutiã e o deixou cair. Seus mamilos intumesceram com o choque entre o ar frio e o desejo ardente. Ela tirou os sapatos e depois desceu a calcinha pelos quadris.

E então ficou diante dele. Nua. Exposta. Completamente. Ela cruzou as pernas na altura dos tornozelos, os dedos dos pés contraídos. Um hábito de nervosismo, até quando estava nua.

Noah não teve pressa, permitiu que seus olhos percorressem o corpo dela de cima a baixo.

– Você é… – Ele limpou a garganta. – Você é tão linda.

– Sua vez – sussurrou Alexis.

Ele assentiu, e então, mantendo o olhar fixo no dela, desabotoou a camisa. Deixou-a cair no chão e em seguida tirou a regata branca que usava por baixo. Seu tórax subia e descia no mesmo ritmo trêmulo que o dela enquanto suas mãos se aproximavam da calça. Os dedos tremiam ao abrir o botão e baixar o zíper. Assim que ele enganchou os polegares no cós da calça e da cueca, Alexis prendeu a respiração.

Sem desviar os olhos, Noah deslizou as duas peças e as deixou cair no chão. Ergueu uma perna e depois outra para se livrar delas. E então ficou diante de Alexis, nu.

– Eu não vou te tocar até você me dizer que posso – declarou ele com voz rouca.

– Eu posso… posso te tocar primeiro?

Noah ficou imóvel, exceto por uma leve erguida do queixo. Até o ar travou em seus pulmões sob os pelos grossos do peito. E foi ali que Alexis começou a exploração. Ela se aproximou até que os dedos trêmulos encontrassem a pele quente do seu peito. Noah engoliu em seco. Ela espalmou as mãos em seu tórax e sentiu a batida rápida do coração. Tão forte, tão cheio de vida e energia.

Deslizou as mãos de um mamilo ao outro e, quando ele respondeu suspirando fundo, ela parou ali para repetir o gesto. Ela esfregou as palmas sobre os mamilos duros que despontavam entre os pelos. Será que ele gostaria de ser beijado ali? Será que era igual para homens e mulheres? Com uma vontade repentina de sentir o gosto dele, ela baixou a cabeça e pressionou os lábios sobre um mamilo. Noah soltou um ruído suave, mas urgente. Encorajada, Alexis passou a língua no mamilo enrijecido. Noah agarrou o poste da cama, inclinando-se para ela, incitando-a a continuar. Ela então sugou o mamilo dele, contornou-o com a língua, enquanto traçava um caminho lento para baixo com os dedos.

Cada centímetro dele estava quente, contraído e tenso. Como se todos os músculos estivessem ocupados com o simples ato de se conter. Mas, quando ela circulou seu umbigo com os dedos, Noah desistiu da luta. Grunhindo, ele deslizou a mão pelo maxilar dela e inclinou seu rosto em direção ao dele. Seus lábios reivindicavam os de Alexis enquanto ela deslizava os dedos mais para baixo. A ereção latejava entre os dois, poderosa e quente.

– Posso tocar você aqui? – perguntou ela.

– Pode, pelo amor de Deus – murmurou ele.

Alexis envolveu o membro duro com os dedos. Noah ficou paralisado no mesmo instante, exceto pela mão apertando o maxilar dela. E, quando ela moveu a mão para cima e para baixo, ele grunhiu e recostou a testa na dela. Noah era suave e duro ao mesmo tempo. Ela gemeu ao imaginá-lo dentro de si, entrando e saindo de seu corpo quente e ávido. A umidade se acumulou entre suas coxas.

De repente, Noah agarrou seu pulso.

Alexis ergueu os olhos.

– Quer que eu pare?

Ele engoliu em seco.

– Quero que isso dure. Mas, se você não parar, vai acabar em cinco segundos.

Uma onda de pura energia sexual a encheu de coragem e ousadia. Alexis o beijou na boca com vontade e levou a mão dele ao seu seio. Era possível ter um orgasmo de pura expectativa? Já estava quase lá. Era uma doce agonia esperar que os dedos dele tocassem seus mamilos latejantes. Mas Noah parecia decidido a torturá-la, porque, em vez de ir ao ponto que mais ansiava por seu toque, acariciou apenas o volume de seus seios.

– Me toque – implorou ela.

Os dedos dele roçaram os pelos abaixo de seu ventre. A ternura reverente do toque… O instinto a fez abrir as pernas para deixá-lo passar, e ele respondeu com uma carícia delicada, abrindo-a para explorá-la devagar.

Noah a provocou com leves carícias. Incitou-a com uma pressão bem suave, escorregando só a ponta do dedo para dentro dela antes de tirá-lo.

– Sonhei com isso tantas vezes – sussurrou ele junto de seus lábios. – Sonhei em te tocar assim. Sonhei com nós dois juntos.

Alexis teria admitido que também havia sonhado se conseguisse falar, mas não conseguia. Cada sentido, cada célula, estava focado na mágica que ele realizava entre suas coxas.

Noah ergueu uma perna dela e a segurou na altura do quadril, sem nunca interromper o beijo. Os dedos dele entravam e saíam dela, a base da mão pressionando o clitóris intumescido e latejante.

– Ai, Deus.

Alexis deixou a cabeça pender para trás. O corpo tremia, as pernas estavam bambas. Noah passou um braço ao redor de sua cintura para segurá-la enquanto ela se esfregava contra a mão dele.

– Noah…

O nome dele escapou de sua garganta enquanto ondas e mais ondas de um prazer elétrico percorriam seu corpo. Ela cravou os dedos no ombro dele e continuou, cavalgando, disparando por um arco-íris de emoções que não sabia identificar.

– Estou aqui – murmurou ele com carinho, apertando mais o braço em volta de sua cintura. – Segura em mim.

Alexis enlaçou de leve seu pescoço enquanto ele a pegava no colo de novo e a deitava de costas na cama. Então ela passou as pernas pela cintura de Noah e o puxou para um beijo.

A ereção dele se encaixou entre suas coxas. Os corpos se moviam juntos, os quadris se inclinando um na direção do outro, no êxtase de rigidez contra suavidade. Noah entrelaçou os dedos nos dela e pressionou suas mãos contra o colchão, acima da cabeça. E então fez uma pausa, afastando a boca só o suficiente para falar.

– Está tudo bem?

– Sim – sussurrou ela.

Fazia dois anos que não ficava com ninguém, mas *nunca* estivera com alguém assim antes. Aberto, honesto e carinhoso. Alguém que se preocupava em parar e perguntar se o que estava fazendo ainda era consentido. Alguém que não tivesse pressa, tratando cada centímetro de sua pele como um tesouro a ser apreciado. De todas as maneiras como recuperara o controle de si, aquela era a mais importante. Tudo naquele momento, naquele ato com Noah, era dela. Espontâneo e honesto. Natural e desejado.

– Você gosta dessa posição? – perguntou ele baixinho, deslizando os lábios pelo seu queixo.

Nenhum homem jamais havia perguntado isso a ela durante o sexo.

– Gosto. E você?

– Qualquer posição com você é perfeita.

Eles se beijaram devagar, suavemente, os dedos se flexionando juntos, os corpos se moldando e se fundindo como se aquilo fosse tudo de que precisavam. Mas não era. Precisavam de mais. *Ela* precisava de mais.

Noah devia ter sentido também, porque o beijo lento se tornou frenético. A suavidade se tornou paixão.

Ele de repente se levantou, grunhindo, e escapou dos braços dela.

– Qual é o problema? – perguntou ela, ofegante, um sinal de alerta transformando seu desejo enevoado em foco nítido.

– Eu esqueci – resmungou ele.

Ela o observou atravessar o quarto nu, abrir o zíper e vasculhar a bolsa de viagem. Em seguida, ele pegou uma longa tira de preservativos.

Alexis não conseguiu segurar uma risadinha.

Ele se virou.

– Do que você está rindo? Meu ego está em jogo aqui.

Ela riu de novo.

– Você tirou as camisinhas da mala feito um mágico puxando o lenço da cartola.

Noah abriu um sorriso sexy e ergueu as sobrancelhas sugestivamente enquanto voltava para a cama.

– Quer ver minha varinha mágica?

Alexis riu e grunhiu ao mesmo tempo.

– Entreguei essa piada de bandeja pra você.

Noah ficou de joelhos em cima dela.

– Quer que eu ponha? – sussurrou Alexis.

Ele entregou uma das embalagens metálicas a ela, que a abriu e desenrolou a camisinha no membro dele, bem devagar, deliciando-se com seu gemido de prazer.

Alexis voltou a se deitar e Noah se inclinou, cobrindo seu corpo com o dele.

Ela ergueu uma perna e a enganchou em seu quadril, e então, como se não pudesse esperar mais, Noah a penetrou. Alexis soltou um gritinho e arqueou as costas. Passou a outra perna em volta dele e cruzou os tornozelos, fazendo-o entrar mais fundo.

E então os dois pararam.

Pararam de se mexer. Pararam de respirar.

Ele estremeceu, e ela entendeu, porque também sentiu. A energia de estarem unidos, finalmente. A alegria. A surpresa. Era demais para absorver tudo de uma vez.

A perfeição do momento fez com que seus olhares apaixonados colidissem.

Os olhos dele estavam escurecidos de desejo, com uma expressão quase atordoada.

– Lexa – sussurrou ele em um tom de puro deslumbramento.

Ela correu o dedo pelo maxilar dele e pediu:

– Faz amor comigo.

Noah fechou os olhos e encostou a testa na dela. Então se apoiou nos cotovelos, segurou a cabeça dela entre as mãos e começou a se mover com uma lentidão dolorosa. Suas bocas se encontraram, enredadas em uma dança íntima tão antiga quanto o tempo, mas totalmente nova para eles.

Noah ergueu o quadril, saindo até a ponta. Alexis ofegou de prazer.

– Fala comigo – murmurou ele em seu ouvido.

– Você é gostoso demais.

Ele se moveu outra vez, saindo lentamente antes de entrar de novo. Alexis inclinou a cabeça para trás contra o colchão, gemendo.

– Gosta disso? – sussurrou ele, a voz tensa.

– Gosto – gemeu Alexis.

Noah repetiu o movimento, saindo bem devagar só para penetrar de novo, mais forte e mais rápido. Um grito de prazer irrompeu da garganta dela, espontâneo e involuntário. Ela agarrou o edredom.

Alexis sussurrou avidamente para que ele falasse com ela, para que lhe dissesse em que estava pensando.

– Em você – respondeu ele, gemendo em sua boca. – Eu só penso em você.

Ele roçou os lábios em sua orelha e continuou:

– Você é a primeira coisa em que penso quando acordo e a última coisa em que penso antes de dormir. E mesmo assim ainda sonho com você.

Alexis enfiou os dedos em seu cabelo e gemeu.

– Como são os sonhos?

– Eu fico te abraçando. Te beijando. Te tocando. Te enlouquecendo.

A cada palavra, ele ficava mais frenético.

– Sonho que a gente faz amor, Lexa. Sem parar.

Ele baixou a testa, encostando em seu ombro, os bíceps retesados enquanto se equilibrava sobre ela.

– Lexa – disse ele, gemendo. – Meu Deus, Lexa.

Noah estava ofegante, muito. Desesperado. Fora de controle. E ela também.

Um prazer quente e intenso a inundou. Alexis estava tão perto. Tão perto. E ele parecia saber disso, porque pressionou ainda mais sua pélvis contra a dela, e Alexis se entregou. Todo o seu corpo tremeu e depois se enrijeceu enquanto ela gritava o nome dele sem parar, os dedos afundados no colchão, a cabeça arqueada para trás, o coração explodindo.

No instante seguinte, Noah estremeceu e soltou um gemido gutural.

E se juntou a ela no abismo.

VINTE E UM

Noah não conseguia se mexer.

Se pudesse ficar ali assim para sempre, ficaria. Envolto nos braços dela, emaranhado no corpo dela, sem energia e coberto de suor. Enterrado nela para sempre.

Sentia apenas vagamente o leve toque dos dedos dela em suas costas, a respiração contra o seu pescoço, as batidas sincronizadas dos seus corações. O corpo dela contornava, acolhia, abraçava, iluminava o dele.

Afundou o rosto no pescoço de Alexis e sufocou a onda de emoção que fez sua garganta fechar e os olhos arderem. Ótimo. Era exatamente o que precisava. Chorar depois de fazer amor com ela. Mas ele nunca tinha experimentado aquilo antes. Nunca tinha *feito amor*. Não até aquele momento. Não até ela. Nunca fora daquele jeito.

Dar prazer a uma mulher nunca fora tão bom *para ele*.

Alexis virou o rosto, roçando a bochecha na dele.

– Você está bem?

– Não sei – murmurou ele.

– A gente acabou de transar.

Noah riu.

– Ah, foi isso o que aconteceu, então?

– Tinha tempo que eu não fazia, mas acho muito que sim.

– Eu gostei – disse ele, recuperando-se lentamente.

– Hummm. – Ela enterrou o rosto em seu pescoço. – Eu também.

Era provável que a estivesse esmagando sob seu peso, então Noah se forçou a se apoiar nos cotovelos, todos os músculos protestando.

– Oi. – Ela sorriu para ele.

Noah respondeu com um beijo.

– Não se mova, ok?

Ela assentiu.

Noah foi até o banheiro para descartar a camisinha. Parou na pia, encheu as mãos de água fria e jogou no rosto várias vezes. Quando olhou no espelho, ficou chocado ao ver ali o mesmo rosto de antes. Alguma coisa deveria estar diferente, não? Quando um homem tinha a experiência sexual mais importante de sua vida, isso não deveria refletir em seu rosto?

Ou quem sabe fosse essa a questão. Nada havia mudado, porque aquele sempre fora o destino dos dois. Eles não tinham se modificado. Eram perfeitos juntos do jeito que eram.

Ao voltar para a cama, encontrou-a encolhida de lado, a cabeça descansando sobre o braço. Alexis sorriu quando ele engatinhou na cama até o seu lado e tirou um cacho rebelde de seu rosto.

– E agora? – perguntou ela, sorrindo.

– A gente podia fazer de novo.

A risada dela foi leve e sublime, e fez o coração dele pular.

– Meu Deus, como eu adoro esse som – disse Noah, soltando o ar.

– Você sempre me faz rir.

– E espero sempre fazer.

O sorriso dela se tornou malicioso.

– Eu não estava rindo há dois minutos.

– Eu sei. Me dê vinte minutinhos, e podemos recomeçar com aqueles outros sons também.

Ela levou a mão à barriga.

– O barulho que mais me preocupa agora é o ronco vindo daqui.

– Pois é, a gente perdeu o jantar. Alguém roubou meus sapatos.

Alexis soltou uma gargalhada e sugeriu:

– Que tal pedirmos serviço de quarto?

– Ou podemos vasculhar a mala do Russo.

Ela riu novamente e se sentou.

– Quer que eu pegue o menu?

Noah a puxou de volta para a cama.

– Eu pego. Você já cozinhou tanto pra mim que o mínimo que posso fazer é ir atrás de um serviço de quarto.

Alexis afundou nos travesseiros e colocou os braços atrás da cabeça quando ele saiu da cama.

– Vou ficar mal-acostumada – disse enquanto Noah ia à sala de estar.

– Com o quê? – Ele encontrou o cardápio do serviço de quarto na mesa de centro. – Comigo te alimentando?

– Com você andando nu por aí.

– Vamos adicionar isso à lista de coisas que esperamos que mudem depois de hoje – respondeu ele ao voltar para o quarto.

Noah se jogou de volta na cama e Alexis se aninhou a ele enquanto abria o cardápio.

– Alguma coisa gostosa? – perguntou ele.

– Além de você?

Ele deu uma risada.

– Vou ficar mal-acostumado com *isso*.

– Com o quê?

– Com você me querendo descaradamente.

A risadinha dela fez seu coração bater mais rápido.

– Você acha que todo mundo já sabe o que estamos fazendo? – perguntou ela, descansando a cabeça no ombro dele.

– Acho. Tudo bem por você?

– Tudo. E por você?

Ele virou uma página no menu.

– Caramba, com certeza. Eu quero que todo mundo fique sabendo.

Alexis riu.

– Acho que cedo ou tarde vão acabar descobrindo. Quer dizer, se formos continuar com isso, sabe…?

Noah olhou assustado para ela.

– Pelo amor de Deus, me diga que isso nem está mais em questão.

– Eu não quis presumir nada.

Ele fechou o cardápio e o jogou para fora da cama. Então rolou para cima de Alexis, entrelaçando os dedos nos dela em cada lado do travesseiro.

– Eu te esperei por muito tempo. Você pode presumir com segurança que quero fazer isso o máximo de vezes possível.

Eles se beijaram mais uma vez. E em pouco tempo ela começou a fazer aqueles sons de novo, e Noah se esqueceu completamente do serviço de quarto.

– Acho que dessa vez você acabou comigo.

Alexis riu e Noah rolou de costas, ofegante. Um momento depois ele se sentou, desajeitado. Assim como antes, mandou que ela não se mexesse enquanto se levantava para lidar com a parte menos sexy do sexo. Alexis o observou cruzar em direção ao banheiro e, assim que a porta se fechou, ela lhe desobedeceu e saiu da cama. A camisa dele estava amontoada em um canto. Ela a pegou, vestiu e foi até a janela que dava para a Beale Street.

A porta do banheiro se abriu.

– Eu não falei para você ficar quietinha? – brincou Noah, chegando por trás dela.

Os braços dele envolveram sua cintura e a puxaram com força contra o peito. Eles ficaram assim por um momento silencioso, contentando-se mais uma vez em apenas sentir um ao outro. Finalmente.

Ela apoiou os braços sobre os dele.

– Queria que pudéssemos ficar aqui para sempre – disse ela com um suspiro.

Noah roçou os lábios em seu cabelo.

– Eu, não. Porque mal posso esperar para te levar pra casa e começar a fazer todas aquelas coisas sem roupa nenhuma.

Alexis conseguiu dar uma risada, mas saiu meio abafada e chorosa. Ele a apertou em seus braços.

– Ei – disse Noah baixinho. – O que foi?

– Me desculpe. É só aquela emoção pós-transa. Já vou parar. Só me dê um minuto.

Ele encostou os lábios em seu ombro.

– Não precisa se desculpar por isso. Estamos meio que numa montanha-russa agora. Estou a um passo de perder o controle desde o minuto em que você abriu a porta do quarto.

Alexis se virou em seus braços e o abraçou. O coração dele pulsava sob sua bochecha. Forte. Firme. Tranquilizador. Ele a segurou e a deixou recuperar o fôlego, dando beijos suaves no topo da sua cabeça e subindo e descendo as mãos pelas costas dela, um carinho tão perfeito que quase a derreteu.

Alexis enfim arriscou olhar para o rosto dele.

– Por que esperamos tanto?

– Porque não estávamos prontos.

– Mas você disse que já queria isso há muito tempo.

– Queria mesmo. Há mais tempo do que você imagina.

– Mas fui eu que beijei *você*, Noah.

Ele soltou um suspiro exausto e descansou a testa na dela.

– E se a adrenalina do momento passasse e você se arrependesse? Eu teria ficado arrasado.

– Eu não devia ter saído correndo daquele jeito. Desculpa…

Ele a beijou e balançou a cabeça delicadamente.

– Chega de desculpas.

– Preciso botar isso pra fora. Eu tinha todo um discurso planejado.

Noah assentiu com um suspiro resignado, passou as mãos pela cintura dela e a segurou pelos quadris.

– Pode falar.

– Foi desrespeitoso da minha parte não te dar uma chance de explicar – disse ela, o coração acelerando. – Nossa amizade merecia mais.

Ele deslizou a mão da cintura à bochecha dela.

– Lexa…

– Você é o melhor amigo que já tive, e é isso que não quero que mude.

– Não vai mudar. – Noah a beijou, gentil e doce. – Só me prometa que nunca mais vai passar uma semana sem falar comigo, tá? Foi a pior semana da minha vida.

Alexis conseguiu esboçar um sorrisinho.

– Acho meio difícil acreditar nisso.

Ele entendeu o que ela insinuava.

– Fiquei entorpecido depois que meu pai morreu. Não sentia nada. Mas eu senti cada segundo em que precisei te dar espaço.

Ela ficou com a voz embargada.

– Não quero mais espaço.

– Nem eu.

E então ele a beijou.

Outro pedido de desculpas. Outra promessa.

E em poucos minutos a camisa se foi.

Alexis acordou desorientada na manhã seguinte. Deliciosamente dolorida.

Então ouviu o ronco suave atrás dela, e tudo se encaixou.

Noah.

O braço pesado sobre sua cintura, a respiração quente contra suas costas. O corpo dela vibrava de desejo, mas também de uma vontade absurda de ir ao banheiro. Alexis se espreguiçou e escorregou dos braços dele.

Noah emitiu um ruído cansado e a puxou de volta.

– Ainda não.

– Mas eu preciso fazer xixi.

Ele enfim a soltou, mas pediu que voltasse depressa. Ela usou o banheiro, tentou ajeitar o cabelo em um estilo um pouco menos Medusa, e depois escovou os dentes. Ao voltar, Alexis o encontrou acordado e esparramado sobre as cobertas, gloriosa e confiantemente nu, pernas cruzadas nos tornozelos e um braço sob a cabeça enquanto rolava a tela do celular.

Noah a encarou com a sobrancelha erguida.

– Lembra ontem, quando você ficou se perguntando quanto tempo ia levar até que todos descobrissem?

Noah entregou o telefone a ela. Havia recebido uma série de mensagens durante a noite.

Mack e Liv fazendo joinha para a foto.

Malcolm e Del posando juntos com sorrisos idiotas.

Colton fazendo carinha de beijo num vídeo.

Gavin e Thea sorrindo de um jeito adorável.

A última era de Russo. *Vou dormir no quarto do Colton.*

Ela botou o celular na mesa de cabeceira.

– Parece que perdemos uma baita festa.

– A nossa foi muito melhor.

Alexis engatinhou na cama e ele abriu os braços para ela. Noah rolou e pressionou as mãos entrelaçadas dos dois no cobertor junto à cabeça dela, deixando seus rostos a centímetros um do outro.

– Bom dia – murmurou ele.

– Oi – sussurrou ela.

– Dormi muito bem esta noite.

– Eu também.

As coisas se animaram onde o corpo dela roçava o dele, e logo Noah estava procurando outro preservativo. Ele colocou a camisinha e então se inclinou sobre Alexis com um sorriso sexy, as mãos espalmadas no colchão para se manter um pouco erguido. Alexis levantou a cabeça para beijá-lo, mas ele se afastou o suficiente para sair de alcance.

Noah abriu um sorriso provocador.

– Diga a palavra mágica, querida.

Alexis riu.

– Você só pode estar brincando.

Noah pressionou a ponta do membro ereto contra ela, e Alexis inclinou a cabeça para trás.

– Deus do céu, abracadabra.

Com uma risada, ele a penetrou em um único movimento forte.

O tempo parou.

Ela ofegou.

Ele gemeu.

Alexis ergueu as pernas e envolveu a cintura dele, deixando-o ir mais fundo. Eles se moveram, se esfregaram, se acariciaram e se beijaram.

– Alexis… – Ele gemeu de repente. – Pelo amor de Deus, meu bem. Vai devagar. Não consigo… Não consigo me segurar.

Ela sentiu uma onda de satisfação e ergueu a cabeça para roçar os lábios na orelha dele.

– Eu não quero que você se segure.

Ele tentou sair de dentro dela, mas Alexis agarrou sua bunda e o puxou de volta. Foi recompensada por um gemido e um tremor. Mas ele ainda hesitou, e ela o sentiu balançar a cabeça.

– Não… não até você…

Ela agarrou suas nádegas perfeitas e duras feito pedra e apertou.

– Eu também sonhei com isso, Noah. Fazer você se perder nos meus braços. Enlouquecer você. Me deixa fazer isso.

Ele gemeu de novo, o corpo se movendo como se não pudesse mais parar. E soltou:

– É tão gostoso sentir você… É gostoso pra caralho.

Alexis ergueu a perna direita e a enganchou no braço dele, abrindo-se mais. O movimento fez com que Noah fosse mais fundo, e os dois gemeram. O prazer foi tão intenso que ele não conseguiu evitar gemer o nome dela e começar a se mover de novo.

– É bom assim? – sussurrou ela, os lábios contra os dele, as respirações ofegantes se mesclando.

– Bom demais – gemeu ele, investindo mais forte e mais rápido.

Ela mudou o ângulo e se arqueou contra ele.

Noah parou.

– Espera… tá tudo bem?

– Ai, meu Deus. Não dá pra ver? – Ela apertou as pernas ao redor dele e correspondeu às investidas dos quadris. – Deixa acontecer, Noah.

Aquele mesmo grunhido animalesco que tinha escapado dele mais cedo emergiu novamente. Ele se apoiou no joelho e meteu cada vez mais rápido até um brilho de suor cobrir sua pele e…

Deus do céu. Alexis agarrou os bíceps dele. Naquela posição, ele atingia todos os pontos certos. Como podia ser tão rápido? Ela atingiu o orgasmo com a súbita inundação de um doce alívio que a fez se contrair e gritar tanto de surpresa quanto de prazer.

Noah soltou um som gutural de satisfação e investiu mais uma vez com um último e forte tremor. Seu corpo inteiro estremeceu. Então ele gemeu o nome dela e desabou.

Alexis não conseguiu se conter. De novo. E riu. De novo.

Noah se levantou para olhar para ela.

– Do que você está rindo *agora*? E, acredite, meu ego está realmente em jogo neste momento.

Alexis passou os braços pelas costas largas dele.

– Estou rindo porque você tem mesmo uma varinha mágica.

Noah respondeu com outro daqueles sorrisos sensuais e moveu os quadris. Alexis o puxou para um beijo. Um barulho na porta fez os dois paralisarem. Parecia que…

Jesus amado. Russo estava de volta.

Noah pulou da cama e jogou as cobertas sobre o corpo nu de Alexis no momento em que Russo entrou na ponta dos pés, com as mãos tapando os olhos.

– Não tô olhando.

– Puta merda, cara. Por que você não ligou antes? – grunhiu Noah.

– Preciso tomar banho. Temos que ir ao brunch.

Noah bateu a porta do quarto.

– Eu me esqueci do tal brunch – resmungou ele.

Alexis se sentou, cobrindo os seios com o lençol.

– O que você acha de a gente só pegar o meu carro e ir para casa juntos?

Noah voltou para a cama.

– Acho que essas foram as melhores palavras que já ouvi na vida.

VINTE E DOIS

Roliço os recebeu com um miado descontente. Noah engoliu em seco quando Alexis se curvou para pegá-lo no colo. Ela o beijou e se virou na direção de Noah.

– Ele sentiu nossa falta.

– Ele sentiu sua falta – disse Noah, pondo as malas ao pé da escada. – Vai me matar enquanto eu estiver dormindo essa noite.

– Talvez ele tenha ciúmes – disse ela ao colocá-lo de volta no chão. Roliço imediatamente ergueu a pata e começou a lamber o traseiro.

Noah se aproximou, entrelaçou as mãos nas dela e a encostou na parede. Beijou-a até que a respiração dos dois ficasse pesada.

– O que é isso? – Ela riu.

– Já faz muito tempo que não te beijo.

– Mentiroso. Está com ciúmes do Roliço.

– Você tem toda razão. Ele dorme com você há anos.

Ela envolveu o pescoço dele com os braços.

– Vamos ter que abrir um espaço para você na cama.

– Estou um pouco preocupado em ficar sem roupa perto dele. Esse gato vai me castrar enquanto eu estiver dormindo.

Ela deu um beijo em seu queixo.

– Vou te proteger.

Noah deu um tapinha na bunda dela.

– Vai lá relaxar. Vou preparar algo para a janta.

– Não tem muita coisa – disse ela, suspirando. – Faz mais de uma semana que não vou ao mercado.

– Eu dou um jeito.

– Você é um sonho mesmo.

Ele beijou seu nariz.

– Para que servem os amigos?

Ela apontou para a cozinha.

– Me dê comida.

Ele piscou.

– Sim, senhora.

Assim que ela subiu as escadas, Noah abriu a geladeira e tentou assimilar o escasso conteúdo. Ovos. Leite. Água. Manteiga. Vinho. Ela não estava mentindo sobre não ter muita coisa. Nas gavetas da geladeira havia algumas cenouras meio murchas e um pedaço embalado de parmesão. Provavelmente dava para usar.

Abriu os armários. Meu Deus. Alexis tinha vivido de ar e cafeína a semana inteira?

Detectou então uma caixa de fettuccine. Perfeito.

Em seguida, localizou as panelas e frigideiras, encheu uma panela com água e a botou no fogo para cozinhar o macarrão. A água acabara de começar a borbulhar quando ouviu os passos leves dela vindo pelo corredor.

– O que acha de um fettuccine…? – Noah perdeu a voz. Ela vestia um dos velhos moletons dele e um short fininho de pijama.

Ela olhou para si mesma.

– Troquei de roupa. Está bom assim?

– Está – respondeu ele, a voz falhando, então limpou a garganta. – Pode ser um fettuccine alfredo?

Ela se debruçou na ilha com os braços cruzados.

– Tinha todos os ingredientes aí?

– Tinha, mas quase mais nada – respondeu ele, voltando para o fogão.

– O que você tem comido?

– Só coisas lá do café.

– E isso é o quê?

– Muito café e pãezinhos dormidos.

– Vai acabar ficando doente, meu bem.

– Então que bom que você está cozinhando pra mim.

O coração dele disparou. Gostava demais do som daquelas palavras e da imagem que as acompanhava. Cozinharia para ela todas as noites, se pudesse.

– Posso ajudar?

– Não.

– Que tal se eu puser a mesa?

O coração dele acelerou de novo. A ideia de se sentar à mesa de jantar da casa dela como um casal comum para uma simples refeição era quase mais do que suas emoções em polvorosa conseguiam suportar. Desejara aquilo por tanto tempo que parecia impossível que fosse real.

– Claro – respondeu enfim.

Alexis passou por ele deslizando a mão casualmente em suas costas. Quando ela alcançou os pratos no alto, os olhos de Noah se desviaram para a pele macia de sua barriga que o moletom revelara ao subir. O ar lhe escapou dos pulmões. Os olhos obscurecidos dela encontraram os dele, e seus olhares famintos pareciam se corresponder.

Depois de pôr a mesa, Alexis botou uma música na sala de estar. Os acordes metálicos da banda Mumford & Sons romperam a tensão do ambiente. Ela voltou para o lado dele e abriu o armário onde guardava o vinho e as taças.

Alexis selecionou uma garrafa de vinho branco e a levou à mesa junto com duas taças. Noah trabalhou rápido, botando o macarrão escorrido na caçarola e adicionando o molho cremoso.

Ela encheu as taças enquanto Noah levava a panela ao centro da mesa.

– Acho que devemos brindar – disse ela.

Noah se recostou na cadeira, segurando a taça erguida.

– Você começa.

Os olhos dela divagaram e logo encararam os dele com um brilho.

– À volta para casa.

O coração dele pareceu realmente se apertar.

Meia hora depois, Alexis se recostou na cadeira com a mão na barriga.

– Eu estava morrendo de fome. Obrigada.

A música mudou para uma balada romântica de uma banda que Noah não reconheceu. Alexis mordeu o lábio e se levantou, a mão estendida. Noah entrelaçou os dedos nos dela e deixou que o puxasse. O sorriso dela era encabulado, o olhar tímido.

– O que você está fazendo? – perguntou ele, a voz rouca.

Ela o puxou pela mão até a sala de estar.

– Quero que dance comigo.

– Meu bem, eu sou péssimo em muito poucas coisas, mas dançar é uma delas.

Ela se virou de frente para ele, os braços abertos.

– Então me abraça enquanto eu esfrego meu corpo no seu no ritmo da música.

– Essa é inegavelmente a melhor proposta que já recebi.

A risada de Alexis foi uma combinação sexy de tesão e ternura enquanto ele se aproximava. Noah segurou a mão direita dela e a levou ao peito, passando a outra pelas costas e a puxando mais para perto, só o suficiente para que seus quadris se tocassem enquanto a conduzia em um balanço suave.

As bochechas de Alexis ficaram rosadas.

– Você é melhor do que pensa.

Ele encostou o rosto no dela.

– Só com você.

Seus lábios se encontraram naturalmente, e a dança se tornou algo mais.

Sem dizer nada, eles ajudaram a tirar a camisa um do outro, esbarrando cotovelos e queixos, rindo e se desculpando em sussurros ardentes, e depois voltaram a se beijar, peito nu contra peito nu, contentes por apenas desfrutar da sensação de pele com pele. A cada respiração pesada, a cada movimento do corpo dele, os pelos grossos que cobriam os músculos de Noah roçavam a pele macia e sensível dos mamilos dela.

Noah a virou na direção do sofá.

– Deita.

Alexis obedeceu, estendendo as mãos para ele. Mas, em vez de se juntar a ela, Noah se ajoelhou à sua frente. Ela se ergueu nos cotovelos.

– O que você está…

Noah arqueou as sobrancelhas e tirou o short dela, olhando-a nos olhos. Então apoiou uma perna dela no ombro, depois a outra. Viu o momento em que Alexis percebeu suas intenções. Os olhos dela se arregalaram. As mãos agarraram as almofadas do sofá.

Ele baixou a boca entre as pernas dela e sussurrou:

– Posso te beijar aqui?

– Pode – arfou ela, inclinando a cabeça para trás em expectativa.

Noah tocou de leve a pele sensível entre as coxas dela, e Alexis gemeu. E então ele gemeu em resposta porque, cacete… o gosto dela. Doce. Tão Alexis. Ele a amou com a língua, usando a ponta para explorar, contornar e massagear o clitóris intumescido. Ela se contorceu e agarrou sua nuca.

A respiração de Alexis se transformou em pequenos arquejos. Os músculos das pernas se contraíam contra seus ombros. Ele já podia ver os sinais do orgasmo chegando, então aumentou o ritmo e a pressão.

– Noah… meu Deus…

Alexis se arqueou e soltou um gritinho. Ele continuou a acariciá-la até que os espasmos diminuíram e ela afundou sem forças no sofá.

– Vem cá – sussurrou ela, estendendo a mão para ele.

Noah se apoiou nos joelhos. As mãos tremiam quando se levantou e desabotoou o jeans. Ela ajudou a libertar a ereção e a colocar o preservativo, então envolveu sua cintura com as pernas quando ele se debruçou sobre ela.

Ele mal conseguia pensar, porque a ponta de seu membro já estava pressionando a entrada dela, e, caralho, se sentia um virgem de novo. Enterrou o rosto no pescoço dela e meteu. E a porra do mundo inteiro girou.

– Alexis…

Ela ofegou, arqueando-se na direção dele.

Nunca sentira nada tão intenso. Nunca.

Alexis o segurou com força, o rosto afundado no pescoço dele. E foi quando Noah sentiu. O tremor do peito dela. Levantou-se no mesmo instante, com medo de esmagá-la. Mas ela desviou o rosto e ele viu uma lágrima rolando por sua bochecha.

Merda. O que tinha feito de errado?

– O que houve?

Alexis inspirou fundo, trêmula, mas ao soltar o ar deixou escapar um pequeno soluço.

Noah estendeu a mão e virou o rosto dela para si.

– Me fala.

– Desculpa. Eu só estou… – Ela recuperou o fôlego. – Eu só estou feliz.

Alexis acordou sozinha na manhã seguinte.

Apoiou-se nos cotovelos e tentou se orientar, mas então ouviu o tilintar de pratos na cozinha.

Vestiu uma camiseta comprida, desceu as escadas descalça e se encostou no batente da porta para observá-lo. Noah estava junto à ilha, de costas para ela, uma tigela de cereal em uma mão e o celular na outra, rolando a tela distraidamente antes de deixar o celular de lado para comer mais uma colherada. Havia tomado banho, mas não secara o cabelo completamente.

– Bom dia.

Noah se virou e sorriu, e naquele instante ela desejou que ele nunca mais fosse embora. Queria acordar todos os dias com aquele sorriso. Ao se aproximar, ele botou a tigela na bancada, segurou os quadris dela e a puxou para perto.

– Bom dia – murmurou ele, abaixando a cabeça.

Trocaram um beijo doce e breve que fez o coração dela acelerar.

– Você acordou cedo.

– Hábito. – Ele apertou seus quadris. – Fiz chá pra você.

Alexis se debruçou na bancada e retribuiu o sorriso dele enquanto tomava um gole do chá.

– Sabe ontem à noite… aquilo que você fez… com a boca? – Alexis sentiu o rosto arder ao falar.

Ele ergueu a sobrancelha, um sorriso sexy levantando os cantos dos lábios.

– Sim, eu lembro o que fiz com a boca.

– Eu nunca… quer dizer… ninguém nunca… – Alexis se calou e mordeu o lábio.

A expressão de Noah perdeu qualquer traço de diversão.

– Você nunca tinha feito sexo oral?

Ela deu de ombros.

– Não em mim. Quer dizer, *ninguém* tinha feito em mim.

Noah não teria parecido mais indignado nem se ela tivesse lhe dito que passara a preferir o Poe ao Finn na saga *Star Wars*.

– Qual é o problema dos homens deste país? – perguntou ele.

Alexis riu e ele a encurralou contra a bancada com os braços. Pronto. Os mamilos dela se enrijeceram e as coxas começaram a suar.

Noah encostou a boca em sua orelha.

– Você gostou?

– Achei que tinha ficado óbvio – respondeu ela, ofegante. O calor da respiração dele a deixava mole e molhada.

– Quer que eu faça de novo? – Noah mergulhou a língua em seu ouvido.

– Quero – respondeu ela, a voz aguda.

– Que bom – ofegou ele, os lábios agora fazendo cócegas em seu pescoço. – Porque saber que sou o único homem neste mundo inteiro que sabe como seu gosto é bom me faz querer te chupar sem parar.

– Você... você acha meu gosto bom?

– Você é uma delícia – grunhiu ele, os lábios agora pairando sobre os dela. – E pretendo te devorar toda vez que tiver a chance.

Ele beijou sua boca com vontade e depois a soltou com um tapa na bunda. Alexis riu e o empurrou.

– Quem é esse homem na minha cozinha, e o que ele fez com o meu Noah comportado?

Ele deu uma piscadinha e o corpo inteiro dela pegou fogo.

– Queria não ter que trabalhar hoje. – Ela bocejou, levando o chá para a mesa. Sentou-se e encolheu uma perna para cima da cadeira. – Mas como fiquei fora na sexta e no sábado, não posso justificar outro dia de folga, mesmo sendo domingo.

Noah enfiou outra colherada de cereal na boca.

– Tenho umas mil coisas para pôr em dia também. Queria poder cancelar tudo.

– Clientes novos?

– Antigos que não conseguem treinar seus funcionários para pararem de abrir e-mails fraudulentos.

– Adoro quando você fala essas coisas nerds.

Ele inclinou a tigela de cereal e bebeu o resto do leite. Até isso era sexy. Depois de colocar a louça na máquina, ele se juntou a Alexis na mesa e deslizou o celular em sua direção.

– Comecei a fazer uma lista de compras. Acrescente o que quiser. Vou ao mercado depois que terminar os afazeres de hoje.

O coração dela parecia uma bolinha de pingue-pongue no peito enquanto corria os olhos pela lista.

– Flocos de aveia?

– Isso é pra mim.

– Planejando tomar muitos cafés da manhã aqui?

– Aham.

– Isso é muito presunçoso de sua parte. Nem tivemos um encontro de verdade ainda.

– Do que você está falando? Já tivemos um milhão de encontros.

– Não como um casal. Não desde que começamos, sabe…?

Ele ergueu as sobrancelhas.

– A fazer oral?

Alexis sentiu as bochechas esquentarem de novo. Noah suspirou dramaticamente e se recostou na cadeira.

– Está bem. Você quer sair comigo?

– Depende de aonde você vai me levar.

– Para o seu quarto?

– Acho aceitável.

Noah agarrou a cadeira dela e a puxou para perto da dele. Pegou suas mãos e a puxou para a frente até que ela resolveu subir em seu colo.

As coisas estavam esquentando quando o celular dela tocou.

Noah mordiscou seu ombro e depois a soltou com um resmungo. Alexis correu até a antessala, onde deixara o celular carregando. O número era de Huntsville.

Seu coração estava disparado ao atender.

– Alô?

– Alexis? Aqui é Jasmine, do centro de transplantes.

Sua respiração travou na garganta.

– Ah, oi.

– Estou ligando para dizer que recebemos os resultados da segunda rodada de testes de compatibilidade.

Alexis ergueu os olhos e encontrou Noah na soleira da porta, as sobrancelhas franzidas.

– Ok – disse ela com um suspiro. – Qual é o veredito?

– Você é geneticamente compatível.

Com o latejar em seus ouvidos teve dificuldade de se concentrar nas palavras de Jasmine depois disso. Algo sobre agendar os testes finais para ter certeza de que estava saudável o suficiente para passar pela cirurgia. Algo sobre precisar fazer isso nas próximas semanas e que esses testes levariam dois dias.

Alexis enfim a agradeceu e desligou.

– Qual é o problema? – perguntou Noah, aproximando-se.

– Era do hospital.

Ele parou.

– E aí?

– Sou geneticamente compatível.

Noah passou a mão pelo cabelo.

– E agora?

– Ela quer que eu vá lá fazer mais exames para ter certeza de que estou saudável para passar pela cirurgia.

Noah encarou o chão, a mandíbula tensa e cerrada.

– Eu tenho que fazer isso, Noah.

– Eu sei. – A respiração dele estava trêmula ao apoiar a testa no ombro dela. – Como posso ajudar?

– Você vai comigo?

– Nem precisa perguntar.

Ela o beijou. Em cinco segundos, a camiseta dela estava no chão. Trinta segundos depois, ele a deitou no sofá, a boca em seu seio enquanto ela gemia o nome dele. Mais trinta segundos e Noah se ajoelhou em frente às suas pernas abertas.

Alexis perdeu a noção do tempo depois disso.

VINTE E TRÊS

Aquele era seu jeito favorito de acordar.

Durante os dez dias desde que voltaram de Memphis, Noah havia passado todas as noites em sua cama e a acordado do mesmo jeito todas as manhãs. Começava com um beijo no ombro enquanto o braço envolvia a cintura dela. Depois, uma carícia lenta e exploratória até que ela estivesse totalmente acordada, e então sempre terminava assim: embrenhados um no outro, exaustos e suados, e loucos de felicidade.

Noah deu um beijo profundo em Alexis, ainda dentro dela. Com um gemido, afastou a boca e escondeu o rosto em seu pescoço.

– Não me faça levantar.

Alexis deslizou as mãos pelas costas dele.

– Me desculpe. Mas tenho que fazer muita coisa para me preparar para os exames.

Os dois se hospedariam em Huntsville naquela noite porque ela tinha que estar no centro de transplantes pela manhã para começar as avaliações físicas.

– E você tem que ajudar o Mack a distribuir os convidados nas mesas.

O grunhido dessa vez foi um resmungo, e ele saiu rolando de cima dela.

– Não vejo a hora de essa festa de casamento passar logo.

Alexis soltou uma risada enquanto se aninhava contra o corpo quente dele. Noah pegou a mão dela e levou os dedos aos lábios.

– Você já fez as malas e está pronta para partir, ou vai precisar voltar em casa antes de pegarmos a estrada?

– Vou levar todas as minhas coisas para o trabalho, então pode me buscar lá.

Noah bocejou.

– Acho que os caras vão me pegar aqui para o negócio do casamento. Depois corro em casa e arrumo minha mala antes de ir te buscar.

Alexis beijou o maxilar dele.

– Você é um bom homem, Noah Logan.

Ele virou o rosto para beijá-la na boca.

– Você me faz querer ser um bom homem.

Alexis se sentiu derretendo. Noah passou o braço em volta de seu ombro para segurá-la pela nuca enquanto a beijava de novo. Logo ele a rolou de costas e sua mão começou mais uma exploração...

– Merda. – Noah congelou, os olhos arregalados encarando um ponto ao lado.

– O quê? O que aconteceu? – Alexis seguiu seu olhar.

Roliço estava ao lado da cama, as patas apoiadas no colchão como se quisesse que alguém o pegasse no colo.

Noah engoliu em seco visivelmente.

– Se eu me mover devagar, talvez ele não me ataque.

– Ele não vai te atacar. – Alexis deu um tapinha no colchão. – Venha, Roliço. Você consegue.

Noah saiu de cima dela e conseguiu jogar o edredom sobre seu colo nu bem a tempo. Roliço saltou para a cama, passou por cima de Alexis e foi direto até ele. Noah ficou petrificado, nem mesmo respirava, enquanto o gato subia com toda a delicadeza em seu peito.

– Ah, merda. – Noah engoliu em seco.

Alexis coçou atrás das orelhas de Roliço.

– Bom menino – disse ela. – O Noah é nosso amigo.

Um ronronar profundo vibrou através do pelo grosso. De olhos fechados, Roliço começou a afofar o peito de Noah com as patas dianteiras.

Alexis suspirou.

– Uauuu… Olha só isso.

Noah ficou atônito.

– O q-que ele está fazendo?

– Isso se chama amassar pãozinho.

– Isso se chama amaciar carne, isso sim.

– É um sinal de afeto.

Roliço começou a ronronar mais alto enquanto dobrava as pernas e se acomodava no peito de Noah.

– Um pãozinho perfeito – sussurrou Alexis, a voz embargada.

– O que isso significa? – sibilou Noah.

– É como a gente chama essa posição do gato. Igual a um pão. Eles só fazem isso quando estão relaxados e contentes de verdade.

Roliço era a imagem do relaxamento: olhos fechados, ronronando como um motor potente, a cabeça abaixada.

– Faz carinho nele – sussurrou Alexis.

Devagar, Noah tirou a mão do colchão e a pairou sobre o dorso do gato. Então, centímetro a centímetro, foi descendo até que os dedos roçaram o pelo de Roliço. O ronronar tornou-se um verdadeiro ronco.

Alexis deitou a cabeça no ombro de Noah e suspirou.

– Meus dois rapazes preferidos. Amigos, finalmente.

Alexis ainda estava toda derretida e contente uma hora depois, quando se reuniu com Jessica em uma mesa com o notebook e a agenda do dia. As duas universitárias que trabalhavam lá meio período estavam tomando conta do balcão. Já passava das nove horas, então a correria matinal já havia acabado. Ainda assim, queria manter a reunião o mais curta possível. Até mesmo tirar dois dias de folga para a avaliação física seria difícil, e havia uma lista de tarefas assustadoramente longa para hoje. Estremeceu só de pensar no trabalho que teria se fosse mesmo passar pela cirurgia. Ficaria ausente do trabalho por no mínimo dez dias.

Jessica empurrou para Alexis um prato com um pãozinho e uma tigela com frutas cortadas.

– Eu não vi você comer nada.

Alexis enfiou uma uva na boca enquanto pegava uma cópia do cronograma que tinha montado naquela manhã.

– Me diga se assim funciona para você. Liv e Mack estão dispostos a ajudar sempre que você precisar.

– Beth e eu damos conta – disse Jessica. – Não se preocupe.

– Se acontecer alguma coisa, é só me ligar. Se eu não atender, ligue para o Noah. Ele pode anotar os recados para mim.

– É sério, Alexis. A gente dá conta. Só se concentre nas suas coisas.

Alexis fechou a agenda e comeu outra uva.

– Obrigada por cuidar do Roliço.

Jessica concordara em dormir na casa de Alexis enquanto ela estivesse fora. Roliço não era amigável o suficiente para ficar em um hotel de gatos. Ele tinha a tendência de fazer xixi nos gatos que não conhecia.

– Ele vai estar bravo porque eu não o trouxe para o trabalho hoje, mas dê um agradinho pra ele, e ele acaba superando.

O tilintar da porta do café as interrompeu. Alexis deu uma olhada rápida para trás, sorrindo. Bob Brown, o chefe da Junta Comercial da zona leste de Nashville, aproximou-se arrastando os pés.

– Oi, Bob. Tudo bem?

– Bom te ver, Alexis. Gostaria de estar aqui em melhores circunstâncias.

Ela sentiu uma pontada de preocupação.

– O que houve?

Ele lhe entregou um envelope.

– Não queria que você ficasse sabendo por e-mail.

Alexis tirou a única folha de papel do envelope. Bob permaneceu ali, nervoso, enquanto ela dava uma lida no documento.

– Ah, pelo amor de Deus! – exclamou ela, soltando um suspiro e olhando para Bob. – É sério isso?

– Infelizmente, sim.

Jessica pegou o papel.

– O que é?

Alexis tentou manter a voz neutra.

– Não acredito que a Karen fez isso. Ela abriu uma queixa contra mim. Agora tenho que responder ao conselho de zoneamento.

Noah tomou banho na casa de Alexis e trabalhou por uma hora enquanto esperava os rapazes irem buscá-lo. Havia deixado seu carro em casa na noite anterior, então pediria que o deixassem lá depois que ajudassem Mack, apesar de ainda não fazer ideia de por que era tão difícil atribuir assentos às pessoas em um casamento.

Ouviu uma batida na porta quando estava desligando o computador. Atravessou a sala, abriu a porta e viu Colton e Russo parados ali.

– Vocês podiam só ter mandado uma mensagem avisando que tinham chegado – disse ele.

– O Russo quer mijar – disse Colton ao passar por Noah e entrar. Ele parou no vestíbulo e olhou ao redor. – Lugar bonitinho. Tem tudo a ver com ela.

– Cala a boca.

– Eu só disse que era bonitinho.

– Foi o seu tom. – Noah fechou a cara. – E como é que você sabe o que tem ou não tem a ver com ela?

Colton ergueu as mãos e as sobrancelhas.

– Calma, cara. Eu sei que sempre tem o risco de eu roubar sua namorada, porque afinal eu sou eu, mas ela é toda sua.

Noah deu um passo atrás, deixando Russo entrar.

– O banheiro é virando ali – disse ele, indicando com a cabeça.

Quando Russo se afastou, Noah olhou feio para Colton.

– Se ele tiver que fazer mais do que só mijar, vou culpar você.

Colton deu de ombros e se dirigiu para a cozinha. Noah fechou a porta.

– Aonde você está indo?

– Vou dar uma olhada na casa.

– Só não toque em nada.

Noah virou à esquerda na sala de estar, onde estava trabalhando. Enfiou suas coisas na mochila, foi para a cozinha e pegou Colton bisbilhotando a geladeira.

– O que você está fazendo? Sai daí.

– Estou com fome.

– Você não pode ir pegando as coisas da geladeira dela assim!

Colton fechou a porta.

– Não tem nada de bom aí mesmo. Só um monte de coisa esquisita.

– Não tem nada de esquisito. A Alexis é vegetariana.

O olhar de Colton pousou na coleira vermelha pendurada em um gancho na porta que dava para a garagem. Ele a pegou e a balançou de um jeito insinuante.

– Seu safado. O que exatamente você e a Alexis fazem com isso?

Noah arrancou a coleira da mão dele.

– É uma coleira de gato, babaca.

– Uma coleira de gato? – Colton riu. – Você só pode estar brincando.

– O Roliço precisa se exercitar.

Ouviu-se o barulho da descarga e, um momento depois, Russo apareceu na cozinha.

– Cadê o gatinho?

– Se escondendo. Ele não gosta de estranhos.

Colton de repente congelou.

–O q-que é aquilo?

Noah seguiu o olhar aterrorizado de Colton. Roliço tinha surgido do nada, uma aparição peluda e imóvel no final do corredor. Uma silhueta escura com olhos brilhantes.

– É o Roliço.

Noah engoliu em seco. Tréguas matinais à parte, ele meio que ainda tinha medo.

– Não. – Colton respirou fundo. – Isso aí não pode ser o Roliço. Não tem como isso ser um gato.

– Não é um gato – disse Russo em um tom reverente. – É um animal majestoso. Como um tigre siberiano.

Noah avançou devagar e com cuidado, tateando a parede até encontrar o interruptor da lâmpada do corredor. A luz dourada inundou o espaço e Colton soltou um grito. Porque, de alguma forma, Roliço se teletransportara uns três metros à frente.

– Gatinho lindo – arrulhou Russo, ajoelhando-se.

Noah prendeu a respiração quando Russo se agachou e estendeu a mão. Roliço rolou aos pés dele e começou a amassar o ar com as patas.

– Que barulho é esse? – perguntou Colton.

– Ele está ronronando.

– Isso é um rugido. Ele vai nos matar. Você põe mesmo uma coleira nessa coisa?

– Ele não pode mais sair sozinho. Acaba matando passarinhos.

– Se fosse eu, ficaria mais preocupado que ele atraísse criancinhas para um fosso.

Russo fez uma voz fininha e levou a mão aos pelos da barriga exposta de Roliço.

– Não! – gritou Noah.

Mas era tarde demais. Roliço deu o bote como uma armadilha escondida na floresta. Fechou as quatro patas em volta do braço de Russo e mordeu a mão dele. Russo gritou e se levantou, o gato pendurado no antebraço.

– Gatinho mau! Gatinho mau!

Russo chacoalhou a mão, mas isso só fez Roliço cavar as garras mais fundo. Noah deu um tapa no braço de Colton.

– Faz alguma coisa!

– O que você quer que eu faça?

– Não sei! Você também tem gato! Pega um petisco ou algo assim!

– Tipo o quê? Um bebê?

Russo berrava feito um homem que tinha acabado de levar um tiro, e caiu de joelhos com um apelo desesperado.

– Me ajudem!

Noah deu outro tabefe em Colton.

– Carne. Pega carne.

– Você disse que a Alexis é vegetariana. Não tem carne aqui!

– *Eu sou a carne!* – gritou Russo.

Colton foi correndo vasculhar a geladeira, e voltou com um pedaço de queijo.

– Roliço… aqui, gatinho, vem. – Ele balançou o queijo e se aproximou devagar.

O gato farejou o ar, finalmente soltando os dentes da mão de Russo.

– Muito bem. Bom menino – incentivou Noah.

Colton segurou o queijo perto do focinho do gato e depois o jogou no corredor. Roliço caiu no chão e saiu atrás da comida.

Russo segurou o braço ferido junto ao peito e fez biquinho.

– Gatinho malvado.

Noah passou a mão pelo cabelo.

– Gatinho esfomeado.

– Por que ela pegou um gato desses? – resmungou Colton, examinando as feridas de Russo.

– A Alexis é assim – respondeu Noah. – Tem uma queda por criaturas feias e solitárias.

– Acho que isso explica por que ela fica com você também.

Noah mostrou o dedo do meio para ele. Colton levou Russo até a pia.

– A gente precisa limpar esses arranhões.

– Vou pegar as coisas de primeiros socorros.

Noah entrou no banheiro onde Alexis havia insistido para que limpasse as unhadas que ele mesmo levara de Roliço e pegou o kit de primeiros socorros embaixo da pia. Ao voltar, Russo estava se contorcendo enquanto Colton limpava a ferida de sua mão com uma toalha de papel úmida.

– Quase acabando – disse Colton suavemente.

– Toma – disse Noah, entregando a pomada que Alexis tinha usado nele. – Esfrega bem.

– Disso você entende, né?

Russo riu, mas logo voltou a fazer bico.

– Já terminamos? – perguntou Noah, jogando fora a toalha de papel úmida. – Não posso perder o dia todo com essa palhaçada.

Ao entrarem na boate, Mack já estava esperando em uma mesa com Sonia, de cara fechada e impaciente.

– Vocês estão atrasados.

– Tivemos uma pequena emergência – justificou Colton.

– Ele teve um arranca-rabo com o Roliço – explicou Noah, deixando-se cair na cadeira ao lado de Sonia.

Russo ergueu o braço.

– Gatinho malvado.

– Aquele gato é uma ameaça – disse Mack.

Por motivos que não conseguia identificar, Noah se sentiu obrigado a defender Roliço.

– A gente tem que ter paciência. Ele demora um pouco para confiar nas pessoas. Ataca quando está com medo.

Mack abriu o mapa do salão de festas, pronto para começar. Sobre cada mesa, nomes tinham sido escritos, apagados e reescritos. Estava claro que Mack já tinha trabalhado bastante naquilo.

– Temos que terminar isso hoje para eu poder mandar imprimir os cartões de marcação de lugar a tempo.

Noah deu de ombros.

– Por que não deixar todo mundo escolher onde quer se sentar?

Mack e Colton olharam para ele como se tivesse sugerido servir frango com farofa no jantar.

– Tá maluco? – rebateu Mack.

– Qual é o grande problema?

– O grande problema é que, se a gente colocar a pessoa errada ao lado da pessoa errada, alguém pode se irritar. Ou, se alguém ficar em uma mesa muito no fundo, pode se ofender por achar que isso significa que não é importante. E não vou nem entrar na questão dos pais da Liv.

Noah não sabia muito sobre a vida de Liv, mas sabia o suficiente para pelo menos entender por que seus pais, sem dúvida, representavam um problema.

– Tem politicagem em jogo aqui, Noah – continuou Mack. – Isso não é fácil.

Noah ergueu as mãos em trégua, principalmente porque não se importava o bastante para discutir.

– Então, o que precisamos resolver primeiro é o seguinte… – disse Mack, entregando um lápis a cada um. – Já que não teremos uma mesa principal, precisamos dividir a comitiva dos noivos entre as outras mesas.

– Deve ser fácil – disse Noah.

Sonia bufou.

– Não é fácil – devolveu Mack. – Temos um número ímpar, porque nem todo mundo vai acompanhado.

Dessa vez Sonia revirou os olhos; ela estava entre os desacompanhados.

– Eu ia colocar o Colton e a Sonia em uma mesa junto com o Del e a esposa, o Noah e a Alexis, e o Russo com a esposa, mas…

Colton se virou para Russo tão rápido que quase caiu da cadeira.

– A sua esposa vai?

Russo olhou para as mãos sobre o colo, fazendo beicinho.

– Ela não vai poder ir.

Colton chutou Noah por baixo da mesa. Noah chutou de volta.

– Que chato, cara – disse Noah. – Todo mundo quer conhecê-la.

– E isso nos deixa num beco sem saída quanto às mesas – reclamou Mack. – Porque agora ou essa mesa vai ficar com um lugar livre, ou vou ter que mudar todo mundo, porque as mesas são para oito pessoas. E ainda não tenho ideia de onde colocar a Gretchen.

Noah inclinou a cabeça.

– Gretchen? Tipo… a mulher que você estava namorando antes da Liv?

– A própria.

– Você convidou uma ex-namorada para o seu casamento?

– Ela e a Liv são amigas agora, esqueceu?

É, Noah sabia. Gretchen também era amiga de Alexis, porque ela havia oferecido serviços jurídicos *pro bono* às vítimas de Royce Preston. Mas, ainda assim, ela e Mack tinham sido namorados.

– Só estou dizendo que é estranho.

Mack jogou o lápis na mesa.

– Vocês não têm ideia do quanto essa porra é estressante! A mãe da Liv está no meu pé para garantir que não vai ficar perto do ex-marido e da nova esposa dele… o que significa que eles têm que ficar em mesas separadas… o que significa que preciso escolher qual deles vai se sentar na mesa comigo e com a Liv, ou então botar os dois em outras mesas. O que vai ser estranho, porque quero que minha mãe e o namorado dela se sentem com a gente. Como é que eu posso botar os pais só do noivo na mesa conosco? Ah, e depois tem o pequeno problema de onde colocar Rosie e Hop.

Liv tinha morado durante dois anos com Rosie antes de se mudar para a casa de Mack, e Hop era o namorado dela. Os dois eram como avós para Liv.

– E sem falar de como as pessoas estão chateadas porque planejamos botar as mesas das crianças em um salão separado – acrescentou Mack. – Como se a gente estivesse banindo as crianças para uma ilha deserta ou algo assim.

Sonia tapou a boca de Mack com a mão enquanto olhava para Noah.

– Feliz agora? Já faz *uma semana* que estou aguentando isso. Só consegui fazer este homem se acalmar hoje de manhã.

Noah se debruçou sobre o papel novamente, para estudá-lo, e depois de um momento coçou a cabeça.

– Com quem o Russo vai entrar na cerimônia?

Sonia tirou a mão da boca de Mack e a ergueu, relutante.

Noah se pôs a trabalhar.

– Coloca a Sonia e o Russo juntos nesta mesa – disse ele, escrevendo os nomes ali. – Passe o Colton pra cá com a mãe da Liv.

Colton soltou um *nãooo* agonizante.

– Não posso me sentar com a Gretchen?

– Ela não faz parte da comitiva dos noivos – retrucou Mack.

Noah rabiscou mais alguns nomes.

– Coloque o pai da Liv e a nova esposa nesta mesa. Passe a Thea e o Gavin e o seu irmão com a esposa dele para a mesa principal, junto com você e a Liv, mais sua mãe e o namorado dela. Passe seu primo e a esposa para cá, com Rosie e Hop. Assim não tem mais assentos livres, e as pessoas que precisam ficar separadas ficam separadas.

Mack ficou atônito.

– Como… como você resolveu isso?

Noah deu uma batidinha na têmpora com o lápis.

– Eu sou um gênio, lembra?

– Estou olhando para esse maldito mapa há uma semana – disse Mack, a voz tensa.

Noah deu um tapinha no ombro dele.

– Da próxima vez, peça ajuda logo, cara.

– Por favor, não me faça sentar com a mãe da Liv – implorou Colton. – Já ouvi várias histórias. Ela é péssima.

– Você só precisa ficar sentado ao lado dela durante o jantar – respondeu Mack, irritado.

– Não é verdade. Ela vai colar em mim. Eu sei como funciona. Eu sou famoso, rico e bonitão, e ela é divorciada, solitária e amarga…

– Você se acha muito mais atraente do que é, cara – disse Noah.

– Eu sou *rico*. Mais rico do que todos vocês juntos. Vou ser o homem mais rico do salão, o que me torna o homem mais bonito do salão.

– E você ainda se pergunta por que ele não tem namorada – zombou Noah.

Colton cruzou os braços e fechou a cara.

– Que lindo. Você está namorando tem duas semanas e de repente já é um especialista?

– Isso me lembra uma coisa – disse Noah, pegando a mochila do chão e colocando no colo. Ao abrir o zíper do bolso da frente, tirou dali o livro e o deslizou para Mack. – Toma.

Mack sorriu.

– Já terminou de ler?

– Não. Não preciso mais disso.

Mack franziu as sobrancelhas.

– Por que você acha isso?

– Alexis e eu estamos juntos.

Mack bufou.

– Erro de principiante, seu imbecil. Sua jornada está apenas começando.

Noah bufou, irritado.

– Que merda isso significa?

Mack deslizou o livro de volta.

– Significa que não é hora de ficar arrogante. Seu relacionamento ainda está muito recente. Ainda tem muita coisa que pode dar errado, se você não tomar cuidado.

– É – disse Russo, erguendo os olhos do próprio colo, uma expressão sombria endurecendo suas feições angulosas. – Juntos nem sempre significa felizes para sempre.

VINTE E QUATRO

– Bem, esta é a roupa mais sexy que já usei.

Vinte e quatro horas depois, Alexis saiu do banheiro do quarto do hospital e deu uma voltinha para Noah. A camisola fininha se fechava na frente e tinha o caimento de uma fronha velha.

Ele sorriu da poltrona ao lado da janela.

– Tudo o que você usa é sexy.

– São as meias que realmente dão um toque no visual.

O hospital lhe dera meias antiderrapantes com a sola emborrachada.

Noah se levantou e caminhou devagar em sua direção, de um jeito provocante. O corpo dela começou a formigar quando ele beijou o canto de seus lábios.

– Não quer mesmo que eu fique aqui com você esta noite?

– Vou ter que fazer xixi em um penico a noite toda.

– Eu aguento.

– Vou ficar bem – disse ela, ficando na ponta dos pés para beijá-lo novamente. – Volte para o hotel e tenha uma boa noite de sono.

Ele havia ficado o dia todo no hospital, esperando e trabalhando nos intervalos dos vários exames. Alexis fizera uma radiografia do tórax, um ecocardiograma, um exame radiológico contrastado e uma variedade de exames para detectar câncer. Agora ela precisava passar a noite ali para coletar amostras de urina e fazer um estudo do sono.

A tosse discreta de alguém à porta os separou. Alexis se virou para ver Jasmine entrando.

– Estou atrapalhando?

– Não – respondeu Alexis, mas suas bochechas estavam coradas. – Noah, esta é Jasmine Singh, a coordenadora de transplantes.

– É um prazer conhecê-lo – disse Jasmine, estendendo a mão. – Desculpa não ter encontrado vocês de manhã, quando chegaram.

– Noah Logan – devolveu ele, apertando a mão dela.

– Eu só queria avisar que estou indo para casa agora, mas pode mandar me chamar, se precisar de mim.

– Vai dar tudo certo – disse Alexis. – Vou só dormir a maior parte do tempo.

Jasmine fez um gesto indicando a porta atrás de si.

– Você tem visita. Achei melhor perguntar antes de deixá-la entrar, já que vocês têm um relacionamento incomum.

Só podia ser uma pessoa, e elas não se viam nem se falavam desde a terrível cena na casa dos Vanderpools.

Noah pousou a mão nas costas de Alexis e fez um leve movimento circular. Alexis olhou para ele.

– A decisão é sua – disse Noah, baixinho.

– Quer que eu peça para ela voltar outra hora? – perguntou Jasmine.

Com a garganta subitamente seca, Alexis balançou a cabeça.

– Não, está tudo bem. Pode mandá-la entrar.

Teria que encontrar a família em algum momento, se fosse liberada para a cirurgia. Melhor passar por isso de uma vez.

Jasmine saiu e, um momento depois, o som dos passos suaves de Candi ficou mais evidente atrás da meia cortina que separava a entrada do resto do quarto. Ela parou de repente ao ver Noah e, nervosa, fixou o olhar no espaço vazio entre ele e Alexis.

– Oi, hã… Estou atrapalhando?

Noah olhou para Alexis com uma expressão falsamente neutra.

– Eu posso ficar.

– Está tudo bem – respondeu ela, erguendo o rosto para beijá-lo. – Eu te ligo mais tarde.

– E-eu sinto muito – gaguejou Candi. – Devia ter ligado, mas não sabia se você ia querer me ver, e eu queria muito mesmo ver você. Mas posso voltar depois ou...

– Candi, está tudo bem. O Noah já estava mesmo voltando para o hotel, não estava?

Alexis encontrou o olhar dele e, em silêncio, o incentivou a concordar. Ele assentiu, relutante, e pressionou os lábios de leve nos dela, apertando seu braço.

– Me ligue se precisar de alguma coisa.

Com um aceno educado para Candi, ele foi embora.

Candi engoliu em seco.

– Ele não precisava sair, de verdade.

Alexis subiu na cama e apontou para a cadeira que Noah havia desocupado.

– Quer se sentar?

Candi atravessou o pequeno quarto com passos tensos e desajeitados e se sentou na cadeira. Ficou na ponta do assento, do mesmo jeito que naquele primeiro dia, no escritório de Alexis, e agarrou a mochila preta em seu colo.

– Desculpa de novo pelo que aconteceu naquele dia. Eu devia ter contado a eles antes de você chegar. Só não sabia como, e... meu Deus, o Cayden foi muito babaca. Ele normalmente não é assim. Eu juro.

– Acho que não tem uma maneira normal de reagir quando a gente descobre do nada que nosso pai teve outra filha por aí.

– Eu sei que devia ter contado a eles que você estava indo lá, mas eu estava muito brava com o papai. Ele não parava de teimosia, não queria nem mesmo considerar você como doadora. – Candi parou de repente, com um olhar aflito. – Quer dizer, não que ele te considere apenas uma doadora. Nem eu.

Alexis teve pena dela e esboçou um sorriso reconfortante.

– Entendi o que você quis dizer. Não precisa ficar se desculpando.

– Mas eu não paro de meter os pés pelas mãos.

– Não, não é verdade. Você está nervosa. *Eu* estou nervosa.

O alívio de Candi foi palpável; calmo e silencioso.

– Eu, hã, eu trouxe uma… uma coisa para mostrar a você.

– Que coisa?

Candi enfiou a mão na bolsa e pegou um álbum de fotos de capa preta antes de colocar a mochila no chão.

– Fotos de família e essas coisas. – Suas bochechas ficaram rosadas. – E eu meio que fiz isso pra você. Pra você guardar.

Alexis sentiu um aperto no peito.

– Obrigada. É muita gentileza sua.

Candi abriu o álbum.

– Tem fotos de… tipo… toda a família. Achei que você podia querer, sabe, conhecer todo mundo.

Alexis não estava realmente pronta para isso, mas não queria magoar Candi. Era óbvio que ela tinha dedicado muito tempo ao projeto. Então sorriu e deu um tapinha ao seu lado na beirada do colchão.

– Me mostra.

– Então, acho que consegui organizar em ordem cronológica – disse Candi, subindo na cama. – Estes são os nossos avós.

Alexis analisou a primeira foto, uma imagem em preto e branco de um casal radiante em frente ao altar de uma igreja.

– Eles se casaram em 1960. Papai nasceu exatamente oito meses depois, o que foi meio que um escândalo, acho, porque eles tentaram dizer para todo mundo que ele era prematuro, mas… – Candi deu de ombros.
– A verdade é que a vovó já devia estar grávida no dia do casamento.

Alexis ergueu a sobrancelha.

– Gravidez não planejada acontece, né?

Candi hesitou.

– É.

– Você comentou sobre uma tia e um tio. O Elliott tem irmãos?

Candi fez que sim e virou a página.

– Um irmão e uma irmã. Os dois ainda moram na Califórnia.

Alexis olhou para outra foto com três crianças, no inconfundível tom sépia dos filmes coloridos dos anos 1960.

– Esse é o papai – disse Candi, apontando para o filho mais velho. – Esse é o tio Jack, e essa é a tia Caroline. – Ela fez uma pausa e então olhou para Alexis. – Você se parece um pouco com ela.

Alexis não via a semelhança. Durante toda a vida lhe disseram que se parecia com a mãe, e ela estava lutando para aceitar que o DNA de outra pessoa podia ter moldado suas feições.

– Temos seis primos também – disse Candi, virando outra página. – A tia Caroline teve quatro filhos e o tio Jack teve dois. Todos são bem legais, mas nosso primo Jimmy só faz burrada.

– Como assim?

– Ele largou a escola e se envolveu com drogas e essas coisas.

– Nossa, que pena.

– Mas ele está na reabilitação agora.

– E os outros?

Candi sorriu. Cada pequeno incentivo da parte de Alexis parecia cimentar na mente da jovem que elas estavam prestes a se tornar melhores amigas. Alexis quase se sentiu culpada. Estava apenas sendo educada, mas Candi parecia tomar seu interesse como evidência de um relacionamento promissor.

E, se Alexis fosse honesta consigo mesma, talvez admitisse que era.

– Então, nossa prima Stephanie se casou há pouco tempo, no verão passado, e ela trabalha num banco mexendo com essas coisas de finanças. Não tenho certeza do que é. Esse é o irmão dela. – Candi apontou para outra foto. – Ele estuda na Universidade da Califórnia. Acho que está se formando em negócios. Algo chato assim. E nossa prima Nicole se formou há alguns anos na Universidade de Santa Barbara e trabalha, tipo, com coisas ambientais. Ela trabalha para o serviço florestal ou algo assim.

Alexis ficou ouvindo enquanto Candi tagarelava. Sentia-se uma intrusa, ouvindo histórias de família que não eram da sua conta. Aquilo era uma família. Ela fazia parte daquela linhagem, mas não conhecia nenhum deles. Era o galho torto na árvore genealógica.

Alexis limpou a garganta.

– Os seus… os *nossos* avós… ainda estão vivos? – As palavras saíram atropeladas.

– A vovó está. Mas mora em uma casa de repouso. Ela tem Alzheimer.

– Ah, eu sinto muito.

– O vovô morreu há dez anos. Teve um infarto.

Levou meia hora para ver todas as fotos e, quando terminaram, Alexis sentia como se tivesse acabado de assistir a uma apresentação de Power-Point da própria ascendência.

– Prontinho. Agora você conhece todo mundo – disse Candi, entregando o álbum de fotos para ela.

Alexis sorriu ao aceitar o pesado álbum com capa de couro e colocá-lo no colo. O silêncio se estendeu só por tempo suficiente para se tornar constrangedor.

Por fim, Alexis pigarreou.

– Então, Caroline e Jack… Eles não são compatíveis com Elliott?

Candi balançou a cabeça.

– Eles fizeram os exames, mas nenhum era compatível. E a vovó não pode doar por causa do Alzheimer. Ela não pode consentir.

– Então eu sou a única mesmo, né?

– Me desculpe – disse Candi às pressas. – Eu não disse isso para te pressionar.

Alexis se levantou da cama e colocou o álbum de fotos na mesa.

– Não se desculpe. Eu perguntei. Você respondeu.

– Eu sei, mas parece que não paro de dizer coisas idiotas para você.

Alexis se virou e cruzou os braços.

– Bem, pare de achar isso. Essa situação toda é estranha.

Candi soltou uma risada.

– É mesmo, né?

Os olhos delas se encontraram e transmitiram um sentimento de tranquilidade. Assim como Alexis, Candi não pedira por aquela situação. As duas tinham sido lançadas contra a vontade no jogo de erros e consequências dos pais, e estavam sofrendo por causa disso.

Uma sensação de ternura brotou no peito de Alexis.

– Me fale de você – disse ela, voltando para a cama.

Candi ficou surpresa.

– De mim?

– Você me contou sobre todos os outros membros da família, mas a única coisa que sei sobre você é que se sente muito culpada e que já fez um teste de DNA.

Candi deu de ombros, mas o movimento simples carregava o peso de muitas coisas não ditas.

– Sou a rebelde da família.

– Por que acha isso?

Candi começou a cutucar o esmalte descascando.

– Não tenho ideia do que quero fazer da vida. Já mudei de curso na faculdade quatro vezes.

– E daí?

– Somos Vanderpools. Não fazemos isso.

– Faça as coisas do seu jeito. A vida é curta.

Alexis ficou em pânico ao ver lágrimas inundando os olhos de Candi.

– Eu sei.

– Desculpa. – Alexis estremeceu. – Foi insensível dizer isso, considerando a saúde do seu pai.

Candi deu de ombros, desanimada.

– Foi difícil para mim também, quando descobri sobre você.

– Imagino.

Candi ficou séria.

– De cara, ele negou que você era filha dele.

Alexis conteve suas emoções, esperando que seu rosto não demonstrasse a ferroada que sentira com a informação.

– Mas eu disse que não havia como o teste estar errado – continuou Candi. – Meu DNA só podia ser tão semelhante ao de uma irmã, e, a menos que eu tivesse nascido de outra mãe, o que obviamente não aconteceu, você era filha dele, sim.

– Ele deve ter ficado bastante chocado.

Candi assentiu, os olhos fixos na janela.

– Ele implorou para que eu não contasse à mamãe. Fiquei com tanta raiva, sabe? Com raiva de ele me pedir para mentir por ele.

– Mas você mentiu.

– Pelo bem da minha mãe, não por ele. – Ela mordeu o lábio inferior.

– Eu me sinto culpada por não ter ao menos avisado antes que você ia lá em casa. Não era para ela ter ficado sabendo daquele jeito. Ela ainda está chateada comigo.

Alexis cruzou as pernas em posição de lótus e se virou para Candi.

– Olha… Não deixe que isso… que *eu*… atrapalhe sua relação com seus pais. Guardar rancor não leva a nada.

– Não é rancor. Só não entendo como ele pôde abandonar você e sua mãe.

– Se ele não tivesse feito isso, talvez você nem existisse. Além do mais, ele não sabia da minha existência naquela época. Não sabia que minha mãe estava grávida. Ela é tão culpada quanto ele.

A admissão teve o sabor ácido e ardente de uma dose de vinagre de maçã. Mas era verdade, não era? Sua mãe podia ter contado a Elliott que estava grávida. Ela *devia* ter contado, e o mais frustrante de tudo era que Alexis nunca teria a oportunidade de lhe perguntar o porquê.

Candi balançou a cabeça, como se estivesse lutando contra as emoções que tinham feito seus lábios tremerem momentos antes.

– Você tem alguma foto da sua mãe?

Sem dizer nada, Alexis saiu da cama, pegou o celular na bolsa e tocou no ícone da galeria. Depois de clicar no álbum onde guardava as fotos da mãe, entregou o aparelho a Candi.

Ela deslizou o dedo devagar, analisando cada foto como se tentasse criar uma conexão com a mulher que já fizera parte da vida de seu pai.

– Ela era muito bonita – disse ela, finalmente.

Alexis olhou mais de perto a imagem que Candi estava vendo: uma foto dela e da mãe na sua formatura da escola de culinária.

– Papai estava certo – disse Candi. – Você se parece muito com ela.

– Mas meus olhos sem dúvida são iguais aos do Elliott.

– E aos meus.

– E aos do Cayden – acrescentou Alexis, arrependendo-se no mesmo instante ao ver o rosto de Candi se iluminar.

A garota devolveu o celular a ela.

– Obrigada por ter me mostrado.

– Não tenho muitas fotos de parentes mais distantes, como você – disse Alexis, pegando o telefone. – Minha mãe era filha única, e eu também.

– Parece meio solitário. – Candi prendeu a respiração e deu um tapa na testa. – Por que é que eu não paro de falar besteira?

– Não é besteira. Às vezes era solitário, sim.

Outra admissão ácida. Outra queimação de ressentimento, dessa vez em relação à mãe. Ela sentiu os olhos úmidos, então rapidamente desviou o olhar.

– Por que você nunca procurou por ele?

Alexis deu de ombros e guardou o celular na bolsa.

– Nunca vi motivo.

– Mas você não tinha curiosidade de saber quem era o seu pai?

– Passei por algumas fases, eu acho. Mas eu tinha a minha mãe, e não precisava de mais ninguém. Pensava que um homem que a tinha abandonado não merecia o meu tempo.

Candi se retraiu.

– Me desculpe – pediu Alexis, embora não soubesse por que estava se desculpando. Não havia sentido em dourar a pílula. – Obviamente, eu não sabia da verdade.

– Mas faz diferença? Ele abandonou você, sim. Traiu minha mãe e depois foi embora como se não houvesse consequências. Sabendo ou não da sua existência, ainda é uma coisa horrível de se fazer.

Alexis voltou para a cama.

– Qual parte te deixa com mais raiva? A mentira? Ou a traição?

Candi balançou a cabeça e mordeu o lábio, como se tentasse conter um sentimento profundo e doloroso.

– Ele tirou você de *mim* – disse ela, finalmente. – Nós podíamos ter sido irmãs. Eu sempre quis uma irmã.

– Candi. – Alexis suspirou, voltando a cruzar as pernas. – Mesmo que as coisas tivessem sido diferentes, não dá para saber como teria sido nossa vida. Você não pode ficar remoendo a versão romantizada de família de um passado que nunca existiu. Nós nos conhecemos agora. Desapegue do como poderia ter sido e deixe que isso aqui seja o suficiente.

– Mas…

– Mas o quê?

– Eu só… É que só nos falamos agora porque ele está morrendo. E depois da cirurgia? Ainda vamos nos ver? – Ela ficou pálida. – Juro que não estou tentando pressionar você.

Alexis pousou a mão no braço de Candi.

– Eu sei que não. E queria poder dar uma resposta que fosse te tranquilizar, mas não posso. Não tenho ideia de como vai ser.

– Mas podemos pelo menos tentar?

– Tentar o quê?

– Ser irmãs.

Algo semelhante a um soco no peito fez seu coração se partir e sangrar. Alexis teve que engolir várias vezes para fazer o nó de emoção que se alojou em sua garganta.

– Não sei como ser uma irmã.

– Eu sei. É como ser uma amiga. É uma amiga do mesmo sangue.

Um silêncio tomou conta do cômodo, exceto pelos sons abafados das idas e vindas da equipe de enfermagem no corredor. Alexis passara a detestar os barulhos de hospitais quando sua mãe estava doente. O bipe incessante dos monitores e o ranger de rodas. Essas coisas e os tons irritantemente calmos e moderados com que as pessoas pareciam falar ao seu redor, como se suavizar a voz pudesse diminuir o golpe das más notícias. E eram sempre más notícias.

Mas, naquele instante, dentro do quarto, o único som que Alexis ouvia era a batida do próprio coração, porque, pela primeira vez, seus pensamentos estavam em paz. Talvez fosse mais um momento divisor de águas do qual se lembraria um dia e perceberia que foi quando as coisas mudaram mais uma vez.

Ela de repente começou a torcer desesperadamente por isso.

– É melhor eu ir – disse Candi, já se levantando.

– Obrigada por ter vindo, e pelo álbum de fotos.

Candi fez aquilo de morder os lábios e esconder as mãos nas mangas do moletom.

– Acho que a gente se vê depois, então?

– Que tal se eu ligar pra você amanhã para contar como foram as coisas?

O sorriso de Candi iluminou o quarto.

– Eu ia adorar.

Alexis deslizou para trás no colchão enquanto Candi se virava para sair.

– Ei, Candi.

A garota se virou de novo.

– Eu também sempre quis uma irmã.

– Sério?

Alexis assentiu, trêmula.

– Obrigada por me encontrar.

Ir embora do hospital parecia a coisa errada a fazer. Noah tentou voltar para o quarto do hotel, mas o silêncio e o lugar vazio ao seu lado na cama eram incômodos. Então acabou indo parar no bar do saguão, checando sem descanso o celular enquanto tomava uma cerveja. Saíra do hospital havia uma hora e ainda não tinha nenhuma notícia de Alexis.

Noah acenou para o barman e pediu outra cerveja. Tentou se concentrar no jogo de futebol americano universitário que passava na TV, mas não dava a mínima para aquela porcaria. Não tinha ido a uma faculdade com time de futebol e nunca conseguiu entender a obsessão das pessoas por esse esporte. Porém, jamais diria isso a Malcolm, é claro.

Noah verificou o celular novamente. Nada de Alexis ainda. Balançando a cabeça, frustrado, ele pôs o telefone virado para baixo no balcão e tomou mais um gole da garrafa.

– Posso me juntar a você?

Noah olhou para a direita e sentiu uma veia pulsar na têmpora. Elliott estava ao seu lado, as mãos enfiadas nos bolsos do casaco.

Noah emitiu um ruído que saiu meio como uma bufada, meio como um *você tá de brincadeira comigo?*.

– É por isso que a Candi foi ao hospital? Para distrair a Alexis enquanto você me emboscava sozinho?

Elliott pareceu sobressaltado.

– A Candi está no hospital com a Alexis?

Ou ele era um ator incrível ou realmente não sabia. Noah cerrou a mandíbula.

– O que você está fazendo aqui?

– Pensei que talvez pudéssemos conversar. – Elliott estendeu a mão. – Não fomos apresentados direito da primeira vez.

Noah moveu o maxilar. Depois de um momento, aceitou o aperto de mão, mas imediatamente voltou sua atenção para a TV. Não queria a presença de Elliott, não queria conversar, e com certeza não ia facilitar as coisas para ele.

Elliott puxou a banqueta ao lado de Noah e se sentou. O barman se aproximou e colocou um guardanapo à sua frente.

– Quer alguma coisa?

– Só uma água gelada, por favor. – Ele se dirigiu a Noah. – Posso te oferecer alguma bebida?

– Não.

– Eu não sabia que a Candi ia visitar a Alexis hoje.

– Bem, ela foi.

– Que bom. Isso tudo tem sido muito difícil para a Candi.

Noah emitiu um grunhido e tomou outro gole.

– Desculpa, mas acho difícil ficar com pena de qualquer membro da sua família.

– Eu entendo a sua raiva, mas a Candi não tem culpa de nada.

– A Alexis também não, mas parece que as duas são as pessoas que mais estão sofrendo por sua causa.

O barman colocou um copo de água na frente de Elliott, que logo tomou um gole.

– Foi merecido – disse ele, girando o copo no balcão.

– Se está esperando que eu discorde, pode esperar sentado.

– É justo.

Noah estava dominado pela raiva. Ele lançou um olhar fulminante a Elliott.

– Vamos deixar uma coisa bem clara aqui: a Alexis só está fazendo isso porque jamais conseguiria dizer não. Porque é o jeito dela. Ela cuida das pessoas, mesmo que muitas vezes saia no prejuízo, e nunca se perdoaria se não fizesse isso por você. Então você pode bancar o patriarca arrependido o quanto quiser, mas espero que passe todos os dias da sua vida sabendo que não merece esse presente dela.

Noah se levantou, pegou a carteira e pôs uma nota de vinte dólares no balcão. Sem mais do que um simples relance para Elliott, afastou-se, furioso.

Mas a voz de Elliott rapidamente o deteve.

– Eu investiguei a morte do seu pai.

Noah congelou. Mal se lembrava de ter se virado e muito menos de ter se reaproximado, mas de alguma forma estava ao lado do banco de Elliott de novo.

– O que foi que você disse?

– Você tinha razão. A morte dele era completamente evitável e não deveria ter acontecido.

Noah cerrou os punhos.

– Como você tem acesso a informações sobre a morte do meu pai?

Elliott deu um sorrisinho, porém foi mais triste do que arrogante.

– Tenho credenciais de segurança de alto nível. – Ele fez uma pausa, e o sorriso triste se tornou uma expressão de desgosto pesaroso. – Seu pai foi enviado para a guerra sem a proteção adequada e, embora a falha não tenha sido da minha empresa, foi de uma empresa como a minha. E era exatamente a mesma falha pela qual a minha empresa estava sob investigação federal. Ganância. Pura e simples.

– Isso daria um excelente discurso de abertura ao Congresso, mas não acredito em uma palavra do que você disse.

– Só quero que você saiba que entendo por que questionou minhas motivações.

Noah apoiou a mão no balcão e se inclinou, trêmulo e fervendo de raiva.

– O que você quer? Uma medalha de ouro por constatar o óbvio?

Elliott se levantou. Devagar. Apoiando a mão na beirada do balcão para se firmar.

– Estar cara a cara com a morte ajuda a colocar as coisas em foco. Faz a gente perceber o que realmente importa e o que não importa. Só quero que saiba que lamento pela sua perda.

Pela primeira vez, Noah o enxergou como ele era: um homem encarando a morte e querendo a todo custo corrigir seus erros. O lampejo de empatia que teria acalmado Alexis apenas inflamou a raiva de Noah.

– E você acha que se lamentar é suficiente? Não é. Onde estava esse remorso quando sua empresa estava sob investigação? Se você quer redenção, não fique se lamentando. Faça alguma coisa.

Elliott abriu um sorriso triste ao se afastar da banqueta. Depois, deu um leve tapinha no braço de Noah.

– Estou tentando. – Ele parou, como se quisesse dizer algo, mas então balançou a cabeça como se tivesse mudado de ideia. Em vez disso, apertou o braço de Noah e disse: – Você é mais corajoso do que eu sonharia em ser. Seu pai ficaria orgulhoso.

Ele se afastou com passos lentos, deixando Noah parado, de boca aberta, e com uma única pergunta na cabeça: que merda foi essa?

VINTE E CINCO

Alexis terminou todos os exames ao meio-dia. Noah passou a maior parte do tempo andando de um lado para outro no corredor e tentando descobrir como contar a ela sobre seu bizarro encontro com Elliott. Agora, estava esperando em frente ao escritório de Jasmine, onde ela e Alexis tinham se enfiado havia mais de quinze minutos. Ele tinha matado alguns minutos levando a mala até o carro, mas já voltara àquele vaivém.

Por fim, rendeu-se e encostou na parede oposta à porta do escritório, esperando que se abrisse. Alguns minutos depois, Alexis saiu, sorrindo e segurando uma pasta preta junto ao peito. Jasmine veio em seguida.

– Já terminamos – disse Jasmine, seus olhos fixos em Noah. – Obrigada por apoiá-la nisso tudo. Pode ser um processo muito delicado para todos os envolvidos.

– Está tudo certo, então? É isso?

Jasmine e Alexis se entreolharam.

– O que foi? – questionou Noah.

Alexis usou outra vez aquele tom *apaziguador de cliente irritado*.

– Marcamos a data da cirurgia.

Noah tentou controlar sua expressão para que transmitisse algo mais sutil do que um *puta merda*.

– Para quando?

Elas trocaram olhares novamente. Alexis foi ainda mais cautelosa dessa vez.

– Em pouco tempo.

– Pouco tempo quanto?

– Duas semanas.

Noah ficou sem chão e vacilou, tendo que apoiar a mão na parede.

O semblante de Jasmine se suavizou, ganhando aquele ar tão usado de paciência que provavelmente ensinavam na faculdade de enfermagem.

– Quanto antes melhor. Como já estão todos prontos, não há razão para esperar mais do que o necessário.

Alexis se aproximou de Noah.

– Vai ficar tudo bem – disse ela, apoiando a mão livre no abdômen dele. – Temos muito tempo para nos preparar e, passada a cirurgia, ainda vou ter tempo mais do que suficiente para me recuperar antes do casamento da Liv e do Mack.

Como se desse a mínima para o casamento. Noah se inclinou e a beijou de leve.

– Me ligue se tiver qualquer dúvida ou preocupação – disse Jasmine. – Não deixe de estudar todas as informações do pré-operatório que passei para você, porque é muito importante seguir as instruções à risca antes da cirurgia.

Alexis agradeceu, depois passou a mão pelo braço de Noah até encontrar a mão dele e seguiram pelo corredor. Pararam brevemente no balcão da enfermaria para Alexis assinar alguns papéis, e nesse meio-tempo o elevador em frente apitou. A porta se abriu e dali saíram Elliott, Candi e uma mulher que era uma versão mais velha da noiva no anúncio de casamento.

– Lexa – chamou Noah, levando a mão instintivamente às costas dela.

Ela o encarou, depois seguiu a direção de seu olhar.

– Ah – disse ela, soando ao mesmo tempo confusa e contente. – Oi.

– Que bom que pegamos você aqui – disse Elliott, um pouco sem fôlego enquanto os três se aproximavam do balcão. – Tentamos mandar uma mensagem avisando que tínhamos chegado, mas você não respondeu, então ficamos com medo de que já tivesse ido embora.

Alexis tirou o celular do bolso e deixou escapar um *droga* baixinho.

– Me desculpem. Não ouvi o celular. Estava no escritório de Jasmine.

Noah espalmou a mão nas costas de Alexis.

– O que vocês estão fazendo aqui?

Elliott sorriu.

– Só viemos dar uma olhada na nossa paciente.

A palavra *nossa* fez um calor subir pelo pescoço de Noah.

Candi se aproximou de Alexis e a abraçou. E a única coisa mais surpreendente do que essa demonstração de intimidade foi que Alexis retribuiu o abraço com a mesma leveza. Havia um afeto entre elas que o deixou desconfiado e enciumado, o que também o fez se sentir um completo imbecil. Devia estar feliz por Alexis e Candi aparentemente terem chegado a algum entendimento.

Quando Candi se afastou, Elliott colocou a mão nas costas da esposa.

– Esta é minha esposa, Lauren.

Ela parecia tensa, como uma refém em uma foto de prova de vida. Noah realmente não podia culpá-la. Isso, sim, era uma situação de merda. A mulher tinha que ser educada na presença da recordação viva de que o marido a havia traído antes do casamento.

Noah decidiu também ser educado e estendeu a mão a ela.

– É um prazer conhecer você.

O sorriso dela foi tão rígido quanto o aperto de mão foi frouxo.

– Igualmente.

Candi cutucou o pai com o cotovelo.

Elliott assentiu.

– Certo. Sei que é de última hora, mas a gente queria saber se vocês aceitam almoçar conosco. – Elliott lançou um olhar para Noah. – Vocês dois, é claro.

Noah bufou. Almoçar?

– Estávamos planejando voltar...

– Claro – respondeu Alexis, apertando a mão dele mais uma vez.

– Ótimo. – Elliott soltou o ar, o alívio fazendo aumentar tanto sua voz quanto seu sorriso. – Que ótimo. Tem um restaurante na estrada chamado Bilbo's. É italiano. Que tal nos encontrarem lá? Cayden e a esposa dele vão também.

Noah sentiu o aperto sutil dos dedos de Alexis ao redor dos dele. Parecia ao mesmo tempo reconfortá-lo e repreendê-lo.

– Boa ideia – disse ela. – Encontramos vocês lá.

Eles acompanharam os Vanderpools até o estacionamento e ali se separaram, seguindo cada um para o seu carro. Noah abriu a porta para Alexis e então deu a volta até o lado do motorista. Quando se sentou, ela já estava no celular, procurando o trajeto para o restaurante.

– Dá uns quinze minutos de carro – comentou ela, conectando o telefone ao rádio. A simpática moça do GPS o orientou a pegar a saída leste do estacionamento.

– Quer mesmo ir? – perguntou ele, casual, dando ré para sair da vaga.

– É só um almoço.

– Com o Elliott e a esposa. Não é só um almoço.

– A cirurgia é daqui a duas semanas. Precisamos nos acostumar a passar tempo com eles. É melhor tentar acabar logo com esse constrangimento, não acha?

Parecia que não ia ter momento melhor para contar a ela sobre a noite anterior. Noah pegou a rampa de acesso à rodovia e tentou manter a voz casual.

– O Elliott foi me ver no hotel ontem à noite.

Alexis olhou para ele.

– Por quê?

– Ele disse que investigou a morte do meu pai.

Ela se virou no banco.

– Por que ele fez isso? A empresa dele não estava envolvida, estava?

– Não. Acho que ele… Acho que ele está tentando se redimir, só por precaução.

– Precaução? - Ela engoliu em seco. – Para o caso de a cirurgia não dar certo?

– Não sei. - Noah estendeu a mão para pegar a dela, então levou seus dedos aos lábios. – Acho que talvez ele só queira minha aprovação ou algo assim.

– O que você disse?

O que você quer? Uma medalha de ouro?

– Disse que só me importa ver você bem.

O restaurante que Elliott havia sugerido era uma rede italiana, do tipo que servia tudo em porções para a família. Noah viu bastante ironia nisso, mas guardou para si. A julgar pelo estacionamento, o lugar era popular. Ele encontrou uma vaga nos fundos, entre um Subaru e uma caminhonete enferrujada com um adesivo no para-choque informando os demais motoristas de que seu outro carro também era uma merda.

Uma recepcionista os cumprimentou assim que entraram. Alexis disse seu nome, e, após uma rápida verificação na lista, a moça sorriu e disse que os outros do grupo já esperavam por eles. Enquanto a seguiam até um salão nos fundos, Noah avistou a família inteira – meu Deus, todos os sete. Candi foi a primeira a vê-los e se levantou na mesma hora, com um aceno ansioso.

As cabeças se viraram, e logo todos os outros se levantaram também. Alexis parou, esfregando as mãos na frente do corpo.

– Oi – sussurrou ela.

– Que bom que vieram – disse Candi, avançando para um abraço rápido. Ela recuou, hesitante. – Você se lembra do Cayden, né?

O salão ficou em silêncio quando Cayden deu um passo à frente. Seu rosto estava tão tenso quanto o de Lauren. Obviamente estava sendo forçado àquela pequena demonstração de união familiar.

Ele estendeu a mão para Noah.

– Cayden Vanderpool.

Noah apertou mais forte do que o necessário.

– É um prazer conhecer você.

Elliott apresentou a esposa de Cayden, Jenny, e as duas crianças. E então todos no salão ficaram tensos quando Cayden finalmente dirigiu sua atenção a Alexis.

– Como foram os exames?

Alexis hesitou.

– Bem. Tudo bem.

A esposa de Cayden sussurrou algo no ouvido da menina maiorzinha, e a filha desceu do seu colo.

– Ela fez uma coisa para você – disse Jenny.

A menina deu a volta na mesa e entregou a Alexis um pedaço de papel amassado.

Alexis sorriu.

– O que é isso?

– Ela fez um desenho – respondeu Jenny, enquanto Cayden ainda estava rangendo os dentes.

Alexis se agachou para ficar na altura dos olhos da menina.

– Que lindo! Obrigada.

Noah olhou por cima do ombro dela e viu os rabiscos azuis e brancos.

– Ela me disse que é um boneco de neve – explicou Jenny.

Alexis riu.

– Dá para ver, com certeza.

A tensão se dissipou como o ar de um balão espetado. Ombros relaxaram e sorrisos se abriram. Alexis ficou em pé de novo, e Noah a conduziu até as duas cadeiras desocupadas à mesa.

– Então – disse Candi, sentando-se. – Preciso avisar que estou morrendo de fome, então pretendo roubar do prato de todos vocês.

Um grunhido coletivo ecoou enquanto todos voltavam para os seus lugares.

– Ela é um terror em roubar comida – disse Elliott. – Protejam seus pratos.

– Você já comeu aqui? – perguntou Candi, abrindo o cardápio.

– Não – respondeu Alexis. – Quase nunca tenho tempo para comer fora.

Elliott abriu um sorriso.

– Você tem seu próprio restaurante para se preocupar, né?

– Pois é.

– Ela prefere restaurantes com fornecedores locais – comentou Noah.

Alexis lhe lançou um olhar que ele não conseguiu decifrar.

– Já comemoramos um monte de momentos importantes aqui – comentou Elliott. – A formatura da Candi no ensino médio, o jantar de ensaio do casamento do Cayden. É o nosso lugar especial.

Um silêncio tenso voltou a reinar enquanto todos enterravam a cara no cardápio. Candi era a única que parecia alheia, e sua fala seguinte deixou todo mundo nervoso.

– Você e sua mãe tinham um restaurante favorito onde comemoravam as coisas?

Lauren, sentada na frente de Noah, se enrijeceu. De novo, não pôde culpá-la.

– A gente tinha vários lugares favoritos – disse Alexis, o que era uma grande mentira.

Ela e a mãe raramente comiam fora. Eram pobres demais para isso. Alexis tinha todo o direito de dizer isso a Elliott, mas parecia determinada a proteger os sentimentos de todos, menos os dela.

– Gente, vocês têm que experimentar a comida da Alexis – anunciou Candi, toda orgulhosa. – Ela faz os pãezinhos mais incríveis do mundo. – Candi de repente se empertigou, como se tivesse acabado de descobrir a solução para a pobreza mundial. – Você deveria muito fazer os pãezinhos para o Natal! Nós sempre preparamos um grande café da manhã. Não seria divertido? Vocês dois podiam passar a noite lá e…

A voz de Candi sumiu ao sentir o peso do que estava sugerindo se espalhar pela mesa. Todos os olhos se voltaram para Lauren, que estava literalmente tremendo.

– Seria… maravilhoso – disse Lauren. – Com certeza podemos discutir o assunto.

– Quer dizer, se vocês ainda não tiverem planos – acrescentou Candi, em um tom mais moderado.

Mais uma vez, Alexis se sacrificou para salvar todos do constrangimento.

– Eu mal consigo fazer planos para daqui a uma semana.

– É verdade, né? – disse Candi com um suspiro aliviado. – A vida é tão corrida.

Então a garçonete salvou todo mundo ao aparecer para anotar os pedidos de bebidas.

– Bem, eu estou morrendo de fome – comentou Elliott. – E a comida aqui é incrível. A lasanha é a minha favorita, se vocês quiserem experimentar.

– Lexa é vegetariana – devolveu Noah.

– Acho que vou de berinjela à parmegiana – disse Alexis tranquilamente. – É o meu prato favorito.

– É muito bom também – comentou Candi. – Já comi.

As coisas seguiram assim por um tempo, enquanto esperavam pelas bebidas. Conversas tensas, pontuadas por risadas nervosas e alguns *oohs* e *aahs* sobre como as crianças eram fofas. Então Cayden se inclinou para a frente e perguntou:

– Então, Noah. Você trabalha com o quê?

Alexis ficou tensa assim que Cayden se dirigiu a Noah. Ela reconhecia más intenções de longe, e a pergunta de Cayden era casual demais.

– Ele tem uma firma de segurança eletrônica – respondeu ela depressa.

Noah lhe lançou um olhar de esguelha, sobrancelhas arqueadas, intrigado.

– Presto serviço de segurança de dados a empresas e pessoas físicas – disse ele a Cayden.

– Você é *dono* de uma empresa?

Alexis se irritou com o tom de Cayden. Sabia que Noah, com seus cabelos compridos e roupas casuais, não passava a imagem tradicional de empresário, mas o comentário foi carregado de arrogância.

– Ele é extremamente bem-sucedido – disse Alexis. – Muitos de seus clientes são celebridades.

– É mesmo? – indagou Elliott. – Alguém que a gente conheça?

Noah mais uma vez demorou a responder.

– Colton Wheeler?

Candi exclamou algo do tipo *mentira!* e perguntou:

– Minha nossa, você está falando sério?

– Ele também é um grande amigo nosso – disse Alexis. – Vamos todos juntos a um casamento no mês que vem.

– Mês que vem? – indagou Elliott. – É logo depois da cirurgia. Já vai estar recuperada até lá?

– Conversei com a Jasmine e ela disse que já devo estar bem. Ainda não vou poder levantar peso, e provavelmente não vou ter tanta energia quanto de costume, mas nada que me impeça de ser madrinha.

Alexis esperava que mencionar o casamento fosse fazer Cayden mudar de assunto, mas não teve sorte. Ele estava determinado.

– Como você entrou para esse ramo? – perguntou ele a Noah.

Alexis prendeu a respiração. Algumas pessoas ficavam fascinadas ao descobrir o que ele havia feito durante a adolescência rebelde. Outros, nem tanto. Noah às vezes gostava de chocar as pessoas com a informação, então ela ficou de queixo caído quando ele enfim respondeu.

– Estudei segurança cibernética na faculdade – disse ele, simplesmente.

Cayden tomou um gole de água.

– Como foi que acabou se interessando pela área?

Alexis pousou a mão no joelho de Noah.

– Eu fui hacker na adolescência – respondeu Noah com toda a calma.

– Hacker – repetiu Cayden, como se já não soubesse disso.

Alexis perdeu a paciência ao ver o brilho vitorioso nos olhos de Cayden. Ela encarou Noah, esperando encontrar um olhar desafiador do tipo *pode vir com tudo*, porém, mais uma vez, ele a surpreendeu.

– Preferíamos o termo *hacktivistas*. Mas no fim das contas eu não era muito bom nisso. Fui pego, aprendi a lição e ando certinho, na linha, desde então.

Certinho, na linha? Alexis ficou boquiaberta. Ele olhou para ela com um meio sorriso e deu uma piscadinha. E foi aí que ela percebeu. Noah fizera isso por ela. Havia perdido a chance de defender sua causa só para manter a paz. Por ela.

A garçonete apareceu com uma bandeja de bebidas. Enquanto os servia, Alexis puxou Noah para perto e sussurrou em seu ouvido.

– Você vai se dar tão bem mais tarde…

Ele abafou a risada atrás do copo de água.

● ● ●

Depois do almoço, tiveram uma pequena discussão sobre quem pagaria a conta. Elliott ganhou, e o grupo todo saiu junto do restaurante. Então veio a parte constrangedora. A despedida.

Parados na calçada, Alexis abraçou Candi de novo e fez um aceno educado para Lauren, que quase derreteu de alívio por não ter que fingir um abraço. Noah apertou a mão de Elliott primeiro e depois a de Cayden, que na mesma hora se dirigiu para o carro com a esposa e as crianças.

Alexis parou na frente de Elliott.

– Então…

– Você vai me ligar se precisar de alguma coisa, certo? – perguntou ele.

Era uma coisa tão paterna de se dizer que Alexis quase riu. Ela enfiou as mãos nos bolsos do casaco.

– Acho que nos vemos em duas semanas.

Ele deu um sorriso.

– Não sei se já estamos na fase do abraço, mas eu estou pronto, se você estiver.

Alexis riu de verdade dessa vez e deu um passo à frente. Os braços dele a envolveram em um breve abraço. Ao soltá-lo, ela recuou e sentiu a mão de Noah em suas costas.

– Dirija com cuidado – disse Elliott.

– Você também – respondeu Noah.

Observaram em silêncio enquanto Lauren, Elliott e Candi caminhavam até o carro.

– Podemos ir? – perguntou Noah.

Alexis se virou e o puxou para um beijo intenso e rápido.

– Você é um bom homem, Noah Logan.

– Não conte a ninguém. Vai estragar minha reputação.

Ela o beijou novamente, um beijo intenso e demorado.

– Dirija rápido.

– Está com pressa para alguma coisa?

– Estou. Temos duas semanas até a cirurgia. Não vamos perder nem um minuto.

VINTE E SEIS

Alexis tinha razão. A preparação para se ausentar do café por duas semanas era por si só um trabalho em tempo integral. Agora, a apenas dois dias da cirurgia, ela estava em outra reunião com Jessica para revisar o cronograma, orientá-la sobre o que fazer em caso de emergência (porque mais uma complicação era só o que lhe faltava mesmo) e sobre como proceder durante a reunião com o conselho de zoneamento na noite seguinte.

Alexis não ia comparecer, obviamente, então juntou toda a documentação de que o conselho precisaria para tomar uma decisão. Jessica concordou em assistir à reunião até o fim, só por precaução. Mas, por ora, ela estava mais preocupada com a pasta do pré-operatório de Alexis.

– Nossa, durante seis semanas você não pode levantar nada mais pesado do que um galão de leite?

– Podemos nos concentrar na reunião do conselho de zoneamento por um segundo?

Jessica fechou a pasta e cruzou as mãos sobre a mesa.

– Desculpa. É claro.

– A Karen provavelmente vai mentir – disse Alexis. – E sem sombra de dúvida vai dizer coisas que te deixarão furiosa. Mas você tem que morder a língua e ignorá-la, ok?

Jessica apertou os lábios.

– É mais fácil falar do que fazer. Eu odeio aquela mulher.

– Ela também sabe disso, e vai adorar se a gente fizer um escândalo na reunião. Só deixe que ela apresente o caso e mostre nossa documentação para o conselho de zoneamento, se tiverem qualquer pergunta. – Alexis pegou a mão de Jessica. – Lembre que não fizemos nada de errado.

– Exatamente. É por isso que eu queria combater fogo com fogo. Gente tipo a Karen…

– Não vale nosso tempo nem nossa energia – concluiu Alexis.

Jessica não pareceu convencida, mas também não discutiu. Talvez, como Noah, já tivesse desistido de tentar convencê-la a descontar sua fúria nas pessoas.

Alexis falou dos outros itens da agenda, agradeceu a Jessica inúmeras vezes por concordar em ficar com Roliço de novo na sua ausência e então juntou suas coisas.

– Vou para o escritório – disse ela por cima do ombro enquanto atravessava a porta da cozinha.

Ela afundou na cadeira, apoiou os pés na mesa e deixou a cabeça cair contra o encosto. Estava quase acabando. Faltavam apenas mais umas coisinhas da lista de tarefas, e ela estaria de fato pronta.

– Ei, espera!

A voz de Jessica fez Alexis erguer a cabeça bem a tempo de ouvir a porta da cozinha se abrir com um estrondo violento. Alexis deu um pulo, saiu do escritório e quase deu de cara com Cayden, exaltado e furioso.

– Eu sabia – cuspiu ele.

– Cayden, o que é isso? O que você está fazendo aqui?

Cayden enfiou o celular na cara dela. Confusa, Alexis o pegou e tentou ler por alto o que estava na tela.

Documentos vazados da BTech, fornecedora militar do Departamento da Defesa, revelam que executivos da empresa mentiram aos investigadores do Congresso há dois anos durante um inquérito sobre a confiabilidade do sistema de navegação do Night Hawk, um míssil teleguiado de longo alcance usado pelo Exército dos EUA desde 2014. As mortes de cerca de trezentos civis foram atribuídas ao sistema de radar defeituoso. Os documentos vazados revelam que os executivos ignoraram as preocupações dos engenheiros...

Ela ergueu os olhos, confusa.

– Não entendi. O que é isso?

– Sr. Certinho? Eu sabia que era conversa fiada.

O tom de voz e a raiva em seus olhos fizeram com que uma onda de adrenalina a percorresse, e ela recuou por instinto.

– Como você acha que a imprensa conseguiu esses documentos? – ladrou Cayden.

Ela balançou a cabeça para afastar o sussurro irritante no fundo de sua mente.

– Noah não teve nada a ver com isso.

Cayden bufou.

– Ah, é claro.

– Ele não faria uma coisa dessas. – A bile subiu pela sua garganta.

– Então é para eu acreditar que isso é só uma coincidência?

– Sim! Ele não faria isso. Nunca. Ele sabe que...

– Sabe o quê?

Que eu me importo com todos vocês. Ela não disse isso, porque dava para ver que Cayden não queria ouvir e nem acreditaria. Ela não disse, porque a verdade a pegou de surpresa, assim como pegaria Cayden. E Alexis era uma idiota mesmo, porque Cayden a olhava como se ela fosse alguma coisa nojenta grudada na sola do seu sapato.

– O Noah não fez isso. Eu sei que não.

Cayden apontou o dedo em riste.

– Você é a pior coisa que já aconteceu com a nossa família. Fique longe de nós. Vamos encontrar a porra de outro rim para ele.

As palavras reverberaram nos eletrodomésticos de aço inoxidável da cozinha e o eco o seguiu quando Cayden passou como um furacão pela porta vaivém. Assim que ele saiu, Alexis desmoronou contra a bancada. Aquilo não era verdade. Não era... verdade. Era?

Jessica entrou correndo.

– O que foi isso?

Alexis olhou para ela, mas mal a viu.

– Tenho que ir.

– Você está bem?

Não. Não estava nada bem. Alexis pegou a bolsa no gancho atrás da porta do escritório e tirou o avental. Suas mãos tremiam enquanto destrancava o carro e se atrapalhava toda com o rádio tentando encontrar uma estação de notícias. A primeira que encontrou falava sobre as próximas eleições, então ela tentou outra.

Bem a tempo de ouvir um locutor comentando: "Esse vazamento tem todas as características de uma operação difamatória."

Alexis sentiu um gosto amargo subir à boca.

Parou em frente à garagem de Noah e desligou o carro. Seus passos até a porta foram rígidos. Bateu e só depois percebeu como aquilo era ridículo. Ela costumava simplesmente entrar, mas nada fazia sentido àquela altura. Um momento se passou antes que a porta se abrisse. Noah sorriu.

– Por que você bateu na porta? – Mas então ele congelou. – O que aconteceu?

Lexa passou por ele, os movimentos robóticos e o rosto desprovido de emoção.

– Meu Deus, Lexa. Fala comigo. – Ele a virou para que o encarasse.

– O Cayden… – Ela se calou e lambeu os lábios.

– O que tem ele? – Noah agarrou seus ombros. – Meu bem, você está me assustando. O que está acontecendo?

– Ele apareceu no café. Alguém hackeou a empresa do Elliott e vazou documentos para a imprensa.

Noah hesitou.

– *Hoje?*

Ela passou o celular a ele.

– Está tudo aí.

Noah correu os olhos pela tela e absorveu apenas o suficiente para saber que aquilo não era bom. A BTech estaria em uma séria enrascada se fosse verdade. Porém, ele não ficou surpreso. Todo mundo sabia que eles tinham mentido perante o Congresso.

– Não estou entendendo. Por que o Cayden...? – Uma onda fria de adrenalina inundou seu corpo. – Você está brincando comigo? Ele acha que fui eu?

Ela assentiu.

– O Elliott também acha?

E, meu Deus, quando foi que ele começou a se importar com o que Elliott Vanderpool pensava dele?

– Eu não sei.

Lexa deu um passo atrás, afastando-se o suficiente para que o gesto fosse significativo. A corrente de ar frio entrando pela porta aberta substituiu todo o calor entre os dois, mas poderia facilmente ter vindo do distanciamento gélido do olhar dela.

Os braços de Noah caíram como chumbo ao lado do corpo enquanto outra constatação nauseante o deixava atordoado.

– Puta merda, Alexis. *Você* acha...?

As palavras saíram atrapalhadas porque seu coração, sua mente e sua boca guerreavam entre si. Alexis o encarava fixamente, sem pestanejar, a mão cerrada contra o estômago. Noah desejou que ela usasse o punho. Que simplesmente socasse seu queixo e acabasse com a história. Doeria menos do que as palavras que estava prestes a dizer.

– Você acha que eu tive alguma coisa a ver com isso?

Ela piscou e soltou um suspiro. Duas ações conectadas, e ao mesmo tempo não. Uma foi de hesitação. A outra um sinal de alívio. A soma de ambas o fez chegar a uma conclusão que deixou seu estômago revirado.

– Não – respondeu ela, balançando a cabeça. – Não acho.

Ela estendeu a mão para ele, mas Noah recuou.

– Mas passou pela sua cabeça?

– Não.

Ele poderia ter encontrado um pouquinho de conforto no tremor da voz dela, mas aquele pingo de culpa que brotou em seus olhos acabou com tudo. Acabou com *Noah*.

– Passou, sim. Por pelo menos um segundo, você achou que tinha sido eu, não foi?

– Não...

– Mas mesmo assim veio correndo aqui me perguntar.

– É claro que eu vim correndo para cá! O Cayden acusou você.

– E você queria ter certeza de que não era verdade.

Os passos dele no assoalho soaram como uma retirada derrotada para a cozinha. Os dela foram a marcha frenética de uma batalha ainda não terminada.

– Isso não é justo. Eu sei que não foi você. Quantas vezes tenho que repetir?

– Que tal mais uma vez? – devolveu ele, as mãos apertando com força a beirada do balcão da cozinha. – Admita. Por um momento, você realmente pensou que eu fosse o responsável por isso.

– Tá bom! – Ela jogou as mãos para o alto. – Eu admito! Achei que talvez tivesse sido você. Que diferença faz?

– Faz diferença.

Noah mal reconheceu a própria voz, mas o sentimento que crescia dentro dele, apertando o peito e aquecendo a pele? Ah, isso ele reconhecia. E odiava.

– Não é justo – disse ela, atravessando a cozinha para meter o dedo no peito dele. – É claro que iam suspeitar de você. Até eu, por uma mera fração de segundo. Você tem os meios. Tem o acesso. E odeia pessoas como Elliott.

– Mas eu amo *você*!

Alexis deu um pulo. Ele nunca havia levantado a voz daquele jeito perto dela. E certamente não para declarar pela primeira vez que a amava. Mas as palavras tinham sido ditas no pior cenário possível, e em vez de simbolizarem o começo de algo, pareciam o fim.

– Eu jamais te magoaria desse jeito, Lexa, porque eu te amo mais do que eu poderia odiá-lo.

Lexa sentiu os olhos subitamente marejados ao levar os dedos trêmulos aos lábios. Ela estendeu a mão para ele, mas, pela primeira vez desde que a conheceu, Noah não queria sentir o toque dela. Ele deu um passo atrás e balançou a cabeça.

– Noah?

A falha em sua voz quase acabou com ele. Não tanto, porém, quanto a realidade devastadora do que tudo aquilo significava. Uma bala ricocheteava em seu coração e atingia todos os pontos vitais onde havia velhas cicatrizes. Novas feridas se abriram. E ele começou a sangrar.

O sangramento virou hemorragia com as palavras seguintes de Alexis.

– A cirurgia está cancelada. O Cayden disse para eu ficar longe deles. Que querem encontrar outro doador.

Aquele filho da mãe. A raiva por ela substituiu momentaneamente sua própria autopiedade.

– Pelo amor de Deus, Lexa. E você confiou em uma pessoa dessas, em vez de mim?

O silêncio dela o destruiu. Fez com que ele se tornasse algo feio, mesquinho, amargo. E assim foram suas próximas palavras.

– Eu te avisei, Alexis. Eu disse que eles só estavam te dando corda, que não te viam como parte da família de verdade.

– A Candi vê.

– Eles sabiam de você há *três anos* e nunca entraram em contato, nem mesmo quando seu nome e seu rosto estavam em todos os noticiários. Ele se recusou a deixar a Candi te procurar. Ele negou sua existência. Até que precisou de um rim.

Ela tentou tocá-lo novamente.

– Noah…

Ele se afastou.

– Por que você autorizou que o resultado do seu DNA fosse compartilhado com possíveis parentes?

Ela hesitou, com uma expressão confusa.

– O que isso tem a ver com o assunto?

– Você queria encontrar uma família.

– Não, foi um impulso.

– Você tinha a esperança de que seu pai te encontrasse.

– Não faço ideia de por que você está falando disso agora.

– Porque eu quero que você seja honesta sobre o que está acontecendo.

– Não faço ideia do que está acontecendo!

Outra lágrima escorreu pela bochecha de Alexis. Noah teve que cerrar os punhos com força para conter o impulso de secar seu rosto ou, pior, de abraçá-la. Viu-a sugar o lábio inferior e começar a mordê-lo, e, como uma espécie de piada cruel e irônica, Noah ficou impressionado com o quanto ela se parecia com Candi naquele momento.

Eram sem dúvida irmãs.

– Eu sei como é ser atraído por uma falsa família, Alexis. Sentir um vazio tão grande a ponto de arriscar tudo o que mais importa para receber algum tipo de aceitação outra vez. Mas é tudo uma farsa. No minuto em que as coisas dão errado, eles te abandonam. Todas as promessas se vão.

– Não faço ideia do que você quer de mim.

– Eu quero que você fique brava com ele!

– Por quê? Para justificar a *sua* raiva? – Ela avançou na direção dele novamente. – Você se sentiria melhor se eu me rendesse à fúria? Eu aprendi a escolher minhas batalhas.

– Você foge das batalhas. É bem diferente.

– Uau! – Ela soltou o ar, recuando. Levou a mão ao peito e começou a esfregar. – Há quanto tempo você estava guardando essa?

Merda. Merda! Noah passou a mão pelo cabelo.

– Eu não quis dizer isso, Lexa. Me desculpe.

– Eu enfrentei Royce Preston! Contei ao mundo inteiro que o chef predileto deles era um assediador em série! Por acaso eu fugi dessa briga?

– Não. Eu não quis dizer…

– Por que você não pode simplesmente me aceitar como eu sou? Aceitar que eu só quero um pouco de paz!

– Deixando as pessoas passarem por cima de você? Isso não é paz. É covardia.

– Eu acho… acho melhor eu ir embora – sussurrou ela.

– Não. – Noah a seguiu em sua retirada rumo à porta. – Espera um pouco.

Ele tentou segurá-la pelo braço, mas ela escapou de seus dedos.

– Me deixa ir embora, Noah.

– Lexa, por favor. Desculpa.

Ela se virou.

– Não acredito que estou prestes a dizer isso, mas acho que preciso de um tempo de você.

Alexis já fizera aquele percurso antes, e se sentindo exatamente do mesmo jeito. Entorpecida. Alienada. Só que dessa vez estava correndo de Noah e em direção a Elliott.

Porque talvez Noah tivesse razão. Talvez o que ela vinha chamando de controle emocional não passasse de uma forma de evitar uma briga da qual tinha medo. Ao parar na longa entrada de carros da casa de Elliott, já estava escuro. Mas quase todas as luzes dentro da casa estavam acesas. Ela estacionou ao lado de carros que agora reconhecia – o BMW de Cayden e o Range Rover de Candi.

Ironicamente, dessa vez ela não bateu antes de entrar. Abriu a porta e seguiu o som das vozes furiosas que vinham da cozinha. Cayden foi o primeiro a vê-la.

– O que você está fazendo aqui? – rosnou ele.

Elliott e Candi se viraram. Candi correu na direção dela.

– O Cayden não falou sério – disse ela às pressas. – Sobre a cirurgia. Não era sério.

Alexis tentou contorná-la, mas Cayden agarrou seu braço.

– Você não é bem-vinda aqui. Isso é um assunto de família.

– Ela é da família – retrucou Elliott.

Cayden reagiu como se o pai tivesse lhe dado um tapa.

– Você não pode estar falando sério. Depois do que eles fizeram?

– Ela não fez nada!

– É tudo por causa dela – gritou Cayden, apontando o dedo. – Ela trouxe aquele sujeito para a nossa vida, e veja só o que ele fez.

– Não foi ele – disse Alexis. – Ele disse que não fez nada, e eu acredito.

– Claro que ele disse. Você espera que um sujeito desses seja honesto?

Mesmo magoada, ela partiu em sua defesa.

– Noah é um bom homem. Você não o conhece.

– Ele é um criminoso!

Alexis se virou de repente para Cayden.

– E você? Você se importa o mínimo que seja com as vidas que foram perdidas por causa da empresa do seu pai? Se importa com o fato de a BTech ser responsável pela morte de centenas de civis?

– Como você se atreve?

– Você pelo menos leu a matéria toda?

Alexis pegou o celular e o desbloqueou com a digital. A tela se abriu direto na matéria que havia encontrado no Google. E, para completar, ela começou a ler em voz alta.

– "De acordo com os documentos, o CEO foi informado em pelo menos quatro ocasiões por dois engenheiros que o sistema de radar tinha problemas. Todas as vezes, o CEO ocultou os avisos dos relatórios para funcionários do Pentágono que supervisionavam o programa de drones."

Alexis olhou para Elliott.

– Você sabia que seus engenheiros tentaram avisar a empresa? Como você pôde fazer isso?

– Não se atreva a entrar aqui e começar a acusar meu pai de um crime, quando foi seu namorado que...

– Fui eu!

Um silêncio estupefato tomou conta do grupo enquanto as palavras de Elliott ecoavam. Ele estava no meio da cozinha, com a respiração pesada e um aspecto frágil.

– Como... como assim? – perguntou Cayden.

– Eu vazei os malditos documentos.

Lauren cobriu a boca com a mão e afundou na cadeira.

– Por que, Elliott? Por que você faria uma coisa dessas?

– Porque eu tive que viver com essa culpa por anos. Eu os avisei, mas fiquei quieto e não fiz nada quando mentiram no inquérito. Não vou morrer com isso na minha consciência.

– Foi você? – sussurrou Alexis, cambaleando e dando de encontro com a bancada.

– Foi ele que te convenceu a fazer isso? – perguntou Cayden.

– Não. Mas se você está se perguntando se Noah teve alguma coisa a ver com a história, sim. Teve, sim. Ele me inspirou. Me contou o que aconteceu com o pai dele. Não o culpo por odiar pessoas como eu, empresas como a minha. E ele me disse que, se eu quisesse realmente me redimir, precisaria fazer mais do que me desculpar. Então foi o que eu fiz. Vazei os malditos documentos. Já é hora daquelas pessoas pagarem por seus crimes.

Alexis não conseguia se mover. Noah tinha razão. Não fora por impulso que marcara um X naquele quadradinho do formulário do teste de DNA, aquele que autorizava que o resultado fosse compartilhado. Queria encontrar uma família. Queria encontrar seu pai. Mas tudo aquilo era uma farsa.

Elliott poderia ter evitado toda aquela confusão sendo honesto, mas deixara que Cayden e sabe-se lá mais quantas outras pessoas presumissem que Noah estava por trás do tal vazamento. Para aliviar a própria culpa.

Ela forçou os pés a se moverem.

– Preciso ir.

Candi correu atrás dela.

– Alexis, espera.

– Me deixa em paz. – Ela ergueu as mãos para evitar que qualquer um deles tentasse impedi-la de partir. – Queria nunca ter conhecido você. Queria nunca ter conhecido nenhum de vocês.

– Não, espera. – Lauren se levantou bruscamente. – Você não pode ir. E a cirurgia?

Alexis deu uma risada sem humor.

– O Noah tinha razão. Vocês só se importam com isso, não é? Com meu rim.

– Não. Alexis, por favor…

Ela deu as costas.

– Vão pro inferno. Todos vocês.

VINTE E SETE

Noah passou o dia seguinte se sentindo ausente do próprio corpo. Tentou mergulhar no trabalho, mas seu cérebro e seu coração estavam distraídos. A raiva era como uma lixa dentro dele, esfolando cada nervo até cegá-lo de dor. Às quatro da tarde, ele desistiu. Mas, em vez de ir para casa, tomou o rumo da casa da mãe. Pelo menos lá não teria que passar outra noite sentado na varanda dos fundos sozinho com seus pensamentos e uma garrafa de bebida.

Ao virar na rua da mãe, ele acenou para os vizinhos, o Sr. e a Sra. Foster, que estavam decorando com pisca-piscas uma árvore que ocupava quase o jardim inteiro. Acenderiam as luzes pela primeira vez na noite de Ação de Graças. O Natal chegava mais cedo no bairro residencial de Oaks.

Ele parou em frente à garagem e teve que embicar o carro ao lado de um sedã conhecido. Marsh estava lá. Que ótimo.

O homem surgiu na lateral da casa quando Noah saiu do carro. Carregava uma escada com as duas mãos e equilibrava um cinto de ferramentas em um braço. Vestia uma calça jeans desbotada com um vinco no meio de cada perna porque ainda não conseguia sair de casa sem passar tudo a ferro com precisão militar.

Marsh encostou a escada na lateral da varanda enquanto Noah se aproximava pela calçada.

– O que você está fazendo aqui? – perguntou ele, enxugando a testa com a mão enluvada.

Noah teve que engolir o que realmente queria responder. *Desde quando preciso pedir sua permissão para vir aqui?*

– Vim falar com a minha mãe. Onde ela está?

– Lá dentro com a Zoe. Me ajude a pôr o pisca-pisca lá em cima.

– Eu preciso mesmo falar com a minha mãe…

Marsh o ignorou, fazendo um gesto vago em direção ao teto da garagem.

– Ponha a escada ali, e eu passo as coisas para você.

– Acho que não sei fazer isso.

– Martelo. Prego. É bastante autoexplicativo.

Noah resistiu ao desejo natural de fazer um gesto obsceno e, em vez disso, fez o que Marsh mandou. Pegou o martelo e um saco de pregos da mão estendida dele e, segurando os dois em uma mão, agarrou firme a escada para subir até o último degrau.

– Começo aqui?

Noah se inclinou apenas o bastante para pressionar a ponta do prego na madeira e quase caiu escada abaixo ao tentar pregá-lo.

Marsh bufou lá de baixo.

– Meu Deus, quem foi que te ensinou a usar um martelo?

Noah respondeu com uma forte martelada no prego.

– Bem, como você sabe, meu pai morreu quando eu era novo, então…

– Você vai entortar o prego desse jeito.

Noah deu outra martelada e, como quis o Destino, o prego entortou bem no meio. A cabeça ficou encravada na madeira.

– Porra, eu sabia – resmungou Marsh. – Desça daí.

Noah desceu da escada.

– Me dê isso aqui – reclamou Marsh, agarrando o martelo. – Não teria pedido sua ajuda se soubesse que você não tinha a mínima ideia do que estava fazendo.

– Não sou bom nessas coisas. Geralmente chamo um faz-tudo.

– Um homem tem que saber pendurar as malditas luzes de Natal na própria casa.

– Esta não é a minha casa. É da minha mãe. Quando preciso que algum serviço seja feito na minha casa, eu chamo um faz-tudo.

Marsh olhou feio para ele.

– Você pode pelo menos segurar a escada e me passar as coisas?

– Todo mundo que se formou no MIT consegue fazer isso.

O rosto de Marsh ficou da cor de molho de tomate.

– Você quer fazer o favor de baixar essa crista, garoto?

– Sou um homem-feito, não um garoto.

– Pois não parece.

Então a porta da frente se abriu e a mãe de Noah saiu com um sorriso surpreso, carregando uma caixa de papelão gasta com as palavras DECORAÇÃO DE NATAL escritas em um garrancho na lateral.

– Noah! O que está fazendo aqui? Achei que vocês iam para Huntsville hoje por causa da cirurgia.

Noah subiu os degraus da varanda para pegar a caixa, inclinou-se e beijou a cabeça da mãe.

– Oi, mãe. – Ele espiou dentro da caixa e viu a guirlanda e o emaranhado de luzes. – Isso vai na varanda da frente?

– Eu estava trazendo para o Marsh. O que está acontecendo? Cadê a Alexis?

– É que, ela está, hã… – Noah soltou um suspiro angustiado e mentiu: – A cirurgia foi adiada. Nos avise quando o jantar estiver pronto.

A mãe voltou para dentro, dando uma última olhada por cima do ombro. Noah colocou a caixa no chão e voltou para junto da escada. Os dois trabalharam em silêncio por quinze minutos, se falando apenas quando Marsh grunhia uma ordem.

Por fim, conseguiram fixar os pregos em toda a extensão da garagem. Marsh desceu da escada e Noah deu um passo para o lado, abrindo espaço para ele.

– Você precisa aprender a fazer esse tipo de serviço, Noah. – Ele indicou a caixa na varanda com a cabeça. – Vá pegar as luzes.

Noah marchou até a varanda, mas foi dominado pelas emoções reprimidas e se virou para trás.

– Tem alguma coisa que eu faça que você aprove?

Marsh olhou para ele da escada, sobrancelhas franzidas em confusão.

– Do que você está falando?

– Eu não invisto meu dinheiro do jeito que você acha que eu deveria. Não me relaciono com mulheres do jeito que você acha que eu deveria. E, cacete, não consigo nem martelar um prego do jeito que você quer. Então estou curioso de verdade para saber se tem alguma coisa que eu faça que atinja os seus padrões.

Marsh pegou a caixa com as luzes.

– Não são os meus padrões que estou tentando fazer você seguir.

– Não preciso aguentar essa merda.

Noah deu as costas a ele e foi marchando em direção à porta, mas sua mão parou na maçaneta com as palavras seguintes de Marsh.

– Eu vi o jornal. Foi você?

O fato de Marsh duvidar dele não deveria magoar depois de todo aquele tempo, mas magoou. E magoou pra caralho. Quase tanto quanto Alexis ter duvidado. Noah se virou, mandíbula cerrada.

– Vim aqui para falar com a minha mãe, não para ser interrogado.

Marsh desceu da escada e caminhou em sua direção, os passos cansados e o rosto exausto. Ele de repente parecia velho. A luz da varanda tingiu seu cabelo grisalho de um prata-escuro e aprofundou as rugas da testa. Noah ficou subitamente abalado com a percepção de que seu pai teria aquele aspecto agora.

Marsh apontou para uma das duas cadeiras da varanda.

– Sente-se.

Noah se arrastou até uma cadeira feito uma criança indo de castigo para o quarto. E o fato de que Marsh ainda conseguia fazer com que se sentisse assim só alimentou o fogo dentro dele. Ele se largou na cadeira. Marsh ficou parado no degrau de baixo da varanda, ombros empertigados, postura confiante. Seu pai costumava adotar aquela postura. Era coisa de militar, coisa de macho, coisa do tipo *quem manda aqui sou eu*.

– Eu te fiz uma pergunta, garoto. Foi você?

– Não, não fui eu, porra! – Noah se levantou bruscamente. – Mas quer saber? Eu gostaria de ter feito. Já que todo mundo já está mesmo pensando que fui eu, pelo menos eu teria tido a satisfação de derrubar outra dessas empresas que têm sangue nas mãos.

Marsh balançou a cabeça.

– Você não aprendeu porcaria nenhuma, não é? – Ele lançou a Noah um olhar triste. – Olhe para você. Punhos cerrados. Mandíbula trincada.

– É porque você está me irritando pra caralho.

– Não. É porque você ainda é um moleque revoltado com um computador e uma necessidade de vingança.

Os nós dos dedos de Noah estalaram de tão forte que apertou os punhos.

– O que você quer de mim? Fui para a faculdade, fui consultor da porra do FBI e ganho milhões agora. Não é bom o bastante para você?

Marsh ergueu as sobrancelhas.

– Você se acha bem-sucedido? Pois não é. Pode ter mudado de vida, mas ainda é tão nervosinho e inconsequente quanto naquela época. E enquanto não superar essa raiva, todo o resto… o dinheiro, a empresa, seus amigos famosos… não vão passar de uma vitrine.

Noah chegou mais perto, impelido pela necessidade de atacar alguma coisa, qualquer coisa.

– Tem razão. Nunca superei a raiva. E espero nunca superar. Porque só vou deixar de ficar furioso por meu pai ter morrido enquanto os bandidos responsáveis por isso ficaram ricos no dia em que eu parar de respirar.

– É exatamente por causa dessa atitude que eu devia ter deixado você apodrecer na prisão, como eu queria.

O oxigênio escapou dos pulmões de Noah em uma enorme lufada.

– E eu queria mesmo – continuou Marsh. – Para mim, você não passava de um fedelho ingrato. Tentar derrubar o país pelo qual seu pai morreu lutando era desgraçar o legado dele. Se fosse por mim, eu teria deixado você ir a julgamento e enfrentar as consequências.

O sabor da traição queimou a garganta de Noah.

– Por que mudou de ideia?

– Fiz uma promessa ao seu pai – respondeu Marsh, a voz embargada. – Ele morreu no meu colo e me fez prometer que cuidaria de você, que criaria você para ser homem. – Seus lábios se apertaram em uma linha fina. – Você não tem ideia do que é responsabilidade, Noah. Não até perceber que você é a única coisa impedindo a morte de outro ser humano. Não até perceber que outra pessoa decidiu por você, e que você foi tudo o que restou.

Noah desceu os degraus até ficar cara a cara com Marsh.

– Então é isso que nós somos para você? A merda que restou? Um fardo pesado nos seus ombros? Não era isso que meu pai queria. Ele não queria que minha mãe nunca conseguisse seguir a vida porque está presa a você, sendo arrastada pela sua culpa. Ele não queria que eu passasse a vida inteira tentando estar à altura de uma versão de masculinidade que ninguém seria capaz de alcançar. A única desgraça para o legado do meu pai é você.

O soco veio do nada. A dor explodiu na maçã do rosto de Noah e irradiou pelas suas faces. O gosto metálico de sangue encheu sua boca quando ele tropeçou e caiu no chão.

Marsh assomou sobre ele, punhos cerrados e respiração pesada.

– Ah, meu Deus! Noah!

A porta de tela se escancarou e se fechou, e a mãe correu escada abaixo. Ela se agachou ao lado dele no chão, o rosto preocupado.

Noah levou a mão ao nariz e viu os dedos ensanguentados ao afastá-la.

– Estou bem, mãe.

– O que está acontecendo aqui? – Ela se levantou de repente e olhou para Marsh. – Qual é o seu problema?

– Esse garoto é um mentiroso e não tem um pingo de respeito.

– Esse garoto é meu filho!

A mão de Marsh começou a tremer.

– Você fica passando a mão na cabeça dele. Como sempre.

– E você sempre o tratou como um inútil!

– Eu tentei tratá-lo como um filho.

Para a surpresa de Noah, a mãe peitou Marsh.

– Você não é o pai dele!

– É mesmo? Porque eu passei muito mais tempo criando esse menino do que qualquer outra pessoa. Incluindo você.

– Ei! – Noah se levantou, zonzo. – Pode falar o que quiser para mim, mas não fale desse jeito com ela.

A porta se abriu novamente e Zoe saiu correndo.

– Mas o que está acontecendo aqui?

As mãos de sua mãe tremiam.

– Eu quero que você vá embora, Marsh.

– Como é? Você está brincando comigo?

– Não. Quero que você vá. Agora.

– Sarah, por favor.

A voz de Marsh havia perdido a força. Era um homem que subitamente se deparava com a perda de algo importante, e Noah reconhecia os sinais muito bem. Quase sentiu pena dele.

– Você não vai mais falar desse jeito com o meu filho. Eu deveria ter interferido há muito tempo. Só vá embora daqui.

O rosto de Marsh murchou. Ele se afastou, as mãos revirando os bolsos em busca das chaves. Noah, Zoe e a mãe assistiram em silêncio enquanto ele entrava no carro e saía de ré.

– O que foi isso? – questionou Zoe, logo atrás deles. – É sério que ele te bateu?

– Vamos lá para dentro – disse a mãe, puxando Noah pelo cotovelo.

Noah gentilmente se esquivou.

– Tenho que ir.

– Não. Não antes que eu dê uma olhada nisso aí e você me conte o que está acontecendo.

Noah entrou com a mãe e a seguiu até a cozinha, onde ela o mandou se sentar em uma das banquetas que contornavam a ilha. Um timer começou a apitar e Zoe quase pulou de susto.

– É a lasanha – disse ela. – Deixa comigo.

A mãe foi até a pia e umedeceu um chumaço de papel-toalha antes de voltar até Noah. Em seguida, começou a limpar o sangue sob seu nariz.

– Estou bem, mãe.

– Me deixe cuidar de você.

Ele cedeu e inclinou a cabeça para trás para que ela pudesse limpar o sangue com cuidado.

– Você já tinha levado um soco? – perguntou Zoe do fogão.

– Desse jeito, não. Nunca.

– Estou pensando se não seria melhor ir à emergência – disse a mãe.

– Estou bem.

– Não acredito que ele bateu em você. – A voz dela tremeu. – O que aconteceu?

– Só um monte de coisas que estava fervendo há um tempo.

– Que tipo de coisa?

Noah abriu um meio sorriso.

– O tipo de coisa que eu não devia ter deixado ferver até derramar.

Ela lançou um olhar frustrado para ele antes de retornar à pia. Jogou o papel-toalha ensanguentado na lata de lixo e depois lavou as mãos. Mas, em vez de se virar, segurou a beirada da bancada com força.

– Zoe, pode nos deixar sozinhos um minuto?

Zoe deu uma olhadela furtiva para Noah antes de sair da cozinha. Ele não tinha dúvidas, no entanto, de que ela ia ficar por perto para escutar às escondidas.

A mãe se virou.

– Ele é apaixonado por mim.

As palavras foram como outro soco surpresa na cara.

– Ele te disse isso?

– Anos atrás. Eu não estava pronta para outro relacionamento. Sentia que estava traindo seu pai.

– E você está… por ele?

A mãe deu de ombros com um suspiro pesado.

– É tarde demais para isso. Já faz muito tempo.

– Mas você está apaixonada por ele?

– Ele sempre me apoiou de muitas maneiras. Mas o jeito como trata você… eu acho que foi isso o que sempre me fez ficar com o pé atrás. Mas vocês pareciam se entender, então eu nunca quis interferir, principalmente depois que você mudou de vida. Eu não sabia que havia tanta tensão assim entre vocês dois.

– Eu não queria te contar.

– Por quê?

– Não queria que se tornasse mais um fardo.

– Você é meu filho. Nada que vem de você é um fardo para mim.

Ah, isso era uma bela mentira. Noah não tinha sido nada além de um fardo por pelo menos uns cinco anos depois da morte do pai. Ele se levantou do banco e caminhou até ela. Eles se abraçaram.

– Sinto muito – disse ele, a voz embargada.

– Pelo quê?

– Por tudo.

Ela o apertou nos braços.

– Não tem nada do que se desculpar.

– Fiz um inferno na sua vida.

– A sua vida estava um inferno. – Ela se afastou e olhou para ele. – Mas são águas passadas. – Ela fez uma careta ao tocar o ponto onde o punho de Marsh colidira com o rosto dele. – Precisamos pôr gelo nisso aí.

– Estou bem, mãe. – Ele a afastou e se debruçou na bancada novamente. – Com fome, mas bem.

– Você devia ter trazido a Alexis. Por que a cirurgia foi remarcada?

A respiração de Noah travou nos pulmões. Tentou disfarçar sua reação, mas era tarde demais. Não conseguia esconder muita coisa da mãe.

Ela inclinou a cabeça, preocupada.

– Está tudo bem com a Alexis?

– Está – mentiu ele, dando outro beijo na cabeça dela.

Noah foi até o armário para pegar os pratos.

– Já pode voltar, Zoe – chamou ele.

Zoe entrou como se estivesse parada na porta o tempo todo. Quando Noah enfim foi embora, duas horas depois, a bochecha já havia parado de latejar, embora a dor no peito ainda não tivesse passado.

Ele embicou o carro na garagem e olhou para a casa escura. Podia simplesmente dar ré e ir direto para a casa de Alexis, implorar que ela o perdoasse.

Mas não fez isso. Porque ela queria um tempo.

Noah entrou, pegou uma garrafa fechada de bourbon e a levou para o sofá.

VINTE E OITO

– Ai, meu Deus, o que você está fazendo aqui?

Quando Alexis entrou na sala cavernosa do conselho de zoneamento, Jessica a olhou assustada como se tivesse acabado de voar até lá com asas de fada.

Alexis se sentou ao lado dela.

– Vim participar da reunião.

– Certo. Mas… por quê? – Jessica olhou por cima do ombro em direção à porta. – O Noah veio junto? Decidiu parar aqui antes de ir para a cirurgia?

– A cirurgia foi cancelada. E o Noah não… não veio. – Sua voz embargou em um indesejado nó de tristeza, por isso ela engoliu em seco. – Então achei que era melhor vir à reunião e ouvir as mentiras da Karen pessoalmente.

Jessica apertou o braço de Alexis.

– Ok, o que está acontecendo? Como assim a cirurgia foi cancelada? Desde quando? E por que esse "não veio" fez parecer que você e o Noah terminaram?

– Acho que terminamos.

Céus. O ar escapou de seus pulmões. Ainda não parecia real. Fora para a cama na noite anterior esperando acordar e descobrir que tudo não passava de um pesadelo. Mas era de verdade.

– Alexis, você tem que me dar mais detalhes do que isso.

– Não posso. Não agora. – A voz dela falhou.

Jessica apertou seu braço.

– Você não precisa ficar aqui.

– Preciso, sim.

Porque não tinha mais para onde ir. Toda a sua vida de repente parecia um barco à deriva em águas revoltas. Cada âncora em que confiara para se manter firme durante o último ano havia desaparecido. Havia se rompido.

Tudo o que lhe restava era seu negócio. Por isso estava ali.

À frente havia uma bancada de mogno em meia-lua, onde a comissão se sentava encarando o resto da sala de audiência. O aposento estava quase vazio, exceto por uma pequena concentração de pessoas que pareciam funcionários municipais e uma cabeça loira solitária na primeira fila.

Karen.

Como se sentisse a presença de Alexis, Karen se virou na cadeira e olhou para trás. A princípio seus olhos se arregalaram, obviamente surpresos em ver que Alexis havia decidido participar da reunião no fim das contas. Mas ela logo se recuperou e, fazendo um bico, deu as costas a Alexis de novo.

Uma porta atrás da mesa da comissão se abriu e os membros do conselho surgiram em fila, equilibrando fichários abarrotados, xícaras de café e celulares. As placas de identificação em frente às cadeiras distinguiam os membros da comissão enquanto cada um se acomodava em seu devido lugar.

Assentos vazios começaram a se encher à medida que mais pessoas entravam na sala. Alexis olhou para o relógio e começou a balançar o joelho no ritmo do ponteiro dos segundos.

Jessica pegou a mão dela.

– Lembre-se – disse ela com uma voz muito madura para sua idade. – Não fizemos nada de errado.

A voz da presidente as interrompeu ao dar início à sessão. Os primeiros dez minutos foram dedicados a assuntos domésticos corriqueiros e ao único tópico de um caso antigo que ficara pendente no mês anterior. Alexis começou a balançar o joelho de novo quando a presidente deu início aos novos casos e proclamou em tom brando os detalhes da queixa contra o ToeBeans.

– Recebemos a contestação por escrito da Sra. Carlisle quanto à reclamação – disse a presidente. – Mas também concederemos tempo para ela fazer sua declaração e responder a perguntas, se desejar. Começaremos, no entanto, com os comentários públicos. Alguém deseja se dirigir à comissão sobre este assunto?

Karen se levantou bruscamente.

– Obrigada, membros do conselho – disse ela ao microfone na tribuna. – Meu nome é Karen Murray e sou a proprietária da loja de antiguidades Tempos Passados, que fica em frente ao ToeBeans Cat Café.

Alexis trocou olhares com Jessica, e as duas reviraram os olhos ao mesmo tempo. Karen estava usando o tom de *sou só uma cidadã preocupada*.

– Fiquei, é claro, entusiasmada quando a Sra. Carlisle comprou e restaurou a fachada da loja desocupada para montar seu café. Considerei uma aquisição muito charmosa para nosso incomparável distrito comercial.

Jessica quase engasgou. Karen definitivamente estava fazendo uma atuação digna do Oscar.

– Então, por favor, compreendam que as preocupações que apresento aqui esta tarde, e que também descrevi na minha reclamação, são apenas porque desejo proteger e manter a cultura que trabalhamos tanto para criar em nosso distrito. Nossas leis de zoneamento foram adotadas por um motivo e, por mais comoventes que sejam as razões, não podemos permitir que alguém viole essas regras. Há muitos lugares com atribuições de zoneamento mais apropriadas onde a Sra. Carlisle poderia sediar suas aulas de ioga e seus grupinhos de apoio.

Grupinhos de apoio. A pulsação de Alexis disparou como um foguete com a banalização das relações e curas importantes que ocorriam todos os dias em seu café.

– Já foi concedido um aditamento ao alvará da Sra. Carlisle para a feira de adoção de gatos, à qual não me opus na época, embora já temesse que o aumento do tráfego criasse um problema de estacionamento para os outros negócios. Mas receio que isso já ultrapasse demais os limites. Tudo o que peço é que a comissão siga as leis de zoneamento e instrua a

Sra. Carlisle a parar de usar seu café para salvar o mundo e a se ater ao que ela deveria estar fazendo: servindo café. Obrigada.

Karen se recusou a olhar para Alexis ao voltar às pressas para o seu lugar.

A presidente agradeceu a Karen por seus comentários e depois olhou para Alexis.

– Sra. Carlisle, não a esperávamos aqui hoje, mas, já que está presente, gostaria de se dirigir à comissão para declarar algo além do que contestou por escrito?

Alexis fez que não. Jessica apertou sua mão.

– Tem certeza?

Alexis sentiu o olhar fulminante de Karen vindo da primeira fila.

Não. De novo, não. Não ia fugir daquela batalha. Alexis se levantou.

– Espere. Sim, tenho algumas coisas a dizer.

Com o coração acelerado, Alexis passou pela expressão atônita de Karen a caminho da tribuna e ajustou o microfone à sua altura.

– Obrigada. – Ela engoliu em seco e tentou esconder as mãos trêmulas apoiando-as sobre o púlpito. – A Sra. Murray está correta na maior parte do que disse. É verdade que meu café se tornou um ponto de encontro para sobreviventes de violência e assédio sexual. É verdade que há dias em que as clientes chegam lá de manhã e só vão embora à tarde, mas isso não torna o meu café diferente de qualquer outro da cidade onde alunos passam horas a fio estudando ou onde clubes do livro se reúnem para discutir suas últimas leituras.

Alexis umedeceu os lábios secos.

– Respondi aos tópicos específicos referentes à classificação de zoneamento em minha contestação. Não acredito que esteja em desacordo com minha licença de funcionamento, nem acredito que meu café seja o único responsável pela falta de estacionamento que sempre afetou nosso distrito. Mas reitero publicamente o que afirmei por escrito em minha objeção: vou solicitar mais um aditamento ao alvará que me permita continuar sediando minhas aulas de ioga, caso o conselho ache, de fato, que estou infringindo o alvará atual.

Atrás dela, Karen bufou.

Alexis olhou fixo para as próprias mãos. Podia parar agora. Já havia contestado a questão principal da queixa de Karen. Podia fazer a mesma coisa de sempre e simplesmente ignorar o resto.

– Sra. Carlisle, isso encerra seus comentários? – questionou a presidente.

Será que encerrava?

– Sra. Carlisle?

Não. Não encerrava. Porque ainda não havia contado sua história e, se não contasse, pessoas como Karen Murray continuariam contando por ela. Se não levasse essa luta adiante, a batalha jamais teria fim.

Alexis umedeceu os lábios de novo e olhou para a frente.

– Não, eu tenho mais algumas coisas a dizer, se me permitir.

A presidente assentiu.

– Por favor, continue.

– Esta não é uma questão de violação da lei de zoneamento. – Seu coração batia tão forte que suas costelas tremiam. – Todos nós sabemos. Se fosse, então a Sra. Murray já teria apresentado uma queixa contra o armarinho da Sra. Bashar por causa da reunião semanal do clube de tricô das viúvas. Esta reclamação é por minha causa e, mais especificamente, porque a Sra. Murray não me aprova.

– Ora, espere um pouco! – Karen se levantou.

– Sra. Murray – disse a presidente. – Por favor, volte para o seu lugar.

– Mas é tudo mentira! Ela está mentindo sobre mim!

Alexis se esforçou para não revirar os olhos.

– Sra. Murray – advertiu a presidente. – Está passando dos limites. A senhora já teve sua chance de falar.

Alexis continuou:

– Desde que apresentei a acusação contra Royce Preston, a Sra. Murray vem procurando motivos quase que semanalmente para reclamar de alguma coisa no meu café. O estado do jardim da frente. Meu gato. Ela reclamou até do brilho forte do cordão de luzes pendurado ao redor da minha janela da frente. Tenho sido paciente. Mais paciente do que a maioria das pessoas seria, porque eu achava que não importava o que gente como ela pensava de mim. Mas agora percebo que importa. Importa porque atitudes como a dela permitem que homens como Royce

Preston fiquem impunes por tempo demais. Importa porque ela agora está tentando ferir pessoas com quem me preocupo muito: mulheres que já foram vitimizadas. E, se alguém como a Sra. Murray puder usar o sistema de zoneamento para levar a cabo algum tipo de vingança, então as leis não fazem sentido.

Uma salva de palmas a interrompeu, e Alexis olhou por cima do ombro. Mas não era apenas Jessica que estava aplaudindo. Até alguns estranhos tinham se juntado a ela.

– Não pedi por nada disso – continuou Alexis. – Não convidei aquelas mulheres a me procurarem para compartilhar suas histórias ou para começarem a se reunir no meu café buscando apoio e força em outras sobreviventes. Mas aconteceu, e sou muito grata por isso. Elas *me* curaram, e minha missão é garantir que essas mulheres tenham um ambiente seguro. E, se isso viola as leis de zoneamento desta cidade, então a cidade precisa mudar suas leis. Porque já não tenho mais esperança de conseguir mudar o coração da Sra. Murray.

Os aplausos retumbaram quando Alexis se afastou da tribuna. Ela encontrou os olhos de Karen e sorriu. Não por despeito. Não por cortesia forçada. Mas porque honestamente não se importava mais com o que ela pensava.

A presidente bateu com o martelo na mesa e pediu silêncio ao público. As pernas de Alexis tremiam enquanto ela caminhava de volta até Jessica, que a puxou para um abraço apertado.

Lágrimas ameaçavam cair de seus olhos.

– Preciso ir – sussurrou ela.

– Você não quer ficar para ver o que o conselho vai decidir? – perguntou Jessica.

Alexis balançou a cabeça. Tinha feito o que precisava fazer. Tinha dito o que precisava ser dito.

Agora havia outra pessoa com quem precisava conversar.

O gramado do cemitério parecia se mover sob os sapatos dela.

Úmido e enlameado. Cada passo afundava mais que o anterior.

O buquê do posto de gasolina que apertava com força na mão pesava cada vez mais, as pétalas murchando e apontando para o chão. Havia várias semanas que não visitava o túmulo da mãe. O vaso ao lado da lápide continha os restos secos e amarronzados dos gerânios do verão passado. Negligenciados por sua ausência.

Alexis colocou o buquê no chão, as cores vivas em forte contraste com o granito escurecido que trazia o nome da mãe. Afundou no banco de concreto que as clientes do café haviam doado para que ela tivesse onde se sentar quando fosse ao local. Sentar-se ali e conversar com a mãe costumava acalentá-la. Naquele dia, porém, o frio penetrava por suas roupas e gelava seu corpo inteiro.

Alexis puxou o casaco ao redor de si e encarou o chão.

Nem sabia o que ia dizer até que começou a falar.

– Por que… por que você não contou a Elliott sobre mim? – sussurrou ela. A voz soou fraca. Digna de pena. – Durante todos aqueles anos, você podia ter me contado a verdade. Eu teria lidado bem com a situação.

Sua mente imaginou a resposta da mãe. *Porque era o melhor a se fazer.*

– Melhor para quem? Para mim? Para você? Não se lembra de como as coisas foram difíceis?

Mas conseguimos superar juntas.

– Mas poderia ter sido mais fácil. Ele tinha dinheiro.

Isso não é tudo na vida. Nós tínhamos uma à outra.

– Talvez você ainda estivesse viva. Se tivéssemos mais dinheiro, você não precisaria ter trabalhado tanto, e talvez…

Você sabe que isso não é verdade. Eu tive câncer. Teria morrido com ou sem o apoio financeiro dele.

– Mas… – Sua voz foi interrompida quando a mãe assumiu o controle da discussão imaginária.

Fale o que realmente quer falar, Alexis. Me diga o que realmente está te incomodando.

– Estou brava com você, mãe.

A voz tremeu com o peso da traição e, claro, da raiva. Raiva que passa muito tempo infeccionando, sendo ignorada e evitada. Raiva que se desencadeara na noite anterior, na casa de Elliott, raiva que ardera a noite toda e a manhã toda, raiva que irrompera em chamas abrasadoras na reunião do conselho de zoneamento. Raiva que ameaçava consumi-la por inteiro.

– Você me deixou sozinha, mãe. E talvez eu não precisasse ter ficado sozinha. Como pôde fazer uma coisa dessas?

Os faróis de um carro passando atrás dela iluminaram a lápide. Ela fungou e enxugou o rosto, esperando que o carro passasse lentamente. Mas não. Ouviu o leve ruído dos pneus se aproximando. O carro parou e os faróis se apagaram. Claro. *Claro* que alguém tinha que aparecer ali, bem naquela hora, para visitar um túmulo na mesma seção do de sua mãe. Porque ela não podia ter sequer um momento para si em um cemitério.

Atrás dela, uma porta de carro se abriu e se fechou com uma batida suave.

– Imaginei que encontraria você aqui.

Alexis se virou no banco, o coração na garganta. Elliott estava a uns seis metros de distância, as mãos nos bolsos de um sobretudo.

Ela deu as costas a ele.

– O que você quer?

– Estava preocupado com você. Candi e eu tentamos te ligar várias vezes.

– Eu não queria falar com vocês.

– Eu entendo.

– Então vai entender se eu mandar você voltar para o carro e ir embora.

Elliott se aproximou e fez um gesto indicando o banco.

– Posso?

– Não.

Mas Alexis deslizou para o lado, abrindo espaço para ele mesmo assim. Mais tarde se perguntaria o porquê disso. Elliott colocou as mãos nos joelhos e olhou para a lápide.

– Vim aqui uma vez no ano passado.

Alexis se virou para encará-lo.

– Por quê?

– Tinha algumas coisas que precisava dizer a ela.

Ela travou o maxilar.

– Deveria ter dito quando ela estava viva.

– Eu sei. – Ele olhou para ela. – Quer saber o que eu falei?

– Acho que não.

– Eu disse que sentia falta dela.

Alexis se levantou.

– Meu Deus, essa baboseira de novo, não.

– Falei que ela criou uma mulher incrível, e que eu gostaria de ter feito parte disso.

Alexis envolveu o próprio corpo com os braços e olhou para a lápide. Sentiu seu lábio tremer e odiou Elliott por isso.

– Você teve três anos para entrar em contato comigo. Por que não me procurou?

– Porque fui covarde, e estava envergonhado.

Alexis bufou.

– Ganha pontos pela honestidade comigo e consigo mesmo, eu acho.

Ele não respondeu.

– Não é justo – disse ela, olhando para o nome da mãe gravado na pedra.

– Não, não é.

– Ela era tudo o que eu tinha.

– Eu sei.

– Não quero saber as coisas que sei agora. Não quero ficar sentada aqui desse jeito, brava com ela por sua causa. Você entende? – Ela se virou para encará-lo. – Você me fez ficar brava com a minha mãe. Você tirou uma coisa de mim. Uma coisa muito preciosa! Você me tirou a *paz*.

Sua voz travou e falhou. As mãos de Elliott tremeram, como se ele quisesse tocá-la, confortá-la, mas sabiamente manteve os dedos curvados ao redor dos joelhos. Ela fungou de novo.

– E agora, por sua causa, também perdi o Noah. Você me fez duvidar dele, e ele ficou muito magoado.

– Sinto muito, Alexis.

– Pare de dizer isso. Pare de se desculpar! – Alexis se abraçou de novo, uma barreira contra a esmagadora onda de emoções. De raiva. – O que você realmente veio fazer aqui? O que quer?

Ele se levantou.

– Uma chance de acertar as coisas. Uma chance de ser seu pai.

– Não preciso que você seja meu pai. – Ela partiu para cima dele, passos cheios de raiva. Raiva que tentara reprimir por muito, muito tempo. – Está me ouvindo? Não preciso que seja meu pai! Não preciso de você! Nunca precisei de você, cacete!

Ela deu um soco no peito dele. Uma vez. Duas vezes. Ele aceitou o ataque sem vacilar, o que a deixou mais irritada ainda. Queria que ele se encolhesse. Se afastasse. Ela o queria de joelhos. Queria que sofresse tanto quanto ela, que conhecesse o vazio que a dilacerava por dentro.

– Ela me bastava. Você nunca passou de um mero doador de esperma. Está me ouvindo? – Ela deu outro soco no peito dele. – Eu estava bem sem você!

– Sinto muito…

– Pare. De. Dizer. Isso. – Cada palavra foi outro soco contra o peito dele. – Não preciso dessas suas desculpas e lamúrias.

– Então me diga do que você precisa, Alexis. – Ele agarrou seus braços. – Me diga, e eu faço.

– Preciso que você se desculpe com ela! – Alexis puxou os braços, escapando de seus dedos e apontando para a lápide. – Preciso que vá e peça desculpas a ela por partir seu coração. Por usá-la em uma aventura de verão que não significou nada para você e depois ir embora. Quero que peça desculpas pelos sonhos dos quais ela teve que abrir mão. Por fazê-la trabalhar em dois, três empregos ao mesmo tempo para cuidar de mim. Preciso que se desculpe com ela por deixá-la morrer sem nunca saber que você gostou dela de verdade.

– Não posso – disse ele, a voz embargada. – Não posso fazer isso, porque ela se foi. Ela está morta, Alexis, e, se você acha que não me corrói por dentro saber que nunca vou poder dizer essas coisas a ela, está enganada. Tudo o que posso fazer é garantir que você nunca mais se sinta sozinha.

– Então aceite meu maldito rim, seu babaca. Porque, se não fizer isso, você vai acabar morrendo. E eu vou ter que encarar outra lápide. E, se acha que estou furiosa agora, espere só pra ver quando você morrer.

– É exatamente por isso que não posso concordar com a cirurgia. Quero que você faça parte da minha vida por vontade própria, porque quer fazer parte dela. Mas, se fizer a doação, vai sempre se perguntar se estou sendo seu pai por uma questão de obrigação ou de gratidão, e não apenas porque quero você na minha vida. – Ele levantou o queixo dela com a ponta do dedo. – E eu quero você na minha vida. Quero que seja minha filha.

Uma represa se rompeu dentro dela. Assustada, Alexis enterrou o rosto nas mãos. Os soluços se tornaram uma torrente de sons horríveis, respiração ranhosa e arquejos furiosos e irregulares. Elliott reagiu no mesmo instante. Seus braços a envolveram, e ele a abraçou. Pela primeira vez, o pai abraçava a filha, e foi tão estranho e constrangedor quanto calmante e diferente. Ele era quente e tinha o cheiro de um cobertor recém-saído da secadora. As mãos de Alexis escorregaram do rosto, e ela deixou os braços soltos ao lado do corpo. Não retribuiu o abraço, mas também não o recusou. Abraçá-lo teria sido errado, como uma traição à mãe, e ela simplesmente não estava pronta para ir tão longe.

Elliott percebeu a resistência, porque se afastou. Alexis se concentrou na grama sob os pés enquanto enxugava de novo as bochechas.

– Posso te perguntar uma coisa? – disse ele, voltando as mãos aos bolsos.

Ela deu de ombros.

– E o Noah?

Seu coração arrasado levou outro golpe.

– O que tem ele?

– Em que pé estão as coisas entre vocês?

Ela ergueu os olhos.

– Acho que este assunto ainda está um pouco fora da sua alçada.

– Entendo. Mas posso te perguntar outra coisa?

Ela deu de ombros outra vez.

– Você o ama?

Um calor subiu pelo pescoço dela. Aquilo era oficialmente muito constrangedor.

– Você não tem que responder – disse ele depressa. – Sei que não pediu, mas aceita um conselho? De alguém que está casado há muito tempo?

Ela conteve o impulso de mandá-lo à merda, mas só porque queria o conselho, e estava irritada por isso.

O que, na verdade, era bom. Ficar irritada. Meu Deus, como estava confusa.

– As pessoas fazem besteira. Demais. A chave para um relacionamento duradouro é aprender a perdoar, sem medidas.

Um nó se alojou na garganta dela. Alexis cutucou a grama molhada com o bico da bota.

– Eu acho... acho que não sei como é perdoar de verdade. Pensei que soubesse. Pensei que significasse ficar em paz e nunca sentir raiva. Mas eu... acho que talvez isso não seja realmente perdão. Acho que passei muito tempo evitando sentimentos ruins. E isso não é a mesma coisa, né?

Um sorriso tomou a voz dele.

– Você está *pedindo* um conselho agora?

– Não se você for fazer drama.

Ele riu.

– Não, não é a mesma coisa. Você tem que se permitir sentir todas as coisas ruins. A raiva tem seu lugar. Ela nos protege quando alguém tenta tirar vantagem de nós. Mas, no fim, temos que parar de odiar a pessoa que nos magoou. Perdoar significa reconhecer que você mudou por causa da dor e perceber que quem te magoou também mudou por causa da dor que causou. Acho que é aprender que as novas pessoas que se tornaram são pessoas melhores e que juntas têm seu valor.

O ribombar baixo de um trovão à distância foi seguido por uma mudança no vento. Uma tempestade se aproximava. Alexis voltou a encarar a lápide.

– Desculpa por deixar você e a Candi preocupados.

– Desculpa por tirar sua paz.

– Isso nos deixa quites?

Ele se aproximou e parou ao seu lado.

– Nem perto disso. Tenho que compensar você por uma vida inteira.

– Então aceite meu rim e me prove.

– Bela jogada. – Havia afeto em sua voz, um tom quente que adentrou a pele dela e embalou a frieza em seu coração.

Alexis arriscou olhar para ele.

– Acho que te perdoo.

Os olhos de Elliott reluziam com o brilho das lágrimas.

– Vou tentar ser digno disso.

– Nos vemos amanhã de manhã no hospital?

Ele deu um sorriso suave.

– Sim, nos vemos amanhã.

Ela o observou voltar para o carro. Pouco antes de entrar, ele se virou.

– E depois de amanhã?

– Talvez – murmurou ela.

Ele piscou.

– Aceito um talvez.

VINTE E NOVE

Noah soube que estava encrencado quando foi acordado de repente às… porra, nem tinha ideia de que horas eram… e se deparou com quatro pares de olhos furiosos o encarando.

Mack, Colton, Malcolm e Russo se amontoavam em volta do sofá em uma linha de ataque. Mack estalou os dedos.

– Acorda, seu jumento.

Ah, merda. Noah fechou os olhos e botou o braço sobre o rosto. Não ajudou em nada a parar de latejar.

– Que dia é hoje?

– Meu Deus – disse Colton, indignado. – Isso é sério? Faz quanto tempo que está bebendo que nem um otário?

– Não o bastante.

– Já é quinta-feira à noite – disse Malcolm, agarrando o braço de Noah e puxando-o para se sentar a contragosto. – E você tem muito o que explicar.

– Me deixem em paz.

Noah puxou o braço e se soltou, caindo de novo no sofá.

– Não até você me dizer por que a Liv recebeu uma mensagem apavorada da Jessica falando que a Alexis contou que a cirurgia foi cancelada e que vocês terminaram.

Vocês terminaram. Então era real. Não só um terrível pesadelo. Ele tinha mesmo falado aquelas coisas horríveis a Alexis, e ela, por sua vez, tinha mesmo falado que precisava de um tempo de novo. E agora estava dizendo às pessoas que haviam *terminado*. Mas o que mais ela pensaria? Tinha partido o coração dele com sua desconfiança, mas ele partira o dela ao não aceitar suas desculpas. E agora os dois estavam oficialmente separados.

– Além disso, que merda aconteceu com essa sua cara? – perguntou Colton, inclinando-se sobre ele.

Noah respondeu mostrando o dedo do meio.

– É sério, cara – disse Mack. – Levanta. A gente não pode te ajudar com você desse jeito.

– Não preciso da ajuda de vocês.

Os caras bufaram em uníssono e recuaram. Noah tentou engolir e sentiu a garganta seca. Meu Deus, estava se sentindo um lixo.

– Você nem terminou de ler o livro, né? – perguntou Russo.

– Mas que inferno. – Noah tentou rolar de lado, mas uma mão enorme agarrou seu ombro e o segurou. Ele tentou se livrar. – Não vou conversar com vocês sobre aquele livro. Caso não tenham percebido, aquela porcaria só me causou problema.

– Tá bom – disse Mack, casual demais. – Então converse sobre isso aqui.

Noah se forçou a abrir um olho. Demorou um pouco para sua visão ficar nítida, mas, quando conseguiu enxergar, levantou-se tão depressa que caiu com tudo do sofá.

– Me devolve – mandou, tentando se erguer com pernas que mal funcionavam.

Mack se esquivou.

– Não até você conversar com a gente.

– Me devolve a porra dessa carta – rosnou ele. – Não tô de brincadeira, Mack.

Ele nunca havia mostrado aquela carta a ninguém, nem mesmo a Alexis.

– Por quê? – perguntou Mack. – É importante? Deve ser, porque achamos em cima do seu peito enquanto você estava desmaiado.

Noah cerrou os punhos.

– Me dê. A porra da carta. Mack.

Mack a segurou no alto, fora do alcance de Noah.

– O que aconteceu com a Alexis?

– Você tá de brincadeira comigo? Me dê a droga da minha carta!

– Malcolm – chamou Mack. – Por que você acha que o Noah recorreu a isso aqui depois de, pelo visto, ter ferrado o relacionamento com a mulher que ama?

– Não sei – respondeu Malcolm, recostando-se no batente da porta da sala de estar. – De repente essa é a chave para compreender toda a vida dele e as razões pelas quais ele continua afastando a Alexis.

– Eu não a afastei! – gritou Noah. – Ela... – Sua voz cedeu e ele afundou no sofá de novo.

Não tinha mais forças para brigar. Só restaram palavrões e uísque.

– Ela o quê? – perguntou Colton, sentando-se ao lado dele.

Noah pressionou a base das mãos nos olhos e depois apoiou os cotovelos nos joelhos.

– Você sabe como costumam chamar essas cartas? – perguntou ele, olhando para Mack.

Mack balançou a cabeça.

– *Cartas de despedida*. Deixam escritas para o caso de não voltarem. Isso é ou não é uma bosta?

Mack não respondeu, provavelmente porque sabia que Noah não esperava uma resposta. Em vez disso, devolveu a carta e se sentou no chão à sua frente.

– Acharam isso nas coisas do meu pai depois que ele morreu – disse Noah, abrindo a carta com as dobras já bem gastas.

Os caras ficaram em silêncio enquanto ele corria os olhos pelas palavras que memorizara havia muito tempo.

> *Filho,*
> *Se você está lendo isso, significa que quebrei minha promessa.*
> *Não vou voltar para casa. E lamento por isso muito mais do que*
> *você pode imaginar.*

Eu te amo muito. Meras palavras não podem mensurar. O dia em que você nasceu mudou minha vida. Achei que sabia o que significava ser um homem, mas tudo mudou no minuto em que a enfermeira pôs você nos meus braços. Minha vida inteira passou como um flash diante dos meus olhos quando olhei nos seus. Eu era um soldado, mas naquele momento fiquei mais assustado e intimidado por um bebê de menos de três quilos do que jamais fiquei diante de um inimigo. Será que eu bastaria? Estaria à altura da tarefa de criar uma criança? Será que daria conta de criar você para se tornar um homem?

Queria poder estar aí para saber as respostas dessas perguntas. Queria poder ver o que você conquistou com esse seu cérebro de computador. Queria estar aí para passar o braço pelos seus ombros quando alguém partir seu coração pela primeira vez (e isso vai acontecer, mas você vai sobreviver), dar um tapinha nas suas costas quando você finalmente encontrar sua cara-metade (o que também vai acontecer). Queria poder ver você se tornar pai. Sei que vai ser ótimo nisso. Queria poder ter me tornado avô. E sem sombra de dúvida eu seria ótimo nisso.

Não tive a chance de te ensinar algumas lições, mas vou escrever da melhor forma que posso agora.

Lute por alguma coisa.

A vida é um presente, uma oportunidade. Não a desperdice ficando fora de campo. Tenha a coragem de ir atrás do que você quer. Faça alguma coisa com esse seu cérebro de gênio.

Não há vergonha alguma em falhar. A menos que não se levante. Aprenda com seus erros e continue tentando.

Me desculpe por deixar você, filho. Me desculpe por ter quebrado minha promessa. Mas preciso que seja forte. Sua mãe precisa de você tanto quanto você precisa dela.

Seja feliz, Noah. Fique em paz. Seja o homem que eu sei que pode ser.

Será difícil. Você vai sentir um monte de coisas: raiva, tristeza, traição, medo. Mas eu prometo – e esta é uma promessa que não vou quebrar – que vai chegar um dia em que vai se sentir em paz de novo. Que não vai doer quando você pensar em mim. Que você vai pensar nesse seu velho e rir dos bons momentos que tivemos, que vai se lembrar de mim sem sentir todas essas emoções ruins.

Saiba que estou bem, e você também vai ficar. Algum dia, você também ficará bem.

Com amor,

Papai

Sentado de pernas cruzadas, Mack se inclinou para a frente.

– Nos conte o que aconteceu.

Noah sabia que ele não estava perguntando sobre seu pai, por isso explicou tudo o melhor que pôde: os documentos vazados, a suspeita de Alexis de que fora ele o responsável, o pedido de desculpas dela, sua recusa em aceitar. Até contou sobre a briga com Marsh.

Eles ouviram tudo sem interrupções. Sem fazer piadas. E, mesmo quando Noah terminou, eles permaneceram em silêncio durante um momento inusitadamente longo e respeitoso.

– Nem imagino as coisas que você passou na vida, as coisas que teve que aguentar – disse Mack. – Você avançou e conquistou muito, então deve ter sido bem difícil quando ela te acusou desse jeito.

Noah se mexeu no sofá, constrangido.

– Mas ela não te acusou apenas de vazar os documentos, não é mesmo? – disse Malcolm do batente da porta. – Ela acusou você de não ser bom o suficiente. De não corresponder às expectativas de seu pai.

Noah sentiu uma onda dolorosa de adrenalina percorrê-lo.

– Uma coisa não tem nada a ver com a outra.

Colton o cutucou.

– Então por que você desenterrou essa carta enquanto afogava as mágoas por ela?

– E por que só brigou com o Marsh, o que deveria ter feito há anos, depois que a Alexis partiu seu coração?

Noah sentiu algo crescendo em seu peito, uma sensação de asfixia que o forçou a inspirar bem fundo.

– Uma coisa não tem nada a ver com a outra.

Russo se sentou ao seu lado e passou o braço pelos seus ombros.

– Ele quebrou outra promessa, não foi?

Noah pigarreou.

– Quem?

– Seu pai – respondeu Russo. – Ele fez uma promessa na carta.

Noah deveria ter ficado ofendido, porque pelo visto os caras tinham lido, mas não conseguiu juntar forças para isso.

– Ele prometeu que você ficaria em paz um dia – disse Colton. – Mas você não ficou, não é?

Enquanto não superar essa raiva. As palavras de Marsh voltaram à sua mente, intrusivas e indesejadas. E, igualmente indesejada, veio sua própria resposta. *Tem razão. Eu nunca superei a raiva. E espero nunca superar.*

Mas era mentira. Ele estava cansado de sentir raiva. Cansado de lutar uma guerra que nunca desejou, uma guerra para a qual foi arrastado sem permissão, uma guerra que lhe custou tudo. Incluindo Alexis.

– Não – sussurrou Noah, a palavra passando por milhares de outras que ansiavam por ser libertadas. Palavras que estavam dentro dele havia muito tempo. – Não estou em paz.

– Deve ter parecido uma traição a Alexis acreditar que você vazou aqueles documentos.

Noah assentiu, a garganta se fechando.

– Às vezes fazemos coisas muito estúpidas quando nos sentimos traídos – disse Mack. – Ficamos cegos para a razão e a lógica. Fazemos coisas que sabemos que são erradas. Coisas que no final só vão nos machucar ainda mais.

– Coisas como afastar a mulher que amamos, mesmo quando ela está tentando se desculpar por seus erros – disse Colton.

– Ou como usar esse seu cérebro de computador para cometer crimes – acrescentou Malcolm calmamente.

Russo apertou seu ombro.

– Com quem você está bravo de verdade, Noah?

– Com ele.

As palavras saíram rasgando o peito de Noah, quebrando e destruindo coisas como só uma admissão relutante era capaz de fazer. Deus do céu, estava bravo com o pai. Durante todo aquele tempo. E até agora nunca havia sido capaz de enxergar nem de admitir. Não antes que aquela raiva já lhe tivesse custado quase tudo.

Russo o apertou mais forte, e Noah não teria conseguido resistir nem mesmo se tentasse. E não apenas porque o cara tinha o porte de um tanque de guerra, mas porque estava fraco e inebriado pela libertação de uma verdade que o corroía havia tempos.

– Estou tão bravo com ele – murmurou Noah. – Estou bravo com ele por ter ficado no Exército. Podia ter se aposentado. Mas escolheu ficar, continuar combatendo. Ele nos deixou. Ele me deixou. Eu precisava dele. E ele foi embora.

– Ele quebrou a promessa dele – disse Colton baixinho.

– Daí você quebrou a sua – completou Malcolm em um tom suave, mas que explodiu no cérebro de Noah. Porque todo o seu mundo ficou claro. Em um piscar de olhos, um véu se ergueu.

– Não virei hacker para defender meu pai. – Sua voz falhou. – Fiz isso para me vingar dele.

– Aí está – declarou Colton, dando um tapinha leve em suas costas.

Noah tentou conter os soluços que estavam desesperados para sair, mas não conseguiu. Então apelou para a segunda opção: escondeu o rosto no peito de barril de Russo e os libertou.

– Está tudo bem, cara – disse Colton. – Chore. Bote para fora. Chore até se sentir melhor.

Até se sentir melhor.

Meu Deus, como queria se sentir melhor. Não precisava ficar bem. Nem ótimo. Nem mesmo feliz. Pela primeira vez desde que o capelão aparecera na porta da sua casa, ele estava pronto para apenas se sentir *melhor*.

A porta da frente de repente se escancarou e Noah teve um sobressalto. Empertigou-se, enxugando o rosto, rezando por tudo o que havia de mais sagrado para que fosse Alexis, porque, meu Deus, tinha muitas coisas para dizer a ela. Depois de beijá-la pra cacete e implorar seu perdão, claro.

Mas a mulher que apareceu na moldura da porta não era Alexis.

O queixo de Noah caiu.

– Mãe?

– Que bom – disse ela, as mãos nos quadris. – Você não está morto.

Mack estremeceu.

– Desculpa, Sra. Logan. A gente deveria ter mandado outra mensagem para avisar que ele estava respirando.

Noah olhou para ele, boquiaberto.

– Você ligou para a minha *mãe*?

– Cara, você parecia muito acabado. Achamos que talvez só a gente não desse conta dessa missão.

– Vocês tinham razão – disse a mãe de Noah. – Algum de vocês pode ir no carro pegar a comida que eu trouxe, e a minha mala também?

– Mala? – Noah esfregou o rosto. – Mãe, estou bem. Esses caras são uns idiotas. Você não precisava vir.

– Deixa comigo, Sra. Logan – respondeu Colton.

Ele ainda deu uma piscadela, mas isso surtiu pouco efeito. Ela revirou os olhos.

– O resto de vocês suma daqui por um tempo. Preciso falar com meu filho.

Nada fazia um homem, de qualquer idade que fosse, se mover mais rápido do que *aquele* tom de voz de uma mãe. Os rapazes esvaziaram a sala em exatos cinco segundos.

– Você tem botado gelo nesse rosto? – perguntou ela, atravessando o cômodo e parando na frente dele. Não deu tempo para a resposta. – É claro que não.

– Está tudo bem, mãe.

– Vamos fazer o seguinte – disse ela, atropelando suas palavras como se ele nem as tivesse pronunciado. – Você vai tomar um banho, comer alguma coisa, e depois vai me contar o que realmente aconteceu com a Alexis. Então vamos dar um jeito de resolver.

Ele estaria mentindo se dissesse que seu peito não se encheu de um alívio caloroso com aquelas palavras, aquela presença e aquela confiança absoluta de que ele poderia se redimir. Às vezes um homem ainda precisava da mãe. Essa era uma dessas vezes. Isso, porém, não tornava a situação menos embaraçosa.

Ela sorriu e o segurou pelo queixo.

– Você se parece tanto com ele, sabia?

– Com quem?

Se ela respondesse que era com Marsh, ele ia se jogar na frente de um carro.

– Com seu pai. – Ela acariciou seu cabelo desgrenhado. – Tão duro por fora, mas uma manteiga derretida por dentro.

O ruído de uma risada abafada no corredor foi logo seguido pelo som de alguém levando um soco no braço. Um segundo depois, ouviu-se um sotaque carregado.

– Ai, por que você me bateu?

Noah apertou a ponte do nariz.

– Ele tinha tanto, tanto orgulho de você – continuou ela. – Ficava te olhando fazer o dever de casa e só balançava a cabeça. Sempre dizia: *como foi que um cara como eu criou um cérebro desses?* Você era a luz da vida dele.

Noah começou a sentir um aperto crescer no peito de novo.

– Mãe, eu… eu sinto saudade dele.

O rosto dela se suavizou em um sorriso triste, mas também esperançoso.

– Eu sei que sente.

– Tenho medo de estar me esquecendo dele.

– Ah, Noah…

– Não me lembro do que fizemos no dia antes de ele partir para a última missão. Não me lembro do que falamos quando ele partiu. Não me lembro… Tem dias que nem me lembro do som da voz dele. Perdi tanto tempo ficando bravo e sem lidar com essa raiva que comecei a me esquecer dos bons momentos, das coisas importantes.

– Você não esqueceu. Ainda está tudo aqui. – Ela pousou a mão sobre o coração dele. – Só precisa superar todas essas coisas ruins para dar espaço às boas.

Dessa vez, o som que veio do corredor foi um inconfundível suspiro. A mãe sorriu.

– Você tem bons amigos.

– Às vezes, mas agora eu meio que quero bater neles.

Ela deu um tapinha no peito dele.

– Você vai é comer alguma coisa para dar conta do uísque.

Ele a observou seguir pelo corredor.

– Mãe?

Ela se virou.

– E o Marsh?

– O que tem ele?

– Você devia ligar para ele. Ele ficou bem arrasado quando você o botou para fora.

Ela inclinou a cabeça, intrigada.

– Está defendendo o Marsh?

– Acho que finalmente o entendi.

Noah de repente entendia muita coisa. Por exemplo, o quanto se enganara ao ler aquele maldito livro. O tempo todo, não conseguira se identificar com AJ porque achava que o personagem se parecia com Elliott. Um babaca egoísta que abandonara a própria filha. Mas estava lendo a história de forma totalmente errada. Elliott não era AJ. Noah era. Um homem assustado e derrotado que tinha tanto medo de perder as pessoas que amava, que, em vez disso, maltratava e afastava essas pessoas. Tentava compensar os erros do passado com dinheiro, comprando casas e pagando pela faculdade porque não sabia outro jeito de se desculpar.

Ele era Roliço, mostrando os dentes e as garras por medo. Afastando as pessoas antes que pudessem abandoná-lo.

A mãe o encarou tão intensamente que ele se encolheu.

– Ele quer ser um bom homem – disse Noah. – Mas só sabe fazer as coisas de um jeito. Vai precisar de ajuda para mudar, mas acho que ele consegue.

– Bater em você foi imperdoável.

– Não precisa ser.

Ela sorriu.

– Está dando uma de casamenteiro?

– Só quero que vocês sejam felizes.

– Uma coisa de cada vez – disse ela. – Vamos cuidar de você primeiro e, de manhã, você vai dizer à Alexis tudo o que obviamente precisa ser dito. Aí talvez eu ligue para o Marsh.

– Combinado.

Eram quatro da manhã quando ele acordou de novo, e os rapazes e sua mãe o encaravam com os olhos vidrados, em pânico.

Ele se sentou na cama.

– O quê? O que aconteceu?

– Cara, ela vai mesmo fazer – revelou Mack. – Temos que ir.

– Do que você está falando? Quem vai fazer o quê?

– A Alexis – disse Colton, com uma seriedade que Noah nunca tinha visto. – Ela vai fazer a cirurgia.

A mãe despejou um monte de roupa na cama.

– Vista-se. Se dirigirem rápido, você consegue chegar a tempo de vê-la antes que ela entre em cirurgia.

Noah agarrou a frente da camisa de Colton.

– Me diga que sabe dirigir rápido.

TRINTA

O quarto estava frio.

Alexis amarrou as alças finas da camisola na altura do ombro e segurou a roupa fechada com as mãos. O tecido estava fresco e limpo. Enfiou suas roupas no saco plástico que a enfermeira tinha lhe dado, depois subiu no leito e puxou o cobertor sobre as pernas expostas.

Uma batida na porta foi seguida da voz hesitante de Candi.

– Posso entrar?

– Está aberta – anunciou Alexis.

Candi vestia um dos seus moletons universitários gigantes e uma legging preta. Os olhos estavam cansados, o cabelo preso em um rabo de cavalo bagunçado.

Alexis e Candi falaram ao mesmo tempo:

– Tudo certo?

– Tudo certo com o Elliott?

Alexis riu.

– Você primeiro.

Candi se aproximou da cama.

– Eu só queria ter certeza de que você estava bem.

– Estou preparada. E o Elliott?

– Ele parece bem. Não para de tentar nos fazer rir, porque estamos todos nervosos.

Alexis estendeu a mão.

– Vai ficar tudo bem.

Lágrimas brilharam nos olhos de Candi quando ela deixou que Alexis segurasse seus dedos.

– Ei! – Alexis apertou a mão dela. – Nada de chorar.

Candi sorriu e deu de ombros.

– Não consigo evitar. Sinto muito. Meu pai e minha irmã estão prestes a entrar em cirurgia.

Alexis esperou por aquele habitual ressentimento com a palavra *irmã*. Não surgiu.

– Estamos em boas mãos, Candi. Vai acabar rapidinho.

Cayden apareceu em seguida, arrastando os passos, nervoso.

– Eu posso… hã… eu posso entrar?

Candi ficou tensa e olhou de um para outro.

– Claro – respondeu Alexis.

Ele engoliu em seco.

– Desculpa pela forma como tratei você. Desculpa por tudo.

Alexis inclinou a cabeça.

– Está se sentindo culpado porque eu posso morrer salvando a vida do nosso pai?

Ele ficou pálido. Alexis riu.

– Estou só pegando no seu pé.

O rosto de Cayden ficou vermelho.

– Eu mereci.

Alexis não discordou porque, realmente, ele fez por merecer. Levaria mais tempo para perdoar Cayden do que Elliott, porque pelo menos o pai estava disposto a admitir seus erros. Cayden enfiou a mão no bolso e tirou um pedaço de papel dobrado, que entregou a ela.

– Minha filha fez outro desenho pra você.

Alexis abriu. Era um rabisco de linhas onduladas em vermelho, amarelo e azul. No topo, alguém havia escrito: *Para tia Alexis*.

– É um arco-íris – explicou Cayden. – Posso guardar pra você, se quiser.

– Não – disse Alexis em um impulso. – Eu... eu quero ficar com ele.

– Quando tudo isso acabar, espero que a gente possa...

– Quem sabe? – Alexis o interrompeu porque tinha medo da própria reação, se ele terminasse a frase.

Cayden assentiu.

– Eu vou... hum... eu vou voltar para a minha mãe. Ela está bem nervosa.

– Nos vemos do outro lado.

Ele hesitou novamente e então saiu do quarto.

– Ele está tentando – disse Candi.

– Eu sei. Também estou.

Candi fez aquilo de morder o lábio, nervosa.

– Então, o Noah...?

Alexis sentiu outro golpe no peito. Balançou a cabeça, mas teve que inspirar e expirar antes de responder.

– Acho que ele não vai me perdoar por ter duvidado dele.

– Mas ele te ama.

Lágrimas arderam em seus olhos.

– Eu o magoei demais.

– Duvido muito – disse Candi, pousando a mão no braço de Alexis. – Garanto para você. Ele vai aparecer aqui.

Noah pensara que o pior momento de sua vida tinha sido quando Alexis saiu correndo da sua casa, mas ele já havia sido eclipsado por outro. Ela estava prestes a ser operada, seu celular estava desligado, e, se não chegasse a tempo, ela passaria pela cirurgia sem ouvir todas as coisas que ele deveria ter dito se não tivesse sido um babaca tão egoísta.

– Vai mais rápido – rosnou ele para Colton pela milionésima vez desde que tinham saído de sua casa.

Ainda estavam a pelo menos quinze minutos do centro de transplantes e, se tudo estivesse dentro do cronograma, ela seria levada à sala de pré-operatório em breve.

Uma vez que isso acontecesse, só poderia vê-la depois.

A ideia de Alexis ir para a cirurgia sem saber o quanto ele a amava o fazia querer vomitar. Ou talvez fosse Colton no volante que fazia revirar os restos da janta da noite anterior. Ele se agarrou no *puta que pariu* acima da porta do carona enquanto Colton pulava de uma pista para outra cantando pneu.

Russo choramingou no banco de trás.

– Estou um pouco enjoado.

– Abra a janela – disse Mack, sentado a seu lado. – Inspire e expire pelo nariz.

– Se ele vomitar no meu carro, vou matar todos vocês – disse Colton, passando à pista ao lado e voltando. O motorista da minivan deu uma buzinada.

– Não vai adiantar nada se morrermos antes de chegar lá – resmungou Mack.

Noah fechou os olhos.

– Só chegue de uma vez.

Uma enfermeira entrou no quarto e se apresentou. Em seguida, repassou o protocolo de segurança padrão: verificando o nome e a data de nascimento de Alexis, perguntando por que ela estava ali e todas essas coisas destinadas a impedir que o órgão errado fosse removido da pessoa errada, ou algo do tipo. Depois ela explicou que logo Alexis seria levada ao centro cirúrgico com Elliott.

Candi mordeu o lábio, as mãos tensas na cintura. Alexis abriu os braços e sua irmã soltou um suspiro aliviado ao se inclinar para um abraço.

– Obrigada, Alexis. Nunca vou ser capaz de retribuir.

– Só me dê uma coisa legal no Natal.

A risada surpresa de Candi rompeu a tensão no quarto. Ela apertou o abraço uma última vez e se levantou.

– Nos vemos quando você acordar.

Uma auxiliar empurrou a maca de Alexis ao longo de um corredor e por uma série de portas automáticas. Depois de passarem por outro corredor curto, fizeram uma curva e manobraram para dentro de uma sala duas vezes maior do que o cômodo em que ela estava antes.

Elliott já estava lá. Meio reclinado na maca, braço estendido enquanto a enfermeira verificava sua pressão arterial. Ele não havia se barbeado, e a barba grisalha o deixava com uma aparência mais velha.

Ele sorriu ao vê-la.

– Aí está ela.

– Ficou com medo de eu não aparecer?

– Nem por um minuto.

Ele estendeu a mão. Alexis a encarou por um momento, sem palavras e emocionada de um jeito inesperado. Estendeu a mão também e deixou que ele envolvesse seus dedos.

Colton parou derrapando na área de desembarque em frente ao hospital.

– Desçam. Eu vou estacionar.

Noah já havia descido e estava correndo antes mesmo de Mack e Russo terem fechado a porta do carro.

– A gente não pode correr num hospital! – argumentou Mack, alcançando-o bem na hora em que as portas duplas se abriram.

Noah mostrou o dedo do meio para ele por cima do ombro.

– As pessoas correm em hospitais o tempo todo. Há emergências.

Os passos de Russo soavam como balas de canhão.

– E é uma emergência de amor! Sempre corremos quando é uma emergência de amor!

Ao chegar ao final do corredor e virar, os tênis de Noah derraparam no chão liso e ele trombou com a parede, quase derrubando o retrato emoldurado de um cara que doara uma dinheirama para que a ala do hospital tivesse seu nome. Mack o agarrou e o aprumou antes de dar um empurrão para que seguisse em frente.

Uma auxiliar conduzindo um carrinho de toalhas sujas soltou um grito esganiçado e pulou para fora do caminho.

– Ei! Vocês não podem correr aqui.

– É uma emergência romântica! – disse Russo, ofegante. – A gente tem que correr quando é uma emergência romântica!

– Precisamos chegar ao quarto andar – disse Noah ao passar correndo pelo elevador para não perder tempo esperando.

Mack resmungou quando percebeu que iriam de escada.

– Ah, cara. Sério?

Noah subiu dois degraus por vez. Ouviu alguém cair atrás dele, e em seguida um palavrão em russo. Mack arquejava ao tentar acompanhá-lo.

No patamar do quarto andar, Noah abriu a porta e entrou cambaleando em um saguão iluminado. Espalmou as mãos no balcão e tentou recuperar o fôlego.

– Alexis Carlisle – disse ele, arfando.

A enfermeira digitou o nome no computador e Noah mordeu a língua para não praguejar. Antes que ela erguesse os olhos, já sabia que era tarde demais.

– Sinto muito. Ela está no centro cirúrgico. Nada de visitas.

Os joelhos de Noah perderam a força.

– Não. Você não entende. Tenho que falar com ela.

Mack finalmente o alcançou, suado e sem fôlego.

– É verdade – disse ele, a respiração ruidosa. – Ele estragou tudo porque é um completo babaca egocêntrico e tem que pedir desculpas a ela.

A enfermeira ficou boquiaberta.

– Bem, lamento ouvir isso, mas não posso deixar você vê-la agora. – Ela apontou para uma grande sala de espera em frente à enfermaria. – Fique à vontade para se sentar. Vamos manter você atualizado.

Mack agarrou Noah pelo braço e o puxou para longe do balcão.

– Vamos. É melhor a gente se sentar.

O elevador apitou e, quando as portas se abriram, Colton saiu segurando uma casquinha de sorvete. Distraído, ele se juntou ao grupo.

– Gente, tem uma máquina de sorvete aqui. – Ele hesitou, sem entender o silêncio dos amigos. – O que foi? Chegamos tarde demais?

Noah cerrou os punhos.

– É, chegamos tarde demais.

– Que droga. Deveríamos ter pegado meu helicóptero. – Ele mais uma vez hesitou com o silêncio. – O que foi agora?

– Você tem acesso a um helicóptero? – Noah mal reconheceu a própria voz.

– Tenho – respondeu Colton com toda calma.

– E só agora você me diz isso?

– Você me pediu para *dirigir*.

Noah deve ter feito uma cara de homicida, porque Mack imediatamente entrou na frente dele.

– Por que você não vai tomar seu sorvete pra lá? – disse ele a Colton, apontando para o canto oposto da sala de espera. – Melhor ainda, vá comprar um sorvete para o Russo.

O rosto de Russo se iluminou.

– Sorvete.

Mack empurrou Noah em direção a uma cadeira vaga e se sentou ao lado dele. Noah apoiou os cotovelos nos joelhos e escondeu o rosto entre as mãos.

– Não acredito que cheguei tarde demais.

– Está tudo bem, cara. – Mack deu um tapinha nas costas dele.

– Não está tudo bem. Eu tinha que estar aqui. Ela ficou *sozinha*. Prometi que ela não teria que passar por nada disso sozinha, mas não consegui manter minha promessa.

– Noah?

Ele ergueu a cabeça. Os Vanderpools, exceto Elliott, tinham acabado de entrar na sala de espera. Candi se aproximou, com um sorriso muito mais radiante do que qualquer pessoa abriria àquela hora da manhã, que dirá antes de um membro da família entrar para uma cirurgia.

– Você veio – disse ela, contente. – Sabia que viria. Bem que eu falei para ela.

Ele se levantou bruscamente.

– Você esteve com ela?

– Um pouco antes de a levarem para o centro cirúrgico.

– Como ela estava? Estava bem? Com medo?

– Ela estava bem. Mas eu sei que vai ficar melhor quando acordar e vir você aqui.

– Quero que ela me veja agora – resmungou ele, passando as mãos pelo cabelo desgrenhado.

E então suas próprias palavras o interromperam de súbito quando uma lembrança veio à tona. *Eu quero que você me veja.*

– O que foi? – perguntou Candi.

Ele balançou a cabeça e olhou para Mack, ainda sentado.

– Preciso achar um barbeiro.

TRINTA E UM

Alguém a tocava.

Mas não fazia sentido, porque Alexis estava nadando. Flutuando na água espessa, escura e quente que banhava seus braços e pernas e entorpecia seus sentidos de um jeito muito reconfortante e silencioso.

Mas *havia* alguém ali. Tocando sua mão e falando baixinho.

Alexis ouviu um resmungo e subitamente a água se foi. Um olho se entreabriu, depois o outro, e ela se viu lançada do silêncio quente e escuro para uma claridade fria e intensa. Ela estreitou os olhos e virou a cabeça.

Uma enfermeira com um sorriso largo e cabelos grisalhos estava ao lado do leito fazendo alguma coisa com uma bolsa de soro intravenoso. Seu crachá dizia NINA B. A mulher olhou para baixo e sorriu.

– Oi, Alexis. Eu sou a Nina e vou cuidar de você enquanto estiver em recuperação. Como está a dor?

Alexis apoiou a palma das mãos no colchão e tentou se ajeitar nos travesseiros. Uma pontada na lateral do corpo a fez se contorcer. Nina expressou sua reprovação com um *tsc, tsc, tsc* e a mandou ficar quieta.

– É muito cedo para isso, querida. – Ela apertou um botão junto à cama que levantou alguns centímetros a cabeceira do leito. – Melhor assim?

Alexis assentiu e tentou engolir. Doía. Muito.

– Já… – Ela engoliu novamente. Se alguém tivesse avisado que uma dor de garganta seria a pior parte de doar um órgão, ela nunca teria acreditado, mas sua garganta estava queimando. – Acabou?

Nina sorriu de novo.

– Acabou. Em uma escala de um a dez, você pode me dizer como está a dor?

Alexis tentou se concentrar. Doía, mas ela ainda estava muito confusa para saber onde, quanto ou o quê.

– Seis, sete. Não sei.

– Vamos cuidar disso, ok? – disse Nina.

– Elliott? – Sua voz não passava de um grunhido.

– Ele está bem. Correu tudo bem.

Ela se contraiu ao sentir uma dor aguda na barriga.

– Tudo bem, querida – disse Nina. – Já botei um pouco mais de medicação para a dor.

– Noah… – sussurrou Alexis.

A água morna e escura a inundou novamente. Mas, pouco antes de afundar, ela ouviu a voz de Nina:

– Ele está aqui, e ele te ama.

Quando acordou de novo, estava em um quarto privativo, sozinha. Longas sombras se estendiam pela parede e banhavam seu cobertor branco com o brilho alaranjado do sol poente.

A queimação na garganta havia se abrandado e dado espaço a uma dor na barriga. Ambas embotaram, porém, diante da dor em seu coração. *Ele está aqui, e ele te ama.* A mensagem de Nina tinha sido um sonho. Sua imaginação. Uma doce ilusão.

Alexis deixou os olhos se fecharem lentamente de novo, não pelo efeito dos analgésicos, mas pelo peso da tristeza.

Voltaram a se abrir de súbito com o barulho de uma descarga de vaso sanitário. Alexis virou a cabeça para a direita quando a porta do banheiro se abriu. Um homem surgiu, uma silhueta contra a luz acesa. Alexis estreitou os olhos e tentou se sentar, mas não conseguiu. Mas quem era que…

Ele parou abruptamente.

– Droga. Desculpa. Eu… eu te acordei?

O monitor cardíaco registrou o pulo do seu coração.

– Noah?

Ele saiu das sombras e Alexis se sobressaltou. *Era Noah.*

Só que não.

A barba havia desaparecido, revelando um sorriso juvenil e uma pele macia. E o cabelo comprido agora estava curto, bem rente. Mas ela viu que o olhar era o mesmo, quente e suave, quando ele parou junto à cama e a encarou.

Uma lágrima rolou pela têmpora de Alexis.

– Ah, meu Deus.

O sorriso dele sumiu.

– Está tão feio assim?

– Não. – Sua voz falhou. – Você tinha razão. É um nível de beleza masculina absurdo.

Um soluço reprimido escapou e ela apertou a barriga para aplacar a sensação da onda de emoção nas incisões doloridas.

– Droga. – Noah parecia em pânico. – Voltou a doer por minha causa? Chamo a enfermeira?

Alexis estendeu a mão e agarrou o braço dele.

– Não. Não saia daqui. Senão vou achar que estou só sonhando.

Noah se debruçou sobre a grade de proteção da cama e encostou a testa na dela.

– Não queria deixar você nervosa. Só queria que me visse de verdade quando eu me humilhasse pelo seu perdão.

Uma risada chorosa escapou da garganta seca de Alexis e rapidamente se tornou uma tosse, o que causou outra dor aguda em sua barriga e a fez se contorcer.

– Não me faça rir.

– Foi sem querer.

Noah se levantou e pegou o copo descartável com tampa da mesa ao lado do leito. Em seguida, levou o canudo aos lábios dela.

– Tome. A enfermeira disse que você precisa beber.

Ela engoliu a bebida gelada e soltou um suspiro.

– Obrigada. – Ela hesitou. – O que aconteceu com seu rosto?

– É uma longa história, que vou deixar para outra hora.

Noah pôs o copo na mesa de novo e em seguida traçou com o dedo uma linha suave da orelha até o maxilar dela.

– Como está se sentindo?

– Melhor agora que eu sei que você realmente está aqui e não estou só alucinando.

O canto dos olhos dele se estreitaram.

– Sinto muito, Lexa. Tentei chegar a tempo. Queria fazer um gesto super-romântico aparecendo a tempo de dizer o quanto eu estava arrependido antes de você ir para o centro cirúrgico, mas cheguei tarde demais. – Ele engoliu em seco. – Eu não sabia... Não pensei que você fosse seguir com a cirurgia. Era para eu ter estado aqui com você.

– Você está aqui agora.

Os lábios dele se estreitaram.

– Isso não é o suficiente.

Alexis virou o rosto contra a mão dele e beijou a ponta do polegar.

– É, sim.

– Você está atrapalhando minha humilhação.

Ela encontrou os olhos dele.

– Você não precisa se humilhar, nem quero que faça isso. Só quero que me beije.

Noah baixou a grade da cama e cuidadosamente se sentou ao lado dela. Passou um braço sobre seu corpo e apoiou a mão no colchão.

– Eu preciso dizer uma coisa primeiro.

Alexis suspirou e se recostou no travesseiro.

– Não precisa, de verdade.

– As coisas que falei foram cruéis e imperdoáveis.

– O que eu falei antes disso também.

– Não importa. Você tentou se desculpar, e eu não quis ouvir. E agir assim foi uma traição a você e à nossa amizade.

As palavras dele atravessaram a fina membrana que restava em torno da estabilidade emocional dela. Lágrimas transformaram o rosto de Noah em um borrão brilhante. Ele projetou o queixo.

– Eu deixei minha própria raiva me cegar e não vi que você estava sofrendo e precisava de mim. Então te magoei ainda mais.

Ela tocou a curva lisa e macia do maxilar dele.

– Ok, o que eu preciso dizer para você calar a boca e me beijar?

Ele hesitou.

– Estou falando sério, Lexa.

– Eu também. Está óbvio que você não vai parar com toda essa desculpa desnecessária a menos que eu diga alguma coisa em resposta…

Ele fez uma expressão ofendida.

– Desnecessária? Praticamente coloquei você para fora da minha casa!

– Porque eu te acusei de fazer uma coisa que você não fez.

– Mas você tinha todos os motivos para pensar que eu tinha feito!

– É sério que vai discutir comigo agora? Acabaram de arrancar um órgão inteiro de dentro de mim por um buraco menor do que o meu umbigo.

Ele ficou branco.

– Se você quer ficar chateado com alguma coisa, pense no fato de que não vamos poder fazer as pazes na cama por tipo… seis semanas. Então é melhor você me beijar antes que a enfermeira me dê mais analgésicos e eu apague de novo.

A pele lisa do rosto dele relaxou.

– Meu Deus, como eu te amo.

– Eu sei. E eu também te amo. Te amo desde o dia em que te conheci, e vou te amar até o dia em que eu morrer. Você é meu melhor amigo, Noah Logan. Para sempre.

Ele desistiu da briga, inclinou a cabeça e a beijou. Delicadamente no início. Um beijo úmido e macio contra a boca seca e áspera de Lexa. Mas então um gemido ecoou do fundo de seu peito, e ela envolveu seu pescoço com as mãos para segurá-lo, aninhá-lo, *perdoá-lo*.

Noah se afastou, a boca pairando sobre a dela.

– Sinto muito, Lexa. Sinto muito mesmo.

– Shh. – Ela aninhou o rosto dele na curva de seu pescoço e Noah se inclinou sobre ela, tomando cuidado para não pressionar o abdômen sensível. – Está tudo bem agora. A cirurgia acabou e você está aqui, e isso é tudo o que importa.

Uma batida na porta o fez se endireitar, mas Noah permaneceu sentado na cama, o braço em torno dela.

– Pode entrar – respondeu ele, a voz suspeitamente grossa.

Ouviu-se o som hesitante de sapatos contra o linóleo do piso. Candi apareceu em seguida. Ela parou a poucos metros da cama, sorrindo enquanto alternava o olhar entre Alexis e Noah.

– Não falei que ele te ama?

– Como está o Elliott? – perguntou Alexis.

– Por enquanto está bem. Está perguntando de você também.

– Diga a ele que amanhã vou vê-lo.

Candi assentiu e ficou com aquele olhar hesitante e tímido que Alexis já reconhecia.

– O que foi? – perguntou ela.

– Minha, hum… minha mãe quer te ver. Pode ser?

– Claro, hum… Pode. – Alexis olhou para Noah. – Você me ajuda a subir um pouco a cama?

Noah pegou o controle remoto preso à cama e apertou o botão que erguia a metade superior, deixando-a em posição semissentada. Um momento depois, Lauren entrou, abatida e desarrumada como Alexis nunca tinha visto. O rosto sem maquiagem trazia vestígios de pouco sono e muita preocupação. O cabelo, normalmente um chanel perfeito um pouco acima dos ombros, agora estava preso em um coque bagunçado no topo da cabeça.

O sorriso foi forçado, mas não do jeito que Alexis esperava. Foi por puro cansaço, não por falsidade.

– Como está se sentindo?

– Bem. Só estou cansada.

Lauren se aproximou, e foi quando Alexis percebeu que ela trazia uma coisa na mão. Uma caixinha vermelha.

– Tenho um presente para você.

Alexis trocou um olhar surpreso com Noah antes de voltar a encarar Lauren.

– Não precisava.

Lauren estendeu a caixa e Alexis a pegou com dedos trêmulos. Enquanto Noah observava a seu lado, ansioso, ela levantou a tampa. Então ficou atônita, prendendo a respiração. Protegido no ninho aveludado havia um anel – uma esmeralda escura cravejada de minúsculos diamantes reluzentes.

– Lauren, isso… – Alexis ergueu os olhos. – Eu não sei o que dizer. Isso é demais. Não posso aceitar.

– Pertencia à mãe do Elliott. Sua avó. – Lauren deu uma olhada para Candi. – Queremos que você fique com ele.

Alexis balançou a cabeça.

– Agradeço o gesto, mas é uma herança de família. A Candi deve ficar com ele.

– Deve ficar na família – disse Candi. – Você é da família.

Lágrimas arderam de novo em seus olhos e Alexis procurou conforto na mão de Noah. Ele segurou os dedos dela e apertou.

– Eu… Obrigada.

Lauren envolveu o próprio corpo com os braços.

– Nada do que eu diga jamais será suficiente para expressar o quanto sinto muito por tudo e o quanto sou grata por você ter feito isso por ele, apesar de tudo. Por nós.

– Lauren…

– Seria falsidade minha dizer que tudo vai ficar normal e bem depois disso. É algo que não posso prometer. Ainda… ainda estou assimilando tudo o que aconteceu, assim como você, eu imagino.

Uma chama de empatia se acendeu. Alexis não se ressentiu dessa vez. Aquele era o seu jeito, e sempre seria.

– Não deve ter sido fácil descobrir sobre mim daquele jeito.

Lauren sorriu em agradecimento.

– Não sei o que vai acontecer agora, ou mesmo se você quer que alguma coisa aconteça. Mas espero que nos dê uma chance.

A última parte da frase saiu fraca, insegura, como se ela tivesse medo de como Alexis ia reagir. Alexis olhou para Noah. Seu sorriso era encorajador, firme, e a curou completamente. Não importava o que acontecesse, ele estaria presente. Sempre estaria presente. E juntos eles eram capazes de encarar qualquer coisa.

– Bem – disse Lauren. – É melhor… é melhor eu voltar para junto do Elliott e deixar vocês a sós.

Os sapatos rangeram quando ela se virou para sair, acompanhada por Candi.

– Lauren?

A mulher parou e se virou.

– Eu gostaria – disse Alexis. – Gostaria de dar uma chance para todos nós.

Lauren assentiu, com um sorriso de gratidão genuína.

– Fico feliz.

Depois que elas saíram, Noah voltou ao seu lugar ao lado dela na cama.

– Foi um gesto simpático.

Alexis colocou o anel na mesa de cabeceira e se acomodou novamente no travesseiro.

– Foi, mas, só para você saber, *você* é minha família. – Ela abafou um bocejo quando a fadiga resolveu se manifestar de novo. – E minha resposta é sim.

Ele passou o polegar pelo lábio inferior.

– Sim para o quê?

– Sim, eu aceito me casar com você.

Ele riu meio rouco.

– Eu te pedi em casamento? Não me lembro disso.

– Vai pedir. E minha resposta será sim.

Ele baixou a cabeça e sussurrou contra os lábios dela:

– Você não deve tomar nenhuma decisão importante durante a recuperação. Não leu as letrinhas no rodapé, não?

– Então me pergunte de novo quando o efeito das drogas passar. Minha resposta será a mesma. – Ela o puxou para perto e o beijou. – Mas prometo que não vou fazer você escolher as flores.

– Por que não? Fiquei muito bom nisso.

Alexis deslizou a mão pelo peito dele e parou logo acima do cós da calça jeans. Noah grunhiu.

– Seis semanas mesmo?

Ela suspirou e fechou os olhos.

– Eu estava exagerando para fazer você me beijar.

Noah riu daquele seu jeitinho suave e terno. Ela o sentiu puxando o cobertor para cobrir seu torso e então ouviu um zumbido suave quando ele baixou a cama novamente. Queria abrir os olhos, mas não conseguia. A água morna e escura era muito tentadora.

Ele beijou sua testa.

– Durma. Estarei aqui quando acordar.

Ela balbuciou um *obrigada* baixinho e afundou na escuridão. Pouco antes de imergir completamente, os lábios dele roçaram os dela de novo.

– Para que servem os amigos?

EPÍLOGO

– Você prometeu que não ia rir.

Alexis ergueu a cabeça da mesa na qual, momentos antes, havia apoiado a testa em puro desespero. Na verdade, devia até ter estourado um ponto. Noah descansou as mãos no encosto da cadeira dela e a encurralou entre os braços ao se curvar para beijá-la.

– Você devia ter me avisado. – Ela soltou o ar contra os lábios dele. – Eu não fazia ideia do que estava prometendo.

Mack e seus companheiros tinham acabado de apresentar a coreografia de dança surpresa, com direito a reboladas, paletós girando sobre a cabeça e uma palmada na bunda para encerrar.

– Que bom que você gostou, mas eu nunca odiei tanto fazer uma coisa em toda a minha vida.

– Você se divertiu. Admita.

– Eu me diverti fazendo você rir.

Ele a beijou novamente, demorando-se apenas o suficiente para ela começar a ansiar pelo fim da festa. Naquela noite iam tirar as roupas pela primeira vez depois da cirurgia.

Noah puxou uma cadeira vaga para perto dela, sentou-se e apoiou o braço em seu ombro.

– Você está bem? – perguntou ele, acariciando seu cabelo.

O tom mais suave significava que ele estava falando sério. Tinha passado semanas a rodeando como se ela fosse quebrar. Nem sequer a deixava pegar a própria caneca de café pela manhã, e quase perdeu as estribeiras com Mack no jantar de ensaio quando ele tentou dar um abraço de urso nela.

– Estou ótima – murmurou Alexis, mergulhando o rosto no pescoço dele.

O cheiro de sua pele estava quente e almiscarado por causa da dança, mas era tão único de Noah. Ela deslizou a ponta dos dedos ao longo da linha rígida e lisa do seu maxilar. Ainda estava se acostumando com a versão barbeada do homem que amava.

Com um suspiro de satisfação, ela apoiou a cabeça no ombro dele.

– Não acredito que Mack fez tudo isso. Ele devia pensar seriamente em ser organizador de casamentos.

– Meu Deus, não fala isso pra ele. Senão ele vai fazer a gente entrar nessa também.

– Mas vocês fizeram um trabalho incrível. Nunca vi uma festa de casamento tão bonita.

– A nossa será melhor.

Alexis inclinou a cabeça para trás e olhou para ele.

– Noah Logan, você acabou de me pedir em casamento?

– Você que me diz – devolveu ele, com uma piscadela.

– Acho que pediu. E a resposta, como já sabe, é sim.

Ele beijou o canto dos lábios dela. Alexis sorriu porque sabia que um dia ele faria o pedido de verdade, e ela diria sim de verdade, e eles viveriam felizes para sempre.

Um sonzinho de nojo vindo da esquerda os separou.

– Meu Deus, vocês são tão grudentos quanto eles.

Sonia se largou em uma cadeira à mesa e apontou para Liv e Mack, que estavam tão agarradinhos na pista de dança que o resto do salão parecia ter sumido do mapa.

Colton de repente apareceu correndo e se debruçou na mesa, as mãos espalmadas e as bochechas bem vermelhas.

– Puta merda, gente. Vocês não vão acreditar.

Devia ser uma coisa muito importante, porque foi a primeira vez na noite inteira que ele saiu do lado de Gretchen. Definitivamente tinha algo rolando entre os dois, e Alexis pretendia arrancar toda a história dela assim que possível.

– No que a gente não vai acreditar?

– Ela existe mesmo.

Alexis ergueu a cabeça, franzindo o cenho.

– Quem?

– A esposa do Russo!

Noah se levantou e olhou por cima do ombro de Colton.

– Puta que pariu.

Alexis se virou e seguiu o olhar dele. Uma mulher alta e incrivelmente deslumbrante estava parada bem na entrada do salão. Ao lado dela, parecendo ao mesmo tempo chocado e um pouco patético, estava Russo.

– Achei que ela não ia poder vir ao casamento – comentou Noah.

– Parece que ele não contava que ela viesse – disse Alexis.

Bem nessa hora, a mulher se virou no salto perigosamente fino e saiu do salão. Russo correu atrás dela.

– Ô-ôu! – sussurrou Noah. – Isso não parece nada bom.

– Talvez a gente devesse ir atrás deles – sugeriu Colton.

Noah balançou a cabeça.

– Vamos deixar os dois a sós. É óbvio que tem algum problema rolando.

– Ah, espero que não – disse Alexis, inclinando-se sobre a mesa. – Ele é muito coração-mole. Ficaria arrasado se tivesse problemas no casamento.

Colton deu um sorriso malicioso para Noah e se afastou da mesa. Noah voltou à cadeira e Alexis recostou a cabeça nele de novo.

– Quanto tempo acha que a gente deve ficar?

– Se essa é uma proposta para irmos embora, para eu poder finalmente tirar esse seu vestido, então a minha resposta é nem mais um minuto.

Ela riu e roçou a ponta do nariz no maxilar dele.

– Está ansioso por isso, né?

Os dedos longos de Noah deslizaram pelas suas costas, por dentro do vestido.

– Você também deveria estar. Tenho umas coisas divertidas plane-jadas para esta noite.

– Coisas divertidas que já fizemos antes? – Ela de repente ficou sem fôlego.

Noah tomou o lóbulo da orelha dela nos lábios.

– E algumas que ainda não fizemos.

Alexis inclinou a cabeça e suspirou enquanto ele beijava atrás de sua orelha.

– E onde você aprendeu essas coisas novas e divertidas?

Ele virou o rosto dela para si e, pouco antes de aproximar a boca, murmurou:

– No Clube do Livro dos Homens, meu bem.

AGRADECIMENTOS

Este foi um projeto muito pessoal para mim porque conta uma história que conheço bem. Pouco depois de me casar, meu marido doou um rim para a irmã por meio de um processo de doação rápido e emergencial. Apenas dois meses depois de descobrir que ele era o único com compatibilidade genética na família, a cirurgia foi realizada com sucesso na Mayo Clinic, em Rochester, Minnesota.

Portanto, meus primeiros agradecimentos vão para os médicos, enfermeiros e a equipe de transplantes que cuidaram dele na época – e aos incríveis profissionais da saúde que continuam cuidando de doadores e receptores de órgãos hoje em dia. Cada doação é uma experiência única. E, embora eu tenha precisado fazer uso da licença poética em alguns detalhes do processo da doação de rim de Alexis por causa da linha do tempo, a essência da história se baseia em uma experiência de primeira mão e em um fato simples: a doação de órgãos pode salvar vidas. Para saber mais sobre o processo de doação, visite o site da Associação Brasileira de Transplantes de Órgãos, que, além de informações sobre a doação, disponibiliza uma guia de busca dos centros de transplantes estaduais; da Aliança Brasileira pela Doação de Órgãos e Tecidos (ADOTE), que disponibiliza bastante informação sobre a doação pós-morte; e do

Ministério da Saúde, que traz dados estatísticos de forma bem intuitiva, além de disponibilizar o contato da coordenação do Sistema Nacional de Transplantes.

Como sempre, um enorme obrigada à minha agente, Tara Gelsomino, pela paciência encorajadora e fé inabalável nos meninos do Clube do Livro. Agradeço igualmente à minha editora, Kristine E. Swartz, que sabe como resgatar uma escritora em pânico da beira do abismo. E a todos da equipe de marketing, publicidade e vendas da Berkley Romance – vocês são os melhores no ramo.

Obrigada às minhas amigas: Meika, Christina, Alyssa, Victoria e todas as mulheres da minha querida Binderhaus. Não teria conseguido sem vocês.

E finalmente à minha família. Obrigada por me aturarem. Isso que faço é por vocês.

CONHEÇA OS LIVROS DE LYSSA KAY ADAMS

Clube do livro dos homens

Clube do Livro dos Homens
Missão Romance
Estupidamente apaixonados

Para saber mais sobre os títulos e autores da Editora Arqueiro,
visite o nosso site e siga as nossas redes sociais.
Além de informações sobre os próximos lançamentos,
você terá acesso a conteúdos exclusivos
e poderá participar de promoções e sorteios.

editoraarqueiro.com.br